Diogenes Deluxe

Diesmal schenken wir uns nichts

Geschichten für eine entspannte Weihnachtszeit

Ausgewählt von
Ursula Baumhauer

Diogenes

Nachweis am Schluss des Bandes
Covermotiv: Illustration von
Tomi Ungerer

Originalausgabe

www.diogenes.ch
60/24/852/1
ISBN 978 3 257 26182 0

Inhalt

ERICH KÄSTNER

Der Kleine Mann und das große Geschenk

In Calais kletterten sie in eine Caravelle der Air France und flogen mit vielen vergnügten Franzosen, die zum Wintersport wollten, nach Zürich. Dort hatte es geschneit. Vorm Flugplatz stieg der Jokus in ein Taxi.

»Bleiben wir in Zürich?«, fragte Mäxchen.

»Nein, mein Kleiner«, sagte der Professor.

Im Züricher Hauptbahnhof kletterten sie in einen hochmodernen Zug, der nur aus vier Waggons 1. Klasse bestand, und nahmen in der Bar des Speisewagens Platz.

»Draußen steht auf einem Schild ›Zürich–Mailand‹. Fahren wir nach Mailand?«

»Nein, mein Kleiner«, sagte der Professor. Dann bestellte er für sich einen Whisky und für den Jungen einen Tom Collins. »Natürlich ohne Wodka.«

»Sehr gern«, meinte das Servierfräulein und

musterte Mäxchen. »Aber Fingerhüte haben wir leider nicht.«

»In einem normalen Glas und mit einem Strohhalm. Der Kleine sitzt gern auf dem Glasrand. Doch das Glas nicht zu voll. Sonst kriegt er nasse Füße.«

»Sehr gern«, sagte das Servierfräulein. »Ganz wie die Herren wünschen.«

Die Welt war schneeweiß. Der Zug sauste am Zürcher See entlang. Er raste am Vierwaldstätter See vorbei. Die Berge kamen näher. Die Strecke stieg an. Ein Tunnel folgte dem anderen. Die Lampen brannten.

Nachdem der Jokus seine Zeitungen gelesen hatte, vertiefte er sich in ein Buch mit dem Titel »Wichtige Winke eines Fachmanns zur Erlernung der Bauchredekunst«. Mäxchen saß auf dem Rande des Glases, hielt sich am Strohhalm fest, schlürfte seinen Tom Collins schlückchenweise und zählte die Tunnels. »Kannst du mir dein Geheimnis noch immer nicht verraten?«, bohrte er.

»Nein, mein Kleiner.«

»Pfui Spinne! Und du willst mein väterlicher Freund sein? Sechsundzwanzig.«

»Was heißt hier sechsundzwanzig?«

»Der sechsund …, schon wieder einer: der siebenundzwanzigste Tunnel.«

Es schneite dicke Flocken. Man konnte Gletscher sehen. Und zu Eis erstarrte Wasserfälle. Es ging stampfend bergan. Immer höher. »Göschenen« stand an einem Bahnhof. Und schon wurde es von neuem dunkel.

»Jetzt fahren wir durch den Sankt Gotthard«, erklärte der Professor. »Mindestens zehn Minuten lang. Und wenn wir drüben in Airolo wieder aus dem Berg herauskommen, scheint die Sonne.«

»Bist du sicher?«

»Nein.«

Trotzdem behielt der Jokus recht. Als sie zehn Minuten später aus der Finsternis auftauchten, mussten sie vor lauter Sonnenschein erst einmal die Augen zukneifen. Der Himmel schimmerte blitzblau. Die Reisenden strahlten. Und der Zug selber freute sich auch. Denn nun ging es endlich bergab. Tiefer und tiefer. Schneller und schneller. Buntbemalte Häuser sausten vorbei. Auf den Balkonen wiegte sich Wäsche, die in der Sonne trocknen sollte. Die Bahnhöfe hatten italienisch klingende Namen. Alles hatte sich geändert. Nur Tunnels gab es noch immer.

»Dreiundvierzig«, sagte Mäxchen. »Seit Zürich dreiund... Nein, vierundvierzig.« Denn schon wieder ratterten sie durch eine halbe Minute Finsternis.

»Verzähle dich nicht«, meinte der Jokus amüsiert. »Sonst müssen wir nach Zürich zurück und die Fahrt wiederholen.«

»Mach keine Witze, sonst verzähle ich mich wirklich.« Es wurde wieder dunkel. Es wurde wieder hell. »Fünfundvierzig«, stellte Mäxchen fest.

Der Zug brauste durch die Ebene. Man sah grüne Hecken mit roten Beeren. Die ersten Zypressen und Palmen tauchten links und rechts von den Gleisen auf. An einem großen Umladebahnhof hing das Schild »Bellinzona«. Und als der Schaffner nach einer Weile durch die Waggons ging und ausrief: »Die nächste Station ist Lugano. Wir halten nur eine Minute!«, da steckte der Professor den Kleinen Mann in die Brusttasche und stand auf.

»Das ist das ganze Geheimnis?«, fragte Mäxchen enttäuscht. »Wir steigen in Lugano aus? Aber wieso ist das denn geheimnisvoll?«

Der Jokus wollte antworten. Doch es kamen

noch ein paar Tunnels, und Mäxchen war vollauf mit Zählen beschäftigt. Dann hielt der Zug. Draußen rief jemand: »Lugano! Beim Aussteigen, bitte, beeilen!« Sie beeilten sich also. Es ging überhaupt sehr eilig zu. Kaum dass der Jokus auf dem Bahnsteig stand, breitete er auch schon die Arme aus, und kaum dass er die Arme ausgebreitet hatte, fiel ihm auch schon eine junge blonde Dame um den Hals. »Vorsicht«, warnte er, »zerdrücke Mäxchen nicht!« Der Kleine lachte. »Lasst euch nicht stören. Mich stört's auch nicht. Marzipan ist ja weich.«

Vorm Bahnhof stiegen sie in ein Auto, und das Marzipanfräulein setzte sich hinter das Steuer.

»Wieso?«, fragte Mäxchen verwundert. »Ist das ein Mietwagen?«

»Nein. Er gehört uns«, antwortete der Jokus. »Jedem gehört ein Drittel. Welches Drittel möchtest du haben?«

Aber Mäxchen schwieg. Sie waren nach Zürich geflogen. Warum? Um nach Lugano zu fahren. Wozu? Weil Rosa auf dem Bahnsteig wartete. Weshalb? Um in ein Auto zu steigen, wovon ihm ein Drittel gehörte. Und jetzt? Jetzt fuhren sie durch eine hübsche Stadt, die Lugano hieß, über einen hübschen Platz, in dessen Mitte ein riesiger

Christbaum stand, an einem hübschen See und hübschen Hotels entlang. Wohin? Vor welchem Hotel würden sie halten?

Aber sie hielten vor keinem der Hotels. Sie durchquerten die Stadt und fuhren einen der Hügel hinauf, die den See umkränzten. An Villen und Gärten vorüber. Durch Kastanienwälder und durch Dörfer mit Kirchen, Friedhöfen, Schulen, Konsumläden, Kneipen und Tankstellen. Die Straßen wurden schmäler. Sie waren nicht mehr asphaltiert. Das Auto hoppelte wie ein Kaninchen. Doch dann, ganz unerwartet, bog es in einen Wiesenweg ein und hielt vor einer weißen Mauer. Neben der Einfahrt war ein Schild angebracht. »Villa Sorgenklein«, las Mäxchen.

Rosa Marzipan sperrte das Tor auf, fuhr mit dem Wagen über den knirschenden Kies bis zur Garage, stieg wieder aus und sagte lächelnd: »Herzlich willkommen! Wir sind zu Hause.«

Das also war das Geheimnis. Deshalb hatte Rosa eine alte Tante besucht, obwohl sie gar keine Tante hatte. Deswegen hatten sie den Kleinen Mann angeschwindelt. Es sollte eine Überraschung sein, und das war es ja auch.

Mäxchen betrachtete die schöne ockergelbe

Villa mit den grünen Fensterläden und meinte: »Ich bin platt.« Und nachdem sie über den Rasen, zwischen den Bäumen und Beeten, bis zur Terrasse spaziert waren, von der aus man, tief unten, den Luganer See und, überm anderen Ufer, den Monte Bré und den San Salvatore mit ihren Seilbahnen sah, sagte Mäxchen, nach einer Schweigeminute, sogar: »Ich bin total geplättet.« Das war das höchste Lob, das er kannte, und er ging damit sehr sparsam um.

Die »Villa Sorgenklein« war weder zu klein noch zu groß. Sie hatte Platz für die dressierten Tauben Emma und Minna, für das weiße Zylinderkaninchen Alba und den Schönen Waldemar. Es gab, von den Schlaf- und Schrankzimmern abgesehen, ein Wohnzimmer mit hohen, breiten Fenstern und eine Küche, worin man nicht nur kochen und braten, sondern auch, wenn man wollte, in aller Gemütlichkeit essen konnte.

Sie hatten Appetit. Sie aßen. Es war gemütlich. Emma und Minna pickten Körner. Alba knabberte Chicorée. Die drei Hausbesitzer verzehrten Wiener Schnitzel und goldgelbe Bratkartoffeln. Mäxchen aß an einem kleinen Tisch auf dem großen Küchentisch und erfuhr, während es allen schmeckte, alles, was er noch nicht wusste. (Fast alles.)

Der Jokus, erfuhr er, habe die Villa in aller Heimlichkeit gekauft. Rosa habe das leere Haus, während er und Mäxchen in Breganzona gewesen waren, mit schönen alten Möbeln eingerichtet und dabei drei Pfund und siebzig Gramm abgenommen. Das seien eintausendfünfhundertundsiebzig (1570) Gramm, und sie, Rosa, denke nicht im Traum daran, diese Abmagerungskur fortzusetzen.

»Andere Frauen sind heilfroh, wenn sie dünn werden«, sagte der Jokus zu Mäxchen und zwinkerte.

Rosa erklärte: »Ich bin aber keine andere Frau.«

»Da hat sie, glaube ich, recht«, sagte Mäxchen zwinkernd zum Jokus. »Außerdem weiß sie, dass du runde Damen liebst. Vielleicht sollten wir sie mästen.«

Der Professor nickte. »Ein guter Vorschlag.«

»Mit ›Leichsenrings Kraftfutter‹? Oder hilft das nur bei Hühnern?«

»Wahrscheinlich. Es wäre mir auch zu teuer. Wir füttern sie, fünfmal täglich, mit Spaghetti und Makkaroni. Teigwaren sind hier billig.«

»Sechsmal«, schlug Mäxchen vor. »Mit viel

Butter, Tomatenmark und Fleischsoße. Bis sie schön dick ist.«

»Aber was machen wir, wenn sie uns auch dann nicht gefällt?«, fragte der Jokus. »Wenn sie zu breit wird?«

Mäxchen wusste Rat. »Dann lassen wir sie überall tätowieren und zeigen sie auf dem Jahrmarkt. Als entflohene Haremswitwe. Gegen Eintrittsgeld.«

»Kinder und Militär die Hälfte«, sagte der Jokus. »Und du bist der Ausrufer.«

»Jawohl!« Mäxchen rieb sich die Hände. »Treten Sie näher, meine Herrschaften! Hier sehen Sie etwas völlig Neues. Tätowiertes Marzipan, frisch aus Arabien eingetroffen. Die Lieblingswitwe des Emirs Omar.«

»Hereinspaziert, meine Herr- und Damschaften«, rief der Jokus. »Sie heißt Prinzessin Corpulenta, liest Ihnen aus der Hand, falls dieselbe gewaschen ist, und zeigt in der Zweiten Abteilung ihren Siebenschleierharemstanz, wobei sie Gewichte stemmt und Füttern verboten ist.«

»Wunderbar«, sagte Mäxchen. »So machen wir's. Und von dem Geld, das wir mit ihr verdienen, kaufen wir uns eine Makkaronifarm.«

Rosa Marzipan, die Hübsche, blickte die beiden entgeistert an. Dann flüsterte sie: »Ihr seid ja zwei fürchterliche und ausgekochte Halunken. Wäre ich doch bloß in Arabien geblieben. Dort gab es zwar zum Frühstück verdünntes Wasser und zehn Stockhiebe auf die Fußsöhlchen – aber ihr zwei seid ja noch viel schlimmer als mein lieber Emir Omar mit dem Beinamen der Grässliche.«

Dann mussten sie endlich laut lachen. Auch Minna und Emma, die Lachtauben, lachten mit. Nur das weiße Kaninchen beteiligte sich nicht. Kaninchen lachen höchstens im Traum.

Nach dem Essen wusch Rosa das Geschirr. Der Jokus trocknete ab. Und Mäxchen sang, mit Judiths Kronenhut auf dem Kopf, das Lied von König Bileam.

Als es draußen finster geworden war, gingen sie noch einmal durch den Garten bis zur Terrasse hinaus und freuten sich am Glanz der Dunkelheit. Lugano glitzerte, tief unten, wie ein Juwelierladen. Über den schwarzen See fuhr ein illuminierter Dampfer. Der Monte Bré, der kleine zugespitzte Berg mit seinen Villen, Hotels und Dörfern, glich einem schimmernden Christbaum.

Doch der Märchenhimmel über den drei Hausbesitzern, mit seinen goldenen, grünen, blauen und weißen Sternen, dieser uralte funkelnde Himmel übertraf auch diesmal die Welt der Glühbirnen, so schön sie sein kann.

»Ich bin ja nicht neugierig«, meinte Mäxchen, als er es sich in der alten Streichholzschachtel bequem machte, »aber wo ist eigentlich meine Wohnung geblieben?«

Professor Jokus von Pokus räkelte sich in dem breiten französischen Bett zurecht, das ihm seit heute gehörte, und fragte beiläufig: »Was denn für eine Wohnung?«

Mäxchen sagte: »Die Zweizimmerwohnung, die mir Judith und Osram seinerzeit geschenkt haben.«

»Ach richtig. Deine Zweizimmerwohnung. Wer weiß, wo Rosa sie hingestellt hat.«

»Sie steht nirgends. Rosa hat uns, als wir ankamen, alle Zimmer gezeigt. Ich bin doch nicht blind.«

»Nein, das kann man dir nicht vorwerfen. Vielleicht hat sie beim Umzug vergessen, sie einzupacken?«

»Ihr zwei macht mir Spaß«, meinte Mäxchen verdrossen. »Eher hätte sie ihren Namen vergessen als meine niedliche Wohnung. Das weiß ich.

Und ich weiß noch etwas: Ihr habt schon wieder Heimlichkeiten vor mir.«

»Das ist natürlich auch möglich«, sagte der Jokus. »Um Weihnachten herum kommt das vor. Weil du aber Heimlichkeiten nicht leiden kannst, werde ich dir jetzt klipp und klar erzählen, was wir dir bis zum Heiligabend verschweigen wollten. Also …«

»Hör auf!«, rief Mäxchen. »Ich will es gar nicht mehr wissen. Ich bin ein kleiner Schafskopf.«

»Irrtum«, sagte der Jokus. »Du bist ein großer Schafskopf. Und nun lösche das Licht aus, ja? Der Herr Zauberkünstler sind müde.«

»Der kleine Schafskopf auch«, murmelte Mäxchen und drückte auf den Knopf der Nachttischlampe.

Am 24. Dezember nach dem Mittagessen fuhr ein Kombiwagen durchs Tor der »Villa Sorgenklein«. Drei Männer kletterten heraus, trugen Kisten und Kasten und allerlei Geräte in den Garten und machten sich, auf halbem Wege zwischen der Terrasse und der Villa, in der Wiese zu schaffen. Was sie dort trieben, war nicht zu sehen.

Außerdem musste Mäxchen die zwei Meter

hohe Tanne schmücken, die im Wohnzimmer stand. Er hüpfte, leicht wie ein Vogel, von Zweig zu Zweig, steckte Kerzen fest, hängte Glaskugeln, Zuckerkringel und Engelshaar in den Baum. Der Jokus stand wie ein General daneben und sagte nur:

»Die blaue Kugel etwas weiter rechts ... Die dritte Kerze am vierten Ast von unten steht schief ... Den Schokoladenring mehr in die Mitte ... Noch ein bisschen ... Das war zu viel ...«

Rosa schaute zu ihnen ins Zimmer, erklärte: »So gut möchte ich's auch mal haben«, und wollte wieder in die Küche zurück. »Kannst du nicht hierbleiben?«, fragte Mäxchen. »Wir könnten dich gut gebrauchen.«

»Wofür denn?«

»Als Marzipan am Christbaum!«

Sie stemmte die Hände in die Hüften. »Du bist und bleibst das nichtschmutzigste, nein, das nichtsnutzigste Kind, das ich kenne.«

Aber Mäxchen, der sich in einem Zuckerkringel schaukelte, rief: »Warte nur ab, bis du selber welche hast.«

Da räumte sie das Feld, murmelte: »Ich glaube, der Gänsebraten verbrennt«, und fort war sie.

Als es hübsch dunkel geworden war, zündeten sie am Baum die Lichter an, ließen ein paar Wunderkerzen zischen und sprühen, sangen »O du fröhliche«, und jeder gab jedem einen Kuss. Das machte insgesamt sechs.

»Andere Geschenke gibt es nicht«, erklärte der Jokus energisch. »Wir haben einander die Villa geschenkt. Das ist Bescherung genug.«

»Ihr Schwindler«, meinte Mäxchen seelenruhig. »Wo ist denn meine Zweizimmerwohnung? Und was haben die Leute mittags im Garten gemacht?«

»Na schön«, sagte der Jokus. »Es ist zwar nicht üblich, am Heiligabend im Garten Ostereier zu suchen, aber wir können ja einmal nachschauen.« Er steckte den Jungen in die Brusttasche. Rosa nahm zwei Klappstühle. Und so spazierten sie ins Freie.

Zunächst zeigten ihnen die beiden Scheinwerfer am Dach der Villa den Weg. Dann wurde es für kurze Zeit finster. Doch ganz plötzlich begann es in der Wiese zu schimmern und zu leuchten und zu flimmern, als hielten, zu ihren Füßen, tausend Glühwürmchen ihre Weihnachtsfeier ab. Doch es waren keine tausend Glühwürmchen, sondern es war ein kleines Haus, kaum höher als zwanzig Zentimeter, und aus allen Fenstern zwinkerte Licht.

Mäxchens Zweizimmerwohnung mit Bad und Küche nahm den ersten Stock ein. Im Erdgeschoss lagen ein Arbeits- und ein Spielzimmer sowie ein Turnsaal mit einem Duschraum. Eine Treppe war natürlich auch da. Sie führte bis ins Dachgeschoss, und auch hier oben, im schrägen Dach, glänzten drei Fenster. Rosa und der Jokus saßen auf den Klappstühlen, schwiegen und lächelten zufrieden. Wisst ihr übrigens, was Mäxchen sagte? Er sagte gar nichts! Es gibt solche Kinder. Je mehr sie sich freuen, umso stiller werden sie. Mir ging es, als ich ein kleiner Junge war, ganz genauso. Und manche Erwachsene verstehen das falsch. Das ist schade, lässt sich aber nicht ändern.

Das Marzipanfräulein und der Professor gehörten glücklicherweise nicht zu der falschen Sorte. Sie konnten warten, und so warteten sie. Sie blieben auch still, als Mäxchen am Jokus hinunterkletterte, langsam zu dem Häuschen schlich und durch die Fenster blickte. Er konnte sich nicht sattsehen.

Schließlich räusperte sich der Jokus. »Willst du den Schlüssel haben und hineingehen?«

Der Kleine Mann schüttelte den Kopf. »Der Schlüssel ist entsetzlich klein. Vielleicht verlieren wir ihn«, meinte Rosa. Mäxchen schüttelte wieder den Kopf, lief plötzlich auf das Paar zu, kletterte am Jokus hoch, kroch in die Brusttasche und sagte ein einziges Wort. »Morgen«, sagte er.

Am ersten Feiertag, also am 25. Dezember, war er munter und vorlaut wie immer. Der Jokus nahm eine Kamelhaardecke mit und setzte sich, weil das Wetter mild und sonnig war, vor dem Liliputhaus mitten in die Wiese. Mäxchen inspizierte inzwischen sein Eigenheim vom Keller bis zum Boden, und immer wieder einmal riss er ein Fenster auf und rief: »Hier steht ja das Hochreck aus Pichelstein!« und: »Auch meine Bibliothek ist da!« und: »Ist das ein richtiges Telefon?«

»Natürlich, mein Kleiner. Und wenn du die Nummer 01 wählst, meldet sich eine uns nicht ganz unbekannte Dame.«

Mäxchen hockte sich in den Lehnstuhl und wählte die Nummer 01. (So einen kleinen Apparat habt ihr noch nie gesehen.) »Wer spricht?«, fragte er. »Mademoiselle Rosa? Sind Sie es höchstpersönlich? Mein Name ist Hausbesitzer Max Pichelsteiner. Ich begrüße Sie auf das herzlichste ... Was tut not? ... Eile? ... Wieso? Warum sollen wir denn schon jetzt zum Essen kommen? ... Waaas?« Der Kleine Mann starrte zum Professor hinaus und legte auf. »Weißt du, was sie gefragt hat?«, rief er.

»Nein, mein Kleiner.«

»Ob wir zwei Spielmätze verschwitzt hätten, dass 15 Uhr 15 eine interessante Fernsehsendung gezeigt wird.«

Der Jokus blickte auf die Uhr und sprang hoch. »Wie die Zeit vergeht, wenn man nichts zu tun hat! Komm, mach die Fenster zu und schließ die Tür ab!«

Als sie dann schließlich durch die Wiese zurückmarschierten, hatte es Mäxchen wieder einmal mit dem Dichten. Er sang:

»Wohlauf zu frischen Taten!
Es riecht nach Gänsebraten.
Das merkt sogar ein Kind.
Als Nachtisch gibt es Fernsehn.
Da werden wir zwei Herrn sehn,
die werden wir sehr gern sehn,
weil wir es selber sind!«

An diesem Nachmittag saßen viele Millionen Kinder mit ihren Eltern vorm Fernsehschirm und hatten eine halbe Stunde lang rote Ohren. Sie sahen Pichelstein und den Zirkus, den Zauberprofessor mit dem weißen Kaninchen und den beiden Tauben, die drei Schwestern Marzipan als Luftspringerinnen, und sie sahen, das war die Hauptsache, mit eigenen Augen den fünf Zentimeter großen Jungen, der in einer Streichholzschachtel schlief. Sie sahen und hörten, wie er beim Jokus Lesen und Schreiben lernte. Sie erlebten, wie die beiden in einem Herrengeschäft die Schaufensterpuppe kauften und wie dann Mäxchen, im Hotelzimmer, auf dem Schönen Waldemar die Kunst des Kletterns übte. Die Sendung endete mit dem Lied vom »Leutnant Unsichtbar«, und die Ansagerin wies auf die Fortsetzung am Sonntag in vierzehn Tagen hin.

ASTRID ROSENFELD

Ich bin der Auerhahn

Paul und ich müssen Weihnachten mit dem Arschloch feiern. Weil Opa im Hospiz stirbt und Papa in Spanien ist und Mama sagt, dass es nicht gut für uns wäre, Weihnachten im Hospiz zu sein, weil das traumatisch für Kinder ist. Ich weiß nicht, was das bedeuten soll. Traumatisch, klingt irgendwie gar nicht so schlecht. Außerdem bin ich schon fast vierzehn. O.k., dreizehn und zwei Monate und sechs Tage.

Das Arschloch hat zu Mama gesagt, dass er Paul und mich auch zu seiner Schwester mitnehmen kann. Aber da bin ich ausgerastet. Zu Fremden will ich ganz bestimmt nicht. Und dann hat Mama gesagt, es reicht jetzt. Und ich habe Papa angerufen und ihm gesagt, dass ich sofort nach Spanien will.

»Ach Häschen, vielleicht nächstes Jahr«, hat er geantwortet und versucht, ganz traurig zu klingen, aber im Hintergrund habe ich Gelächter gehört und Cordelia hat »Champagner« gerufen. Cordelia ist Papas Freundin. Ich mag Cordelia, aber sie interessiert sich nicht besonders für Paul und mich.

Ich würde Opa lieber beim Sterben zusehen, als mit dem Arschloch Weihnachten zu feiern.

Wunschliste Paul

~~Goldener~~ Rettrifer ~~Goldretrifser~~ Goldener Hund, so wie in dem Film wo der die Brille anhat. Der hund ist nicht würklich Gold. So hell Braun. Aber der Hund ist echt nicht aus Stoff. Am besten ein Bebi, aber es geht auch ein Hund der schon erwaxen ist.

Ich möchte seine Hand halten. Nicht hinzufahren, ihn Weihnachten allein zu lassen – das würde ich mir nie verzeihen.

Holger hat sofort ja gesagt. »Selbstverständlich passe ich auf die Kinder auf.« Was für ein guter Mann! Dankbar. Ich bin dankbar.

Wenn Anna nur nicht so ein Theater machen würde. Natürlich, sie braucht Zeit. Und dreizehn ist ein schwieriges Alter.

»Einen Truthahn?«

»Ja, einen Truthahn, so wie Mama ihn gemacht hat.«

»Warum kommst du mit den Kindern nicht einfach zu uns?«

»Sie wollen nicht.«

»Na und? Holger, es sind Kinder. Seit wann bestimmen Kinder?«

»Gib mir einfach das Rezept.«

Friedrich öffnete die Augen. Der winzige Fleck an der hellgrünen Wand war noch da. »Auerhahn«, flüsterte der alte Mann. Der Klang seiner eigenen Stimme erschreckte ihn. Warum hatte er das gesagt. Auerhahn? Hatte es etwas mit dem Fleck zu tun? Aber der Fleck erinnerte nicht an einen Auerhahn, eher an eine Seilbahn, nein … An etwas, an … Das Wort fiel ihm nicht ein. »Auerhahn«, wiederholte er. Dann schüttelte er heftig den Kopf. Diesen verdammten Schädel, der alles durcheinanderbrachte. Der Worte verschwinden ließ.

Wie lange lag er schon hier? In diesem Zimmer? In diesem Bett?

Ron hat gesagt, dass Weihnachten Kapitalismus ist und deshalb scheiße und dass man sich Geschenken verweigern muss. Und dass die ganze Welt kaputtgeht. Und dass er deshalb kein Fernsehen mehr guckt. Ich habe versucht, auch kein Fernsehen mehr zu gucken. Außerdem ist Ron Vegetarier. Ich esse keine Tiere mehr, nie, nie wieder. Ich habe gedacht, dass Ron mich vor den Ferien küssen wird. Hat er nicht. Trotzdem glaube ich, dass er mich gut findet. Julia hat auch gesagt, dass er auf mich steht. Warum hat er mich nicht geküsst? Am letzten Schultag standen wir voll lange vor dem Tor, und ich habe immer meinen Kopf so zur Seite gedreht, wenn ich gelacht habe. So dass mein Mund ganz nah an seiner Schulter war. Und dann musste Ron gehen, und dann hat er mich umarmt. Voll lange. Das war total schön. Aber geküsst hat er mich nicht. Und zu Hause habe ich geweint und Würstchen gegessen und Fernsehen geguckt, aber ich habe gar nicht richtig hingeschaut. Also zählt das auch nicht.

»Mama, wenn Anna keine Geschenke will, kann ich dann Annas Geschenke haben?«

»Anna meint das nicht ernst, Paul. Anna wäre

traurig, wenn sie keine Geschenke bekommen würde.«

»Anna hat gesagt, die Welt geht kaputt wegen den Geschenken und deshalb will sie keine.«

»Paul, glaub mir, deine Schwester meint das nicht so. O.k.? Und jetzt geh in dein Zimmer und spiel ein bisschen.«

»Mama?«

»Ja.«

»Warum geht die Welt kaputt, wenn man ein Geschenk bekommt?«

»Die Welt geht nicht kaputt.«

»Aber Anna hat gesagt …«

1 Truthahn, ca. 3,5–4 kg
Salz
Pfeffer aus der Mühle
Füllung:
1–2 Karotten, zerkleinert
1 Stück Stangensellerie, zerkleinert
4 Schalotten, geschält
1 Zitrone, geviertelt
150 g Butter
4 EL gehackte Kräuter, z. B. Salbei, Thymian
1–2 TL Paprika
2 TL Rohrzucker

Er blinzelte. Jemand stand in seinem Zimmer. Schwester Christa. Jetzt war alles ganz klar in seinem Kopf.

Der Fleck: Ein Schneebesen. Schneebesen. Schneebesen.

Seit drei Wochen lag er hier.

Er: Friedrich Seiler

Geboren am 17. August 1924

Sohn

Schüler

Soldat

Deserteur

Ehemann

Steuerberater

Vater eines Jungen

Witwer

Vater eines toten Jungen

Alkoholiker

Arbeitsloser

Ehemann

Trockener Alkoholiker

Nachtportier

Buchhalter

Geschiedener

Rentner

Großvater

Sterbender

Und irgendwo zwischen diesen Worten tauchte ein Auerhahn auf.

»Auerhahn«, sagte er.

»Was haben Sie gesagt, Herr Seiler?«

»Auerhahn.«

»Herr Seiler, wie geht es Ihnen heute?«

Friedrich lächelte. Wie ging es ihm? Er wusste es nicht.

»Morgen kommt Ihre Tochter. Morgen ist Weihnachten.«

23. Dezember 2003. 17:38 Uhr. 9 Grad Celsius. Eisige Luft. Ich schwitze wie ein Schwein.

34 Supermärkte. 16 Fleischereien. Kein Truthahn.

Nicht aufgeben, Holger. Nicht aufgeben. Irgendwo in dieser verdammten Stadt muss es doch noch einen Truthahn geben.

»Verpiss dich.«

»Anna?«

»Paul, ich habe gesagt, du sollst dich verpissen. Warum musst du immer in mein Zimmer kommen?«

»Ich will dich doch nur was fragen?«

»Was?«

»Glaubst du, dass ich den Hund kriege?«

»Nein, und jetzt verpiss dich.«

Es wird sein letztes Weihnachten sein. Ich habe mit Mama gesprochen und gefragt, ob sie sich verabschieden möchte.

»Dein Vater ist praktisch ein Fremder für mich. Es wäre unpassend, Liebes«, hat sie gesagt.

Unpassend? Für wen?

Papa ist nie über die Trennung hinweggekommen. Es gab keine Frau nach ihr.

»Ich war jung und naiv und dann schwanger. Wir haben nicht zusammengepasst. Nie. Er war viel zu alt für mich. Fast dreißig Jahre trennen uns … Das Ganze war ein Missgeschick. Und jetzt bitte keine Vorwürfe, Kind.«

Vorwürfe? Nein. Ich habe mich daran gewöhnt, dass Mama nicht nur ihre Ehe, sondern auch meine Geburt als Missgeschick bezeichnet.

Ein Fremder – das hat mich getroffen. Denn auch mir ist Papa fremd, fremd geblieben.

Es ist … Ich weiß so wenig über ihn, über sein Leben, bevor er mein Vater wurde.

Morgen ist also Weihnachten, dachte er.

»In jenen Tagen erließ Kaiser Augustus den Befehl, alle Bewohner des Reiches in Steuerlisten einzutragen. Dies geschah zum ersten Mal; damals war Quirinius Statthalter von Syrien. Da ging jeder in seine Stadt, um sich eintragen zu lassen …«

Viele Male hatte Friedrich jene Passage aus dem Lukas-Evangelium vorgelesen. Die Großmutter hatte immer ihn auserkoren. »Der Friedrich soll vortragen. Der Friedrich hat ein wunderbare Stimme.«

Und schon damals – er war fast noch ein Kind – dachte er, dass es irgendwie traurig war, dass die Weihnachtsgeschichte mit Listen und Steuern begann.

Liber Got (oder Jesus),

ich weis das du die Geschenke nicht bringst aber trostdem kanst du meiner Muttter sagen das ich den Hund würklich brauche. Ich werde sehr lib zu ihm sein. Streicheln und futer geben. Manchmal bin ich aleine und das ist nicht schön und dann hätte ich so gern einen Hund. Dann bin ich nicht mer alein.

PAUL

»Spinnst du! Was machst du da?«

»Ich schicke dem lieben Gott einen Brief.«

»Mama. Paul fackelt die Wohnung ab. Maammaaa!«

Weihnachten, der einzige Tag im Jahr, an dem Frieden herrschte. Vater ließ Mutter in Ruhe. Mutter ließ Vater in Ruhe. Sie kochten zusammen. Wir aßen zusammen. Saßen an einem Tisch, ohne dass Vater Mutters Tablettensucht erwähnte, oder sie seine Affäre, die ihrer Meinung nach der Grund für die Tablettensucht war. Er hingegen gab der Tablettensucht die Schuld für seinen Seitensprung.

Weihnachten: Es gab Truthahn, jedes Jahr.

Ein Truthahn kann Frieden stiften. Er riecht nach Frieden. Er schmeckt nach Frieden.

»Paul, was hast du dir dabei gedacht?«

»Ich musste doch den Brief an den lieben Gott schicken, und so macht man das. Man verbrennt das Papier.«

»Wer … wer hat dir das erzählt?«

»Ich habe das im Fernsehen gesehen.«

»Die im Fernsehen haben gelogen. Versprich mir, dass du nie, nie wieder mit Feuer spielst.«

»Ich hab nicht gespielt.«

»Paul, du … Du darfst nichts verbrennen oder anzünden oder … Kein Feuer. O.k.? Verstanden?«

»Ja, Mama.«

»Was hast du dem lieben Gott denn geschrieben?«

»Dass ich den Hund brauche, damit ich nicht allein bin.«

»Aber du bist doch nicht allein.«

»Wo bist du?«

»Auf dem Weg nach Damsdorf.«

»Damsdorf?«

»Brandenburg.«

»Warum?«

»Ich kaufe einen Truthahn.«

»Es ist fast acht Uhr.«

»Ich weiß.«

»Holger, die Kinder brauchen keinen Truthahn.«

»Doch.«

Ron ist schon den ganzen Tag online und hat mir nicht geschrieben. Ich will nicht zuerst schreiben. Ich will, dass er zuerst schreibt.

Er dachte an seine Großeltern, seinen Vater, seine Mutter, seine erste Frau, sein erstes Kind. Sie alle hatten ihn ein Stück begleitet. Sie alle waren ihm abhandengekommen und er war weitergegangen.

»Auerhahn«, flüsterte er.

Geflügelhof Melcher – kein Truthahn, nur Hühner.

Aber Sigrid Melcher hat gesagt, ich soll zum Rudi gehen. Der Rudi hat vielleicht einen Truthahn für mich.

Ob sie mir Rudis Telefonnummer geben könne, hab ich gefragt.

Der Rudi hat kein Telefon, aber zum Rudi ist es nicht mal eine Viertelstunde mit dem Auto.

»Anna, mach die Musik leiser.«

»Warum?«

»Dein Bruder schläft, und ich … Ich brauche ein bisschen Ruhe.«

»Immer was du brauchst. Was ich brauche, interessiert niemanden.«

»Anna, bitte. Das ist nicht einfach für mich.«

»Was ist nicht einfach?«

»Mein Vater stirbt.«

»Lieber Gott, ich weiß nicht, ob du den Brief gekriegt hast. Ich will dich nicht nerven. Mama sagt immer, es reicht, wenn man einmal fragt. Aber ich weiß nicht, ob ich jetzt schon gefragt habe oder nicht. Verstehst du? Ich kann dir auch nicht noch mal schreiben, weil ich nichts verbrennen darf. Bitte, lieber Gott, mach, dass ich einen Hund kriege. Ich habe dir irgendwann gesagt, dass ich nie wieder etwas will, wenn Mama und Papa sich wieder vertragen. Wenn ich den Hund kriege, können Mama und Papa geschieden bleiben. Und ich bin nicht traurig. Bitte lieber Gott und Jesus, ich will den Hund. Sonst nichts.«

Rudis Haustür und mich trennt: ein Rauhhaardackel. Ein bellender Rauhhaardackel. Im Haus brennt Licht. Rudi ist also zu Hause. »Rudi«, rufe ich, aber wie soll Rudi mich hören, das elende Vieh hört nicht auf zu kläffen. Ich steige über den Zaun. Der Dackel fletscht die Zähne. Der Dackel schnappt nach meinem Hosenbein. Ich schüttle den Hund ab. Er rennt neben mir her. Bellt – schrill.

Die Haustür. Ich klopfe an. Einmal. Zweimal. Dreimal. Der Dackel schreit. Wirklich, das ist kein Bellen mehr, das sind Schreie.

Schritte.

Die Tür öffnet sich.

Ein Büschel schwarzgrauer Haare ziert die Mitte seines Schädels. Fleischige Ohren, aus denen ebenfalls schwarzgraue Haare wachsen. Der beleibte Körper steckt in einem aufgeknöpften Overall. Der nackte Bauch streckt sich mir entgegen – ja, auch hier sprießen schwarzgraue Haare.

Ich lächle.

Der Hund kläfft noch immer.

»Mach tot, Lady«, brüllt der Mann den Dackel an.

Der Hund fällt um.

Stille.

»Sind Sie Rudi?«

»Ja.«

»Ich brauche einen Truthahn.«

Ich hätte Anna anders antworten sollen. »Mein Vater stirbt.« Das sagt man nicht zu seiner dreizehnjährigen Tochter. Nicht so jedenfalls.

Als er das erste Mal Janus in seinen Armen wiegte, sprach Friedrich ein Gebet, nein, es war kein Gebet. Es waren Wünsche. Oder sind Gebete und Wünsche dasselbe?

»Sei mutig, mein Kind.
Werde kein Soldat.
Finde einen guten Freund.
Heirate eine warmherzige Frau.
Lerne.
Vertraue dir.
Aber vor allem, sei mutig, mein Sohn.«

Rudi ist raus aus dem Truthahn-Business. Am 29. Dezember geht's nach Thailand, und zwar für immer. Rente genießen. Eine Frau kaufen. Keine dicke. Bloß keine dicke. Und mit der Thai-Frau will er zusammen alt werden. Na ja, er ist ja schon alt, aber da kommen noch ein paar Jahre. Ein paar gute Jahre. Bumsen kann er auch noch. Und die Thai-Frauen, die verstehen sich aufs Bumsen. Das weiß der Rudi aus dem Fernsehen.

Und während Rudi spricht, der Hund liegt reglos zu seinen Füßen, sehe ich etwas im Mondschein durch den Garten huschen. Es ist …

»Da«, sage ich. »Da. Ein Truthahn.«

»Ach, der«, antwortet Rudi und winkt ab. »Der ist alt, der schmeckt nicht.«

»Ich will ihn trotzdem.«

»Nee.«

»Bitte, Rudi.«

»Ich schlachte doch jetzt nicht das alte Viech. Das kann man doch nicht mehr essen, so alt ist das. Das ist schon so gut wie tot, das Viech.«

»Bitte, Rudi.«

»Nee«, sagt Rudi und schüttelt heftig den Kopf.

Ich fasse Rudi fest am Arm. Der elende Hund richtet sich auf, fängt wieder an zu bellen.

»Mach tot, Lady«, schnauzt Rudi.

Der Dackel fällt um.

»Rudi.« Ich tätschle seinen Arm vorsichtig und erzähle. Erzähle von Deborah, von den Kindern. Dass ich mir nichts sehnlicher wünsche, als mit Deborah zusammenzuleben, aber dass das nicht geht, solange Anna mich hasst. Und bei Paul bin ich mir nicht so sicher – ja, vielleicht hasst auch Paul mich. Ich erkläre Rudi, dass Deborahs Vater im Sterben liegt und ich mit den Kindern Heiligabend allein sein werde. Und dass ich deshalb diesen verdammten Truthahn brauche, damit Frieden herrscht. Weil Truthähne Frieden bringen. Truthähne können das. »Bitte, Rudi.«

»Weine nicht, es tut mir leid, dass ich dich so angefahren habe.«

»Was?«

»Ich, ich bin … Dein Opa … Ich meine …«

»Mama, was willst du?«

»Es tut mir leid.«

»Was hast du denn damit zu tun?«

»Anna?«

»Mann, Ron ist voll … Er hat nicht geschrieben. Und er war den ganzen Tag online. Und hat alles Mögliche geliked. Und … Ich hasse ihn. Ich hasse mein Leben.«

»Ist Ron dein Freund?«

»Du raffst es nicht. Mann … Lasst mich alle in Ruhe.«

»Das Kind ist auf die Schienen gesprungen, um die Katze zu retten. Mutiger Junge. Die Frau hinterher. Der Zug … Sie hätten … Ich habe gerufen … Aber … Schrecklich … Schrecklich.«

So hatte der einzige Augenzeuge das Geschehen geschildert.

Der Truthahn ist besoffen. Wir haben ihn mit Rum-getränktem Brot gefüttert. Rudi holt eine Keule.

Knall.

»Ich habe das Viech gemocht. War acht Jahre alt.«

»Danke, Rudi.«

»Das wird nicht schmecken, aber wir haben einen Vertrag, junger Mann.«

»Ja.«

»Und Lady braucht Auslauf.«

»Klar.«

»Und nicht das billige Futter.«

»Natürlich.«

00:07 Uhr
Hey Ron, noch wach?

00:09 Uhr
Voll stressigen Tag gehabt.

00:10 Uhr
Ich auch. Was hast du gemacht?

00:16 Uhr
Ron bist du noch da?

00:30 Uhr
Ron????

»Wo bist du?«

»Fast zu Hause. Ich habe einen Truthahn und … Ich …«

»Was?«

»Ach, nichts.«

»Nichts?«

»Überraschung. Wann musst du morgen los?«

»Zehn, spätestens.«

»Ich versuche, um neun da zu sein. Oder soll ich jetzt noch vorbeikommen?«

»Nein. Ich muss schlafen.«

»Deborah?«

»Ja?«

»Ich liebe dich.«

Als Friedrich das erste Mal Deborah in seinen Armen wiegte, sprach er ein Gebet:

»Überlebe, mein Mädchen.
Trage deine Eltern zu Grabe.
Halte dich fern von Zügen.
Werde alt, mein Kind. Werde alt.«

Das Arschloch hat einen toten Vogel und einen Hund angeschleppt. Der Hund ist ein Dackel und heißt Lady. Geht's noch? Lady. Das klingt total pervers.

Mama hat mich angebettelt, nett zu Holger zu sein. Ihm eine Chance zu geben. Ich habe genickt, obwohl ich schreien wollte. Na ja, Opa stirbt, und sie tut mir leid. Ich mag Opa, aber irgendwie kenn ich ihn gar nicht richtig. Ich meine, er war immer lieb zu mir, aber irgendwie, na ja, wirklich geredet habe ich mit ihm nie. Er ist halt so super alt.

Der Dackel rennt mir die ganze Zeit hinterher, und Paul hinter dem Dackel. Ich habe den Hund weggeschubst, trotzdem kommt er angerannt. Ich habe nicht feste geschubst. Ich bin ja kein Scheiß-Tierquäler oder so.

Ich hätte Vater in meiner Nähe unterbringen sollen. Er hat doch weder Familie noch Freunde dort. Er hat nur noch mich. Ich hätte ihn jeden Tag besuchen können. Müssen. Sollen. Ach Papa, mein lieber Papa …

Was hat Holger sich dabei gedacht, Paul einen Hund zu schenken? Sind Haustiere überhaupt erlaubt? Wo ist der Mietvertrag? Ich kann Paul den Hund ja schlecht wieder wegnehmen. Ich hoffe, dass Anna sich zusammenreißt. Wenigstens heute. Wenigstens Weihnachten.

Als er seine Heimatstadt erreicht hatte, konnte er sein Elternhaus nicht finden. Es war weg. Wie so viele andere Häuser.

Vater und Mutter tot. Wie so viele andere Menschen.

Die Welt war kaputtgegangen.

Er war müde. Unendlich müde. Auf einen Haufen Steine, die einst eine Fassade gewesen waren, bettete der Soldat, nein, der Deserteur Friedrich Seiler seinen wunden Körper.

Als er die Augen aufschlug, saß sie neben ihm. Eine Fremde, die er später heiraten sollte. Die ihn pflegte, bis Herr Jandris ihn anstellte.

Steuerberater.

Und so begann Friedrichs neues Leben mit einer schwangeren Frau, mit Steuern und Listen.

»Frohe Weihnachten, Herr Seiler, wie geht es Ihnen heute? Ihre Tochter kommt nachher.«

»Also, wann wollt ihr essen? Ich brauche etwa vier Stunden.«

»Und was essen wir? Den Vogel da esse ich ganz bestimmt nicht.«

»Warum? Es ist ein Truthahn.«

»Ist mir egal, was es ist. Der Vogel sieht eklig aus. Außerdem bin ich Vegetarier.«

»Seit wann bist du Vegetarierin?«

»Geht dich gar nichts an. Der Vogel ist eklig und der Hund auch.«

»Lady ist mein Hund.«

»Ja, Paul, dein Hund, dann kannst du ihm ja beibringen, mich in Ruhe zu lassen.«

»Lass du Lady in Ruhe, du bist eklig.«

»Ich hasse euch alle.«

Die Tage verbrachte er auf dem Friedhof, die Abende in der Kneipe.

Nur das Brennen in seiner Kehle, in seinem Magen, erinnerte ihn daran, dass er lebendig war. Er saß am Tresen, als eine blasse Hand nach der seinen griff. Das hübsche Gesicht. So jung. Er wusste nicht, ob er wachte oder träumte. Ihr warmer Körper tröstete ihn. Unverhofft. Eine Handvoll Nächte. Es brannte nicht mehr in seiner Kehle, in seinem Magen. Rettung, ein neues Leben. Eine schwangere Frau.

Backofen auf 220 Grad vorheizen.

Truthahn innen und außen mit Salz und Pfeffer würzen. Gemüse hacken. Truthahn mit Gemüse und Zitrone füllen.

»Wie geht es ihm?«

»Er schläft viel.«

»Wie lange … Was denken Sie, wie lange …«

»Einen Tag, zwei. Vielleicht eine Woche.«

»Hat er Schmerzen?«

»Wir tun unser Möglichstes, dass er keine hat.«

»Ist er denn noch bei Bewusstsein?«

»Ja, er ist ansprechbar. Ich denke, er versteht, was man ihm sagt.«

»Ich … ich habe …«

»Angst?«

»Lady, bleib doch hier. Bitte, du bist mein Hund. Anna mag dich nicht. Aber ich liebe dich, Lady. Mein Hündchen. Was möchtest du spielen?«

Ron hat ein Foto von sich gepostet.

Neue Jacke, neues Skateboard. Frohe Weihnachten, du Scheißidiot.

Die Geschenke sind auf dem Tisch. Der Vogel ist in der Röhre. Die Kinder sind in ihren Zimmern.

Truthahn, heiliger Truthahn, verströme deinen Duft, bring Frieden!

Er sieht so winzig aus in diesem Bett. So winzig. Mein Vater.

»Papa, ich bin's, Deborah. Ich weiß nicht, ob du mich hören kannst. Ich ... Es ist Weihnachten. Und ... Ach Papa, ich ... ich kann mir nicht vorstellen, dass du gehst. Dass du ... Ich hätte ...«

Temperatur auf 175 Grad reduzieren. Weitere 2 bis 2,5 Stunden braten.

Friedrich Seiler betrachtete seine Tochter. Er wollte ihre Hände küssen. Aber er konnte sich nicht bewegen. Ob sie verstehen würde, dass er jetzt, in diesem Moment, glücklich war, dass er dankbar war, dass zumindest eines seiner Gebete erhört wurde? »Auerhahn«, flüsterte er und schloss seine Augen.

»Er ist tot.«

»O Deborah, es tut mir leid. So unendlich leid.«

»Er hatte ein schönes ... zumindest ein langes Leben.«

»Ja.«

»Wie läuft es mit den Kindern?«

»Wir haben Truthahn gegessen.«

»Und Anna?«
»Hat ihre Geschenke ausgepackt.«
»Gut.«

Ron kann mich mal. Echt, das ist vorbei.

Ich bin auch kein Vegetarier mehr.

Das Arschloch hat mir einen Plattenspieler und seine alte Plattensammlung geschenkt. Woher kennt ein Spasti wie der die Doors? Ich mag ihn trotzdem nicht, ich meine ich hasse ihn nicht oder so, aber … Ach, keine Ahnung. Warum ist das Leben so kompliziert? Opa ist tot, ich bin nicht mal richtig traurig. Vielleicht bin ich ein schlechter Mensch. Ich will kein schlechter Mensch sein.

1944
Friedrich und Karl waren schon viele Wochen unterwegs. Soldaten, Deserteure, zwei junge Männer, die nicht bereit waren zu sterben. Gewehre ohne Munition und eine Steinschleuder machten ihre gesamte Ausrüstung aus. Ob sie noch in Ungarn oder bereits in Österreich oder gar Deutschland waren, wussten sie nicht.

Seit Tagen irrten die beiden durch ein Waldgebiet, kämpften gegen Kälte und Hunger an. Sie hinterließen Fußstapfen im Schnee, und wären sie jetzt tot umgefallen, wäre das alles, was sie hinterlassen hätten.

Friedrich entdeckte den Auerhahn, halb versteckt hinter einem Baum. Der dritte Stein traf ihn. Doch dem verwundeten Vogel gelang die Flucht. »Er kann nicht weit sein«, sagte Karl. Winzige Blutströpfchen sprenkelten den weißen Schnee. Die Spur endete, der Auerhahn blieb verschwunden.

Als es dunkelte, richteten die beiden ihr Lager: zwei fadenscheinige Mäntel. Auf einem hockten sie dicht aneinandergedrängt, der andere bedeckte sie.

Am nächsten Morgen setzten sie die Suche fort. Die geschwächten Körper verlangten nach Nahrung.

»Da ist er wieder.«

Was für eine Jagd – zwei vor Hunger halbverrückte Menschen und ein verletzter Auerhahn. Am Ende krochen die Deserteure durch den Schnee, es war keine Kraft mehr in ihren Beinen.

Und wieder siegte der Vogel, wieder wurde es Abend, wieder schlugen Karl und Friedrich ihr Lager auf.

Der Morgen brach an. Reglos blieben die beiden Männer sitzen.

»Ich will nicht sterben«, sagte Friedrich.

»Ich auch nicht«, antwortete sein Freund.

Sie wagten es nicht, ihre Augen zu schließen, denn sie wussten, wenn sie jetzt einschliefen, gäbe es kein Erwachen mehr.

Mit Steinen haben sie mich beworfen.

Ich kann nicht mehr fliegen.

Zu ihren Füßen lege ich mich nieder.

Ich bin der Auerhahn.

JAN BRANDT

Der Familientermin

Ulrich Dettmers war der einzige Friseur im Dorf. Er war groß und schlank und bei den Frauen sehr beliebt. Dettmers hatte eine Halbglatze, die er mit einem Trick kaschierte. Auf der einen Seite hatte er sein Haar lang wachsen lassen und dann über den bloßen Schädel rübergekämmt. An den Wänden seines kleinen Salons, zwischen den Spiegeln und Postern, hingen Zertifikate und Auszeichnungen, aber alles, was er konnte, war diese eine Frisur.

Nach meinem letzten Besuch bei ihm hatte meine Freundin Schluss gemacht. Ich konnte das gut verstehen, denn ich sah wirklich schlimm aus. Und es war keine gute Idee, sie gleich danach zu besuchen. Aber mir blieb keine andere Wahl, ich konnte an jenem Tag nicht nach Hause fahren, mir noch einmal die Haare waschen und die Seiten nachschneiden, wie ich es sonst tat. Ich musste gleich zu ihr, um ihr zu sagen, was geschehen war.

An jenem Tag, es war der 23. Dezember, waren nämlich mein Vater, mein Bruder und mein Onkel schon bei Ulrich Dettmers gewesen. Sie hatten vor mir auf demselben Stuhl gesessen, und Dettmers hatte ihnen wie mir ein Tuch umgelegt, den Hals mit Krepppapier umwickelt, den Kopf mit Wasser bestäubt und seine Scheren und Kämme herausgeholt. Es war nicht meine Idee, dieser Familientermin. Meine Mutter bestand darauf, dass die Männer Heiligabend anständig aussahen.

Als er anfing, mir mit einem Kamm den Seitenscheitel nachzuziehen, sagte Dettmers: »Das Leben ist schon seltsam, manchmal kommt alles zusammen.«

Da saß ich also und schaute in den Spiegel. Ich sah eine Weihnachtsmannlampe aus Plastik, einen Weihnachtsbaum, von dessen Zweigen Lametta hing, und eine Weihnachtspyramide, die sich nicht mehr drehte, weil die Kerzen heruntergebrannt waren. Ich sah einen Haufen dreizehn-, vierzehnjähriger Jungen, mit denen ich zweimal in der Woche Fußball spielte. Ich sah ein paar alte Männer, die darauf warteten, meinen Platz einzunehmen. Ich sah Ulrich Dettmers, wie er mit seinen Scheren und Kämmen hantierte. Ich sah mich, blass vor Angst. Irgendwann traute ich mich nicht mehr, in den Spiegel zu schauen.

Die Anweisungen, die ich ihm gab, hatten nur den Zweck, überhaupt etwas zu sagen. Wenn man nicht ständig redete, stellte Dettmers nämlich Fragen, persönliche Fragen. Er hatte eine unerschöpfliche Neugier, vor allem, was zwischenmenschliche Beziehungen anbetrifft. Ich wusste von ihm Dinge über meine Eltern, die sie mir selbst nie erzählen würden. Und das Schlimmste war, dass er alles, was man ihm erzählte, weitersagte. Wenn es wenigstens in der Familie geblieben wäre.

Ich versuchte, mich auf die Shampoo-Flaschen, Gel-Tuben und Wachsdosen im Regal zu konzentrieren und Dettmers in regelmäßigen Abständen Fragen zu stellen. Er arbeitete sehr langsam und gründlich, und irgendwann verebbte unser Gespräch. Es entstand ein langes, unangenehmes Schweigen. Ich wischte gerade ein paar Haarbüschel von meinen Oberschenkeln, als er sagte: »So, und du hast also was mit der Gesine Buttjer.«

Ich zuckte zusammen, dabei schnitt er mir ein großes Loch in den Pony.

Er fluchte und sagte: »Sitz doch still, Junge. Was zappelst du immer.«

Ich fragte mich, wer es ihm gesagt haben könnte und ob er es meinem Vater, meinem Bruder und dem Onkel schon erzählt hatte.

Natürlich hatte er.

»Die waren vielleicht erstaunt«, sagte Dettmers, »mit der, ausgerechnet mit der.«

Ich weiß nicht, was ich für Gesine Buttjer empfunden habe, sie war einfach ein Mädchen, wir gingen zusammen zur Schule, hatten den gleichen Nachhauseweg, wohnten beide in der Bahnhofstraße, keine fünf Häuser voneinander entfernt, und an Nikolaus haben wir Händchen gehalten. Das war alles. Und trotzdem war es das Größte, was ich bis dahin erlebt hatte. Der Wahnsinn! Gesine Buttjer!

Sie war pummelig, trug eine schwarze Hornbrille mit mindestens fünf Dioptrien und hatte schon mit jedem Jungen in der Klasse rumgeknutscht. Das behaupteten die anderen jedenfalls. Nur mich ließ sie nicht ran. Ich sei was Besonderes, sagte sie. Und das deprimierte mich. Man sagte nämlich auch, sie sei ein »Flirtje van Wicht« und eine »Herumdrieverske«. Und von meinem Bruder hatte ich gehört, dass sie deshalb so genannt wurde, weil sie, wie er es kaum eine Woche zuvor in einem dieser Gespräche von

Mann zu Mann ausgedrückt hatte, »ihre Beine nicht zusammenhalten kann«.

Ob Ulrich Dettmers davon wusste, kann ich nicht sagen. Gerüchte gab es viele, und wenn man alles, was gesagt wurde, ernst nahm, dann war jeder im Dorf entweder alkoholabhängig oder vorbestraft. Ich warf einen kurzen Blick in den Spiegel. Dettmers hatte die Haare mit Klemmen hochgesteckt. Nach einer halben Stunde war er endlich fertig. An der rechten Seite waren meine Haare über dem Ohr abgeschnitten, auf der linken hingen sie mir bis zum Kinn.

Ich musste ans Weihnachtsessen denken und daran, wie wir alle mit unseren Uli-Dettmers-Frisuren am Küchentisch sitzen würden. Mein Vater, mein Bruder, mein Onkel und ich. Meine Mutter würde jedem Tee einschenken, mein Onkel würde ein kurzes Gebet sprechen, und danach würde mein Bruder über den Tisch langen, um ein Wiener Würstchen aus der Schüssel zu fischen, das er nur aß, um es mir wegzunehmen. Ich würde dasitzen, unfähig, etwas zu essen oder zu sagen. Sie würden mich anschauen und irgendwann fragen: »Sitzt du bei Buttjers auch so am Tisch?«

Das konnte ich mir unmöglich antun.

»Fertig«, sagte Dettmers, machte das Krepppapier und den Umhang ab, wischte mit einem Pinsel über meinen Nacken und strich mit einer schwungvollen Bewegung die Mähne von der linken Seite über meinen Kopf. Er nahm einen Handspiegel und ging um mich herum, damit ich mir alles ansehen konnte. Dann klatschte er in die Hände und sagte: »Der Nächste bitte!«

Bezahlen musste ich bei einer Angestellten, die kleine silberne Sternchen auf ihre solariumgebräunte Haut geklebt hatte und nach Haarspray roch. Ich gab ihr zehn Euro, mein Vater zahlte für die gleiche Arbeit das Doppelte, aber er war schließlich ein erwachsener Mann mit Tonsur, jemand, bei dem Einfühlungsvermögen und handwerkliches Geschick gefragt waren, wenn es darum ging, die Folgen des Alters zu verstecken.

Ich sorgte dafür, das Geld immer passend zu haben, um so schnell wie möglich verschwinden zu können.

Ich wusste nicht, was ich machen sollte. Morgen würden es alle wissen, das ganze Dorf würde vor dem Gottesdienst in der Kirche über mich und Gesine Buttjer sprechen. Ich beschloss, mit ihr zu reden. Vielleicht, dachte ich, weiß sie eine Lösung.

Sie wohnte in einem kleinen, etwas heruntergekommenen Backsteinhaus neben der Apotheke, in der ihre Mutter arbeitete. Ich stellte mein Fahrrad an die Hauswand und klingelte. Es war das erste Mal, dass ich sie zu Hause besuchte. Bisher hatten wir uns immer heimlich verabredet, hinter der Schule, am See, in einer Hütte im Wald.

Als ihr Vater die Tür öffnete, sagte er: »Wohl unter den Rasenmäher gekommen, was?«

Auch er hatte eine Uli-Dettmers-Frisur, allerdings war seine schon etwas ausgewachsen, das Haar hing ihm an der rechten Seite herunter, und er musste sich die vorderen Strähnen schon hinters Ohr klemmen, damit sie ihm nicht ins Gesicht fielen.

Herr Buttjer ließ mich hinein und rief nach seiner Tochter. »Sie hat Besuch«, flüsterte er und ging in die Küche. Man hörte ein Rumpeln von oben, dann kam sie die Treppe herunter. Ihre fleischigen Wangen waren ganz rot, und ich fand, dass sie weicher und hübscher aussah als am Morgen in der Schule.

»Oh«, sagte sie und zupfte an ihrem Kleid herum.

Mir war nicht ganz klar, ob sie mit dem »Oh« meine Frisur kommentierte oder ihrem Erstaunen Ausdruck verlieh, dass ich so unvermittelt bei ihr aufgetaucht war.

»Was machst du hier«, fragte sie und schaute nach oben, als hätte sie dort etwas vergessen.

Wenn sie den Kopf zur Seite drehte, konnte man nur ihre dicken Brillengläser, nicht aber die Augen erkennen; wandte sie sich dann wieder um, erschienen ihre Augen größer als zuvor. Ich strich mir die Haare zurück und machte einen Schritt nach vorn.

»Alle wissen es«, sagte ich.

»Wer weiß was«, sagte sie.

»Ich war gerade bei Dettmers.«

»Das sehe ich.«

»Ich habe ihm nichts gesagt. Ich weiß auch nicht, woher er es hat, aber er weiß, dass wir zusammen sind.«

Sie lachte, es war ein schrilles, hysterisches Lachen. Ich hatte sie noch nie so lachen hören. Wahrscheinlich kam es ihr selbst komisch vor, denn sie hielt sich dabei die Hände vor den Mund und hüpfte von einem Bein aufs andere. Dann nahm sie die Hände weg.

»Wir, zusammen«, sagte sie, »wir sind doch nicht zusammen.«

Ich war völlig fertig.

»Hast du das gedacht«, sagte sie.

Ich konnte nichts mehr sagen. Ich sah sie nur an und wollte sie nicht mehr sehen. Ich drehte mich um und öffnete die Tür. Es hatte angefangen zu schneien. Meine Eltern warteten schon mit dem Abendessen auf mich. Ich setzte mich auf mein Fahrrad und fuhr die Straße entlang. Das Auto stand in der Einfahrt. Mein Vater saß am Fenster. Ich fuhr über die Bahngleise. Gleich würde ich da sein.

ZORAN DRVENKAR

1979 Und Weihnachten Nummer 13

Am Weihnachtsabend ist alles bereit. Es riecht nach Keksen und Braten, die Eisblumen vor den Fenstern lassen sich mühelos mit dem Fingernagel abkratzen, und meine Schwester spricht kein Wort mit mir. Ich habe ihr sechs von ihren zehn Hanutas geklaut. Erst wollte ich nur eines nehmen, dann waren es aber doch zwei, die so lecker schmeckten, dass ich gleich noch mal zwei genommen habe. Meine Schwester hat es lange nicht gemerkt. Also dachte ich mir, zwei mehr können auch nicht schaden. Und *das* hat sie dann gemerkt. Sie rannte zu meiner Mutter, und meine Mutter ließ sie abblitzen. Die Chancen, dass unsere Eltern uns abblitzen lassen, sind immer recht hoch. Und manchmal muss man das Schicksal einfach herausfordern.

»Wie spät ist es?«

Ich liege im Sessel und sehe eine langweilige

Sendung über Meißner Porzellan, als Mutter ins Wohnzimmer reinschaut. Sie hat unseren kleinen Bruder auf dem Arm. Obwohl er schon ein halbes Jahr alt ist, tut Mutter so, als wäre er noch nicht richtig geboren und bräuchte noch mindestens ein weiteres halbes Jahr auf ihrem Arm, bevor sie ihn loslassen kann.

»Es ist sieben«, sage ich.

»Sieben?«, sagt Mutter und verschwindet wieder in der Küche.

Alles ist bereit – in einer halben Stunde wollen Tante Vesna und Onkel Juro kommen. Dann werden wir im Wohnzimmer essen, Weihnachtsmusik hören und den Tannenbaum bewundern. Das einzige Problem ist, dass es keinen Tannenbaum gibt. Vater ist nirgends zu finden, und Mutter hat schon überall angerufen. In der Firma, bei Marijan, bei Picek im Restaurant. Nichts.

Das Telefon im Flur klingelt. Ich höre Mutter aus der Küche rennen und den Hörer abheben. Sie lauscht, flucht kurz und legt wieder auf. Als das Telefon zum zweiten Mal klingelt, bleibt sie in der Küche. Ich gehe ran.

»Oh, Mann«, sagt Karim, »deine Mutter hat mich verflucht, du, da bin ich mir ganz sicher.«

»Blödsinn, sie hat dir ein schönes Weihnachtsfest gewünscht.«

»Wirklich?«

»Wirklich.«

»Klang aber komisch. Habt ihr dicke Luft oder was?«

»Wir haben noch keinen Tannenbaum.«

»Wir schon«, sagt Karim, »mein Vater hat ihn gestern gekauft, aber noch immer billig, du.«

»Gut für ihn«, sage ich.

»Du kannst nachher nicht raus, was?«

»Nee, kannst du vergessen, die lynchen mich, wenn ich nur aus dem Fenster schaue.«

Karim schweigt, ich schweige, meine Mutter taucht mit unserem Bruder auf dem Arm im Türrahmen der Küche auf. Zigarette in der freien Hand, Augen drohend.

»Ich muss mal auflegen«, sage ich.

»Ja, feier mal schön«, sagt Karim.

Zehn Minuten später gehe ich aufs Klo, als das Telefon erneut klingelt. Ich höre meine Mutter rangehen und fluchen, ziehe die Spülung und renne in den Flur. Der Hörer liegt neben dem Telefon, von meiner Mutter ist nichts zu sehen.

»Hallo?«, sage ich in den Hörer hinein.

»Deine Mutter flucht ganz schön heftig«, sagt Adrian.

»Das war kein Fluch«, antworte ich, »das ist jugoslawischer Brauch. Damit wünscht sie dir viel Glück und tolle Geschenke zu Weihnachten.«

»Na denn. Was läuft?«

»Wir warten auf den Tannenbaum.«

»Schon wieder?«

Seitdem ich mein großes Buch von Weihnachten schreibe, lässt der Tannenbaum fast jedes Jahr auf sich warten. Vater ist ein cleverer Typ. Er zahlt niemandem fünfzig Mark, wenn er den Tannenbaum am letzten Tag für einen Zehner kriegen kann. Geduld ist alles, sagt er immer. Meine Mutter findet das nicht lustig. Vor drei Tagen hat sie ihn angeschrien, dass sie diesen blöden Baum endlich schmücken wolle. Dann zog Vater los und kam mit leeren Händen wieder. »Morgen«, sagte er, »morgen besorge ich einen.«

Heute ist morgen, und meine Mutter brutzelt in ihrer Wut wie der Gänsebraten, den sie alle zehn Minuten mit Öl beträufelt.

»Ich melde mich morgen«, sage ich zu Adrian und lege auf.

Eine Dreiviertelstunde später kommen Onkel Juro und Tante Vesna. Sie sind gut gelaunt, und Onkel Juro preist als Erstes den fehlenden Weihnachtsbaum und dass er schon lange nicht solch einen Prachtkerl gesehen hätte.

»Da kannst du dir den Schmuck ja glatt sparen«, sagt er.

Tante Vesna lacht schallend, meine Mutter verzieht nicht mal die Mundwinkel. Ich kann sehen, wie sie in der Küche den Braten anschneidet und auf den Teller meines Onkels das mickrigste Stück legt.

Obwohl Susa gebettelt hat, weigert sich Mutter dieses Mal strikt, den Plastikweihnachtsbaum aufzustellen.

Es klingelt. Wie jedes Jahr kommen die Kotschans aus dem Vorderhaus zu uns rüber. Sie haben eine Flasche Wein dabei und machen einen auf überrascht, sie wollten eigentlich nur alles Gute wünschen; und meine Mutter spielt mit und lässt sie rein und lacht und gibt ihnen Teller und Gläser, und dann wird gefeiert. Eine Stunde darauf sind wir alle vollgefressen. Die Erwachsenen sind leicht angetrunken, meine Mutter stocknüchtern. Die Musik ist laut, Engelschöre schreien sich heiser, und zwischendurch murmelt

Ivan Rebroff irgendein Zeugs vom Christkind. Ich würde ja lieber Elvis hören, aber Mutter ist nicht in Stimmung. Sie bringt unseren kleinen Bruder ins Bett und zieht die Vorhänge zu. Es wird neun und dann zehn, und dann klingelt das Telefon. Meine Mutter winkt müde ab. Für sie ist das Fest gelaufen. Ihr ist es egal, ob Vater jetzt noch anruft oder nicht.

»Na, Zoki«, sagt Vater, »ist sie wütend?«

Ich kann hören, dass er in einer Telefonzelle steht. Ich kann mir auch vorstellen, wo sich diese Telefonzelle befindet. Eine Ecke weiter neben dem Supermarkt.

»Stinkewütend«, antworte ich.

»Die soll sich mal nicht so haben. Kommste runter?«

Ich bin das Alibi. Ich kenne das schon. Vater wird mit mir den Weihnachtsbaum hochtragen und dann oben prahlen, wie toll ich ihm geholfen habe. Das soll meine Mutter stolz machen, obwohl jeder genau weiß, dass ich nur aus Haut und Knochen bestehe und man meine Muskeln an einer Hand abzählen kann. Vater macht das sehr gerne. Ich bin sein Schutzschild, all die Wut meiner Mutter auf ihn verpufft, wenn er mich vorschiebt. Und wahrscheinlich kriegt er es mal wieder so hin, dass jeder denkt, ich wäre der Grund dafür, dass der Baum zu spät ist. *Ich musste ihn die Treppen beinahe allein hochschieben!*, wird er rufen, *es ist ein Wunder, dass wir nicht bis zum Morgengrauen gebraucht haben, nicht wahr, Zoki?* Und er wird mich dabei anstoßen und mir zuzwinkern.

Genau so ist mein Vater.

»Ich geh mal schnell mit Lucky!«, rufe ich ins Wohnzimmer.

Lucky hört das und kommt sofort hinter dem Sofa hervor. Es wird zwar immer wieder gemunkelt, sie wäre ein gewöhnlicher Zwergpudel, aber in Wahrheit entspringt sie einem uralten russischen Hundegeschlecht und erinnert an einen zotteligen Bison, der beim Schwanzwackeln fast um die Kurve biegt.

Seite an Seite rennen wir die vier Stockwerke hinunter, und es gelingt mir nur mit Mühe, sie auf den letzten Stufen zu schlagen.

Draußen ist es mies und kalt und windig, und ich zieh den Reißverschluss meiner Jacke hoch und halte Ausschau nach dem Mercedes meines Vaters. Das Witzige an unserer Familie ist, dass meine Eltern so tun, als hätten sie kein Geld, wir zu fünft in einer Wohnung mit zwei Zimmern leben, ich um jede Mark betteln muss und nie Taschengeld sehe, dafür aber fährt Vater einen protzigen metallicroten Mercedes, und im Sommer baut er an einem Ferienhaus in Jugoslawien herum. Ich weiß nicht, was daran wirklich witzig ist, aber so sagt man doch, wenn man etwas bescheuert findet und es nicht anders ausdrücken kann, weil es nun mal eben so ist.

Ich atme die eisige Luft tief ein und denke an ein Mädchen, an das ich nicht denken will. Terri. Sie gehört nicht in diesen Tag hier hinein, denn ich werde sie erst nach Weihnachten sehen. Und mit ihr reden. Ich bin nicht gut im Reden. Die Worte kommen in meinem Kopf durcheinander, sobald Terri vor mir steht. Ich bin das erste Mal verliebt, und es ist zu viel für mich. Wie erklärt man jemandem, dass es einem zu viel ist? Ich merke, wie ich vor Angst eine Gänsehaut bekomme. Ich muss jetzt aufhören, an Terri zu denken. Im nächsten Jahr wird alles anders sein. Ich will jetzt nur meinen Vater finden und mit ihm den Tannenbaum hochtragen, mehr will ich nicht.

Lucky springt an meinem Bein hoch. Ich streichle ihren Kopf und schaue mich um. Ich erwarte, irgendwo auf der Straße den Wipfel des

Tannenbaums zu sehen, wie er vom Dachgepäckträger nach mir winkt. Aber da ist nichts. Dafür höre ich ein Hupen. Ich trete auf die Straße, der Mercedes wartet unten an der Ecke in der zweiten Reihe, das blutige Leuchten von Rücklichtern ist im Schneematsch deutlich zu erkennen. Ich rufe nach Lucky und laufe die Philippistraße runter.

»He, Papa«, sage ich zu meinem Vater, der wie ein Pascha hinter dem Steuer sitzt und mit den Fingern aufs Lenkrad trommelt.

»Na, Kleiner«, sagt er, »was gibt's?«

»Wo ist der Weihnachtsbaum?«, frage ich.

»Du hast ja Fragen. Nun steig schon ein. Oder willst du Wurzeln schlagen?«

Ich gehe um den Wagen herum, lasse Lucky hinten reinspringen und steige vorne ein. Es riecht nach Schnaps und Bier und dem Schweiß meines Vaters.

»Na, was willst du für einen?«, fragt er mich.

»Was will ich für einen *was*?«

»Was für einen Baum, Mensch. Sag mal, willst du Abitur machen oder bluffst du nur?«

Am liebsten würde ich ihm gestehen, dass ich nur bluffe. Wer *will* schon Abitur machen? Hätte er mich gefragt, ob ich in einer Woche hundert Bücher lesen will, okay, aber das eben muss eine Fangfrage gewesen sein.

»Es ist halb elf«, sage ich.

»Na, da haben wir ja bis Mitternacht noch eineinhalb Stunden. Los, schnall dich an, der Bus fährt ab.«

Ich schnalle mich an, Vater rollt gemächlich die Straße runter und schaltet das Radio ein.

»Scheißweihnachtsmusik«, sagt er und schiebt eine Kassette rein.

Eine Frau singt vom Meer und dass sie seit Wochen auf ihren Geliebten wartet. Als sie einmal Luft holt, legt eine ganze Combo los und schrummelt auf allen nur erdenklichen Volksmusikinstrumenten. Ich habe große Lust, mich aus dem Wagen fallen zu lassen. Lucky stellt sich auf die Ablage zwischen den Sitzen und hechelt mir in den Nacken. Ich habe keinen Schimmer, wo wir hinfahren.

Wir halten am Ernst-Reuter-Platz, wo immer der große Weihnachtsbaummarkt ist. Bis vor vier Stunden zumindest. Wahrscheinlich hat Vater einen Deal ausgehandelt, und gleich kommt einer von diesen wieselartigen Verkäufern angelaufen und verkauft ihm für fast nichts eine nordische Edeltanne, die sich nur die Reichen leisten können.

»Da wären wir«, sagt Vater.

»Zu«, sage ich.

»Nur für die, die nicht wollen.«

Er parkt hinter der Buchhandlung.

»Komm, ich zeig dir was.«

»Und Lucky?«

Er sieht nach hinten.

»Nee, die muss hierbleiben.«

Ich will ihn warnen, Lucky hasst es, im Auto zu warten. Sie bekommt dann diese klaustrophobischen Anfälle und ist gar nicht gut gelaunt, wenn man wiederkommt. Aber das sollte Vater eigentlich wissen.

»Sie wird erfrieren«, versuche ich es.

»Wird sie nicht.«

Vater lässt den Schlüssel stecken, so dass die Standheizung weiterläuft, dann steigt er aus. Ich folge ihm zum Vordereingang der Buchhandlung und dann über die Straße zum Weihnachtsbaummarkt.

»Ich konnte nicht früher«, sagt Vater, »war voll im Stress. Die Jungs in der Kneipe haben mich nicht gehen lassen. Da kann man nichts machen.«

Er lacht.

»Ich sag dir, die können saufen. Lass bloß die Finger vom Alk, das ist nichts für dich. Werd erst mal ein Mann, okay?, dann reden wir darüber. Verdammt, ist das kalt. Was guckst du da so hin, willst du, dass die Bullen stehen bleiben? Schau geradeaus. Jaja, fahrt mal nur weiter, ihr Scheißbullen.«

Wir kommen zum Tannenbaummarkt. Innerhalb der Umzäunung liegen vielleicht noch fünfzig Bäume. Ich frage mich, was sie mit denen machen, sobald Weihnachten vorbei ist. Heben sie die auf? Blödsinn, die sind ja abgehackt. Vielleicht werden die Bäume für das nächste Jahr eingefroren. Möglich ist alles.

»Die sehen doch prächtig aus, was meinst du? Sehen die nicht prächtig aus?«

»Sehen gut aus«, sage ich und trete auf der Stelle, »sind aber auf der anderen Seite.«

»Solange es nicht die andere Seite vom Mond ist«, sagt Vater und rüttelt kurz mal am Zaun.

Der Markt hat einen Durchmesser von vielleicht dreißig Metern. Der Zaun selbst ist zwei Meter hoch und aus grünem Maschendraht. Er ist durch Stangen unterteilt, die in Zementblöcken stecken.

»Na, dann mach mal«, sagt Vater.

Ich schaue durch den Zaun, schaue meinen Vater an.

»Was schaust du so?«, fragt er. »Spiel ich im Verein oder du? Nun mach schon einen Hüpfer, zeig mal, was du draufhast.«

»Papa, ich kann da nicht rübersteigen!«

»Was denn? Bist du Mann oder Memme? Wenn ich nicht so eine Wampe hätte, ja, wäre ich längst schon rein und raus und noch mal rein und noch mal raus, verstehst du?«

Ich verstehe. Die Wampe meines Vaters ist sehr merkwürdig. Er hat dünne Beine, dünne Arme und dann diese Wampe. Er ist im letzten Jahr dreißig geworden, ich habe große Sorge, selbst mal so eine Wampe zu bekommen.

»Papa, ich kann da nicht …«

Vater sieht mich nur an. Dann klettere ich am Zaun hoch, der sich erst nach innen, dann nach außen biegt. Schließlich bin ich oben, klemme mir die Hoden ein und falle auf der anderen Seite wieder herunter. Leider liegt hier kein Schnee, die Pflastersteine lassen meine Zähne zusammenklacken.

»Ging doch prima«, sagt Vater.

Ich stehe auf und sehe mich um. Es ist komisch, dass auf der anderen Seite des Zaunes alles anders ist. Nur Zentimeter von meinem Vater entfernt beginnt eine andere Welt. Obwohl sich nichts verändert hat, wirkt es dennoch völlig neu, sobald man nicht mehr durch den Maschendraht schauen muss. Da ist die Bude von den Verkäufern, ein Haufen Müll von den Planen und Plastiknetze, in die die Bäume eingepackt werden. Und dann natürlich die Bäume selber. Zusammengeschoben wirken sie wie riesige grüne Schafe, die es sich für die Nacht bequem gemacht haben.

»Ach nee«, sagt Vater hinter mir.

Ich drehe mich um, Vater schiebt sich die Hände in die Hosentaschen und geht auf die andere Straßenseite. Ein Polizeiwagen schleicht vorbei, ich hocke mich hinter einen Müllhaufen und warte. Der Wagen biegt an der nächsten Kreuzung ab. Ich kann meinen Vater nicht mehr sehen. Schließlich löst sich ein Schatten von der Ecke. Vater zieht die Hose hoch und fummelt an seinem Reißverschluss.

»Wurde aber auch Zeit, bin mindestens einen Liter losgeworden.«

»Du warst pinkeln?«, frage ich.

»Wie?«, fragt Vater zurück und macht große

Augen. »Darf man nicht mal schnell pinkeln?«

»Da war eben die Polizei.«

»Das juckt die doch nicht, wenn wir uns ein Bäumchen holen, die wollen doch auch Weihnachten feiern.«

Gegen diese Logik kann ich nichts sagen. Ich starre meinen Vater einfach nur an, er winkt mich weg.

»Los, such dir einen aus.«

Ich geh zu den Weihnachtsbäumen rüber. Die Dinger sehen fast alle gleich aus, so dass ich für einen Moment das Gefühl habe, da liegt nur ein Baum. Ein Monstrum. Der Tannenbaum der Tannenbäume, und ich muss ihn eigenhändig durch die Gegend schleppen.

»Irgendeinen?«, rufe ich meinem Vater zu.

»Irgendeinen!«, ruft er zurück, und ich kann an seiner Stimme hören, dass er langsam abschlafft. Der Alkoholpegel in seinem Blut ist nicht mehr das, was er vor einer Stunde gewesen ist. Vater muss wieder auftanken, um weitermachen zu können.

Ich nehme einen der Bäume und ziehe ihn mit Mühe heraus. Er sieht prima aus, dunkelstes Grün und kräftige Äste. Ich schleppe ihn zum Zaun.

»Was ist das?«, fragt Vater. »Du sollst einen Tannenbaum und nicht ein Bäumchen herbringen. Scheiße, machst du auch mal was richtig?«

Ich will den Baum wieder zu den anderen Bäumen zurückbringen, da schlägt Vater klatschend gegen den Zaun.

»Was tust du? Wieso schleppst du den zurück? Hol einen neuen, hörst du, hol einfach einen neuen.«

Widerwillig lasse ich den Baum liegen. Ich finde es falsch, dass der da bleiben soll. Er gehört zu den anderen, aber das interessiert meinen Vater wenig. Ich sehe mir die anderen Bäume an. Die sind nicht größer. Und bevor ich einen zweiten rüberschleife und wieder angeblafft werde, sage ich das mal lieber meinem Vater. Also zurück zum Zaun.

»Die sind alle gleich.«

»Blödsinn.«

»Doch, die sind alle gleich.«

»Hol mal ein paar her.«

Und so schleppe ich drei Bäume an und kann danach kaum noch gerade stehen. Ich spüre jeden Muskel und bin schweißgebadet. Und jedes Mal schickt mich Vater wieder los, läuft auf und ab, kommandiert mich herum.

»Den ganz hinten … Den, wo der Ast so hochsteht … Probier mal den, ja … Den meinte ich doch nicht, hol den anderen, was soll ich denn mit dem anfangen, hm?«

Nach einer halben Stunde habe ich vierzehn von den Dingern zum Zaun rübergeschleift. Wenn ich so weitermache, habe ich bald alle verlagert.

»Ich kann nicht mehr«, sage ich und setze mich auf einen der Bäume.

»Was du nicht kannst, das kannst du nicht«, sagt Vater und spuckt sich in die Hände. Im nächsten Moment hängt er sich an den Zaun und will rübersteigen. Der Zaun beginnt sich zu biegen.

»Das Bein!«, rufe ich, »zieh das Bein hoch!«

Entweder ist ihm die Wampe im Weg, oder er war noch nie gut im Klettern. Auf jeden Fall zappelt er so sehr herum, dass der Zaun mehr und mehr aus der Fassung gerät, und dann kippen in einer langsamen Bewegung die Stangen mit den Betonklötzen nach außen, und der Zaun landet auf meinem Vater. Es gibt einen peitschenden Laut, dann ist es wieder still.

»Alles okay?«, frage ich.

Vater braucht eine Weile, um sich zu befreien.

Er steht auf und wischt sich seine Hose sauber. Danach steigt er über den gefällten Zaun und sagt:

»Geht doch.«

Er wählt fachmännisch einen Baum aus, den ich nie genommen hätte. Er ist mir zu schief. Ich weiß genau, was meine Mutter sagen wird, wenn sie ihn sieht. *Kommt der mit Rentenversicherung oder was?* Sie wird es sagen, weil Vater irgendwann mal ein krummes Monster angeschleppt hat. Ihm geht es nur um Größe, die Haltung ist ihm schnurzpiepegal.

»Ist mir doch schnurzpiepegal, wie der Baum dasteht«, sagt er und schüttelt ihn kurz, »den will ich haben.«

Wir schleifen das Ding hinter uns her. Über den Zaun, über die Straße. An der Ampel warten wir einen Moment und gehen dann bei Rot.

»Da wird Mama Augen machen«, sagt Vater und grinst.

Er legt mir eine Hand auf den Kopf.

»Mach dir nichts draus, aber so einen Baum auszuwählen, dafür brauchst du Fingerspitzengefühl, verstehst du?«

Wir kommen am Wagen an, die Scheiben sind

von innen zugehechelt, Lucky tobt, und als sie uns kommen hört, bellt sie die Scheibe an und kratzt mit ihren Vorderpfoten über das Glas.

»Beruhige dich, du Töle«, sagt Vater und will die Fahrertür aufmachen. Die Tür bleibt zu. Er probiert es an der Tür dahinter. Nichts. Er legt die Hände über die Augen und schaut in den Wagen. Dann richtet er sich auf und tritt gegen den Hinterreifen und schreit plötzlich Lucky durch das Fenster an:

»ICH MACH AUS DIR GULASCH! ICH MACH AUS DIR GULASCH UND WURST UND BULETTEN UND SCHNEID DIR DIE OHREN AB UND ESS SIE MIT ZWIEBELN! DU KLEINE, VERMALEDEITE TÖLE, ICH MACH HACKFLEISCH AUS DIR!«

Die vermaledeite Töle muss in ihrer Panik mit den Pfoten auf einen der Türknöpfe gekommen sein. Die Automatik ist zugeschnappt, die Heizung läuft und der Schlüssel steckt.

»Wenn das nicht mein Wagen wäre«, sagt Vater, »würde ich jetzt das Fenster einschlagen. Lass dir das gesagt sein.«

Er steht da, seine Fäuste sind geballt. Der Tannenbaum liegt wie ein Betrunkener auf dem Bürgersteig. Es ist spät, es ist Weihnachten, und Lucky bellt sich im Wagen die Kehle heiser.

»Zumindest wird dem Vieh nicht kalt«, stellt Vater fest und zieht die Schultern hoch.

»Was guckst du so?«, ranzt er mich auf einmal an. »Fass an, sonst kommen noch die Bullen, und *das* hier möchte ich ihnen wirklich nicht erklären.«

Vom Ernst-Reuter-Platz zum Kaiserdamm sind es vier Stationen mit der U-Bahn, und es dauert ungefähr sieben Minuten. Ich halte den Baum hinten, Vater dirigiert von der Mitte aus und sagt kein Wort. Auf dem Bahnsteig sind wir die Einzigen, die warten. Nach zwei Minuten kommt ein Bahnbeamter.

»Schöne Tanne haben Sie da«, sagt er.

»Da machen Sie Augen«, sagt Vater, »Schnäppchen des Jahres, sage ich Ihnen, so was haben Sie noch nicht gesehen, was?«

Der Bahnbeamte checkt die Tanne und nickt anerkennend. »Und wohin wollen Sie damit?«

»Kaiserdamm.«

»Ah, Kaiserdamm. Aber nicht mit der U-Bahn, oder?«

»Nee«, sagt Vater, »wir warten auf unsere Oma, die schleppt uns das Ding, was denken Sie?«

Der Bahnbeamte findet das nicht witzig und schmeißt uns raus, nicht ohne vorher noch zwei Kumpels aus seinem Häuschen zu holen. Auf dem ganzen Weg nach draußen beschimpft Vater sie, und als wir endlich wieder auf der Straße stehen, zeigt er die Bismarckstraße runter und sagt:

»Ist ja nicht weit.«

Wir marschieren los.

Ist doch weit.

Nach über einer Stunde kommen wir endlich an. Ich bin so was von gerädert, dass ich die Kälte gar nicht mehr spüre. Wir schleppen den Baum die vier Stockwerke hoch und kommen in die Wohnung, als wäre es das Normalste der Welt, um halb eins am Weihnachtsabend mit einem Tannenbaum in eine Wohnung reinzumarschieren.

»Was ist hier los?«, ruft Vater.

In der Küche steht Geschirr, die Lichter sind aus, und meine Mutter ist vor dem Fernseher eingeschlafen. Meine Schwester und mein kleiner Bruder liegen im Bett, Onkel und Tante und Nachbarn sind längst verschwunden.

»Wo wart ihr denn?«, fragt meine Mutter verschlafen und zieht ihren Bademantel zu.

»Wo wir waren?«, fragt Vater zurück und lacht und stößt mich an, als ob meine Mutter die Doofe wäre, die nichts kapiert. »Wo wir waren, Mensch, was denkst du, wo wir waren!?«

Mutter zuckt mit den Schultern.

»Hol ihn mal«, wendet sich Vater an mich.

Ich gehe in den Flur und schleife den Baum rein. Dabei reiße ich die Kommode um und verteile die Schuhe im Flur.

»Wir wären schon früher hier gewesen«, beginnt Vater zu erzählen, »aber du weißt ja, was Zoran für einer ist. Mussten wir eben öfter Pause machen, denn der Wagen hat schlappgemacht, ist einfach versackt, mussten wir eben herlaufen, ist ja kein Problem. Sieh dir das Ding mal an. Die Tanne des Jahres! Der Typ wollte 200 Mark für haben. Hat er aber nicht gekriegt. Am Ende war er froh, dass ich ihm das Bäumchen überhaupt abgenommen habe. *Ivo,* hat er gesagt, *du handelst wie ein Türke.* Hat er gesagt, frag Zoran. Aber das Ding hochzuschleppen war kein Spaß, kannst dir ja denken, musste ich natürlich beinahe alleine machen, gut, dass Zoran dabei war, um die Spitze festzuhalten.«

Meine Mutter räumt den Tisch beiseite, wir zerren den Baum durchs Wohnzimmer, und natürlich ist er viel zu groß – obwohl wir in einem Altbau wohnen und die Decke über drei Meter hoch ist.

»Was ist das für ein Baum?«, fragt Mutter. »Kommt der mit Rentenversicherung oder was?«

»Red keinen Quatsch«, sagt Vater, »hol mal lieber die Axt.«

Er hackt am Stamm herum, meine Schwester wird davon wach und schaut ins Wohnzimmer.

»Na, Susa«, sagt Vater, »schon mal so was gesehen?«

»Nee«, sagt Susa und gähnt. Sie setzt sich auf das Sofa und zieht die Beine hoch.

»Warum bist du so rot im Gesicht?«, fragt sie Vater.

»Weil ich aus dem Wald komme und Holzfäller bin«, antwortet er und haut noch einmal zu. »So, jetzt müsste er passen.«

Wir stecken die Tanne in den Fuß. Sie passt. Sie lehnt zwar leicht an der einen Wand, und ihre Spitze biegt sich unter der Decke, aber sie passt.

»Wo ist der Schmuck? Lasst uns den Baum schmücken!«, ruft Vater und gießt sich einen Kognak ein.

»Ivo«, sagt Mutter, »es ist ein Uhr morgens.«

»Falsch, es ist Weihnachten«, korrigiert er sie

und breitet die Arme aus und sieht sich um. »Was ist hier los, kriegt man am Weihnachtsabend kein Essen? Sind wir Barbaren? Was ist hier los?«

Meine Mutter geht in die Küche, um das Essen aufzuwärmen. Susa holt Lichterkette, Lametta und Kugeln und beginnt den Baum zu schmücken. Während wir auf das Essen warten, hebt Vater sie immer wieder hoch, damit sie die Kugeln auch weiter oben anbringen kann.

»Wo ist Lucky?«, fragt Susa.

»Haben wir verschenkt«, sagt Vater. »Da war ein armes kleines Mädchen, das hat Lucky bekommen.«

Meine Schwester fängt an zu heulen, Vater fängt an zu lachen, meine Mutter kommt mit dem Essen ins Wohnzimmer.

»Jetzt flenn mal nicht«, sagt Vater, »Lucky sitzt im Auto und pennt. Wollte einfach nicht aussteigen, habe extra für sie die Heizung laufen lassen.«

Wir setzen uns um den Wohnzimmertisch und essen. Susa ist mit dem Dekorieren fertig und macht das Licht aus. Es ist plötzlich ganz gemütlich im Zimmer. Mutter sitzt neben mir und klaut von meinem Teller. Susa sitzt gegenüber auf dem Sofa und summt *Hoch auf dem gelben Wagen.* Ich bin so müde, dass ich beim Kauen mehrmals wegnicke. Beim vierten Mal haut mir Vater gegen den Hinterkopf und ruft fröhlich:

»Erwischt!«

Nachdem wir gegessen haben, müssen Susa und ich sofort ins Bett. Wir wissen, was kommt. Wir gehen in unser Zimmer und stehen im Dunkeln herum und warten. Plötzlich fliegt die Tür auf, und Vater ruft:

»Weihnachten! Holt eure Geschenke!«

Wer meinen Vater nicht kennt und in solchen Momenten tatsächlich ins Bett steigt, kann mit schweren nervlichen Schäden im Krankenhaus landen. Aber Susa und ich sind vorbereitet, wir marschieren ins Wohnzimmer zurück und schauen uns die Geschenke unter dem Baum an.

»Prima«, sage ich und muss gähnen.

»Was gähnst du?«, fragt Vater. »Willst du deine Geschenke etwa nicht haben?«

Ich reiße mich zusammen und mache einen auf fröhlich. Susa kichert, und dann holen wir unsere Geschenke und packen sie aus und freuen uns, und Vater legt die Beine hoch, und Mutter hat Tränen in den Augen, und Lucky sitzt im Auto und hat Paranoia, und Weihnachten ist mal wieder vorbei.

PAULO COELHO

Drei Weihnachtsgeschichten

A, b, c, d
(Nach einer alten jüdischen Sage)

Der Glaube lebt noch immer im Herzen der Menschen«, sagte sich der Priester, als er die volle Kirche sah. Es waren die Arbeiter des ärmsten Viertels von Rio de Janeiro, die sich alle zur Christmette eingefunden hatten.

Er freute sich darüber. Würdigen Schrittes begab er sich zum Altar.

»A, b, c, d …«

Es klang wie eine Kinderstimme. Die Anwesenden schauten sich ärgerlich um, wer es wagte, die Messe zu stören. Doch die Stimme fuhr fort:

»A, b, c, d …«

»Schluss damit«, sagte der Priester.

Das Kind – es war ein Junge – schien wie aus einer Trance zu erwachen. Es warf einen ängstlichen Blick in die Runde, und sein Gesicht überzog sich mit Schamesröte.

»Was soll das? Siehst du denn nicht, dass du unser Gebet störst?«

Der Junge senkte den Kopf, und Tränen rannen ihm über die Wangen.

»Wo ist deine Mutter?«, wollte der Priester wissen. »Hat sie dir nicht beigebracht, wie man sich bei einer Messe benimmt?«

Mit gesenktem Kopf sagte der Junge:

»Ich bitte vielmals um Entschuldigung, Pater, aber ich habe nie beten gelernt. Ich bin ohne Vater und Mutter auf der Straße aufgewachsen. Heute ist Weihnachten, und ich wollte mit Gott reden. Ich weiß nicht, welche Sprache er spricht, also sage ich die Buchstaben, die ich kenne. Ich hatte mir gedacht, dass Er dort oben die Buchstaben nehmen und daraus die Worte und Sätze machen könnte, die ihm gefallen.«

Der Junge erhob sich.

»Ich gehe jetzt«, meinte er. »Ich möchte die Leute nicht stören, die genau wissen, wie man mit Gott redet.«

»Komm mit mir«, sagte daraufhin der Priester.

Er nahm den Jungen bei der Hand und führte

ihn zum Altar. Dann wandte er sich an die Gläubigen.

»Heute Abend werden wir vor der Messe ein ganz besonderes Gebet sprechen. Wir werden Gott selber schreiben lassen, was er hören möchte. Jeder Buchstabe entspricht einem Augenblick in diesem Jahr, in dem wir eine gute Tat getan, mutig für einen Traum gekämpft oder ein Gebet ohne Worte gesprochen haben. Wir werden ihn bitten, den Buchstaben unseres Lebens eine Ordnung zu geben. Wir werden uns alle ganz fest wünschen, dass diese Buchstaben Ihm erlauben, die Worte und Sätze zu schaffen, die Ihm gefallen.«

Mit geschlossenen Augen begann er das Alphabet aufzusagen. Und alle Menschen in der Kirche fielen mit ein:

»A, b, c, d …«

Ein Platz im Paradies

(In Anlehnung an eine chassidische Erzählung von David Mandel)

Vor vielen Jahren lebte im Nordosten Brasiliens ein bitterarmes Paar, dessen einziger Besitz ein Huhn war. Von den Eiern, die es legte, konnten sie sich schlecht und recht ernähren.

Nun starb aber das Tier am Vorabend von Weihnachten. Der Mann hatte nur ein paar Cent, und das reichte nicht, um Nahrung für das Weihnachtsmahl zu kaufen. Hilfesuchend wandte er sich an den Dorfpfarrer.

Anstatt ihm zu helfen, meinte der Pfarrer nur:

»Wenn Gott eine Tür schließt, öffnet er ein Fenster. Wenn dein Geld für kaum etwas mehr reicht, dann gehe auf den Markt und kaufe das Erstbeste, was man dir anbietet. Ich segne diesen Kauf, und da am Weihnachtstag Wunder geschehen, wird etwas dein Leben für immer verändern.«

Obwohl er nicht sicher war, ob dies wirklich

eine gute Lösung sei, ging der Mann auf den Markt. Ein Händler sah ihn ziellos umherlaufen und fragte ihn, was er suche.

»Ich weiß es nicht. Ich habe nur sehr wenig Geld, und der Pfarrer hat gesagt, ich solle das Erstbeste, das man mir anbietet, kaufen.«

Der Händler war steinreich, ließ aber dennoch keine Gelegenheit aus, etwas dazuzuverdienen. Er nahm sogleich die Münzen, kritzelte etwas auf ein Stück Papier und gab es dem Mann. »Der Rat des Pfarrers war richtig. Da ich immer ein guter Mensch war, verkaufe ich dir an diesem Festtag meinen Platz im Paradies! Hier ist die Urkunde!«

Der Mann nahm das Papier und ging davon, während der Händler stolz auf ein weiteres gutes Geschäft zurückblieb. Am selben Abend, als er sich in seinem Haus voller Dienstboten für das Weihnachtsmahl fertig machte, erzählte er seiner Frau die Geschichte und fügte hinzu, dass er dank seiner Fähigkeit, schnell denken zu können, sehr reich geworden sei.

»Du solltest dich schämen«, sagte seine Frau. »So was tut man doch nicht. Und erst recht nicht an Weihnachten! Geh sofort zum Haus dieses Mannes und hol das Papier wieder zurück. Andernfalls setzt du keinen Fuß mehr hier herein.«

Erschrocken über den Zorn seiner Frau, gehorchte der Händler. Er musste sich lange durchfragen, bis er das Haus des Mannes fand. Als er eintrat, sah er das Ehepaar an einem leeren Tisch sitzen, in dessen Mitte das Papier lag.

»Ich bin hergekommen, weil ich falsch gehandelt habe«, sagte der Händler. »Hier ist dein Geld, bitte gib mir zurück, was ich dir verkauft habe.«

»Sie haben nichts Falsches getan«, entgegnete der arme Mann. »Ich habe den Rat des Pfarrers befolgt und weiß, dass ich etwas Gesegnetes besitze.«

»Das ist doch nur ein Stück Papier: Niemand kann seinen Platz im Paradies verkaufen! Wenn du willst, zahle ich dir das Doppelte.«

Doch da er an Wunder glaubte, wollte der arme Mann das Papier nicht verkaufen. Der Händler erhöhte sein Angebot immer weiter, bis er bei zehn Goldstücken angelangt war.

»Das wird mir nichts bringen«, sagte der arme Mann. »Ich muss meiner Frau ein würdigeres Leben ermöglichen, und dazu brauche ich hundert Goldstücke. Auf dieses Wunder warte ich an diesem Weihnachtsabend.«

Verzweifelt, weil er wußte, dass, wenn er noch

mehr Zeit verlor, in seinem Haus niemand zu Abend essen oder zur Mitternachtsmesse gehen könnte, zahlte der Mann am Ende die hundert Goldstücke. Für die beiden armen Leute erfüllte sich ein Wunder. Der Händler erfüllte, was seine Frau von ihm verlangt hatte. Aber seine Frau war sich nicht sicher: War sie ihrem Mann gegenüber nicht zu hart gewesen?

Gleich nach dem Ende der Messe sprach sie den Pfarrer an:

»Mein Ehemann hat den armen Mann getroffen, dem Sie vorgeschlagen hatten, das Erstbeste zu kaufen, was man ihm anbot. Da er leicht verdientes Geld vermutete, schrieb mein Mann ihm auf ein Stück Papier, dass er ihm seinen Platz im Paradies verkaufe. Ich habe ihm gesagt, es werde bei uns im Haus kein Weihnachtsessen geben, wenn er das Papier nicht wieder zurückbringe. Am Ende hat er hundert Goldstücke dafür zahlen müssen. War ich zu streng? Ist ein Platz im Paradies wirklich so viel wert?«

»Erstens hat dein Mann an diesem im christlichen Leben so bedeutsamen Tag großzügig sein können. Zweitens war er ein Werkzeug Gottes, damit sich ein Wunder vollziehen konnte. Aber, um auf deine Frage zu antworten: Als er seinen

Platz im Himmel für ein paar Cent verkaufte, war dein Mann nicht einmal diesen Preis wert. Als er sich aber entschloss, ihn für hundert Goldstücke zurückzukaufen, nur um der Frau, die er liebt, eine Freude zu bereiten, hat er sich, das kann ich dir versichern, als sehr viel mehr wert erwiesen als nur das.«

Josés Sandalen

(Nach einer Erzählung von François Coppée
aus dem Jahre 1903)

Vor vielen, so vielen Jahren, dass schon niemand mehr weiß, wann genau es war, lebte in einem Dorf im Süden Brasiliens ein siebenjähriger Junge namens José. Er hatte seine Eltern sehr früh verloren und war von einer Tante aufgezogen worden, die zwar reich, aber sehr geizig war. José, der nie erfahren hatte, was Liebe ist, fand aber, das Leben sei nun einmal so, und störte sich nicht daran.

Die Tante und José wohnten in einem Viertel für reiche Leute, und die Tante hatte den Schuldirektor gedrängt, ihren Neffen in die dortige Schule aufzunehmen. Sie wollte allerdings nur ein Zehntel des Schulgelds bezahlen und drohte, sich beim Bürgermeister zu beschweren, falls er ihrer Bitte nicht nachkam. Der Direktor gab klein bei, wies jedoch seine Lehrer an, José bei jeder Gelegenheit zu demütigen. Er wollte José so lange provozieren, bis er ausfällig werden und ihm so den Vorwand liefern würde, ihn der Schule zu verweisen. José, der nie erfahren hatte, was Liebe ist, fand, das Leben sei nun einmal so, und störte sich nicht daran.

Dann kam Heiligabend. Auf dem Weg zur Christmesse unterhielten sich Josés Schulkameraden darüber, was sie am nächsten Morgen in ihren Schuhen finden würden: eine neue Hose, teures Spielzeug, Schokolade, Roller und Fahrräder. Sie waren schön angezogen, wie immer an Feiertagen, nur José hatte wie immer seine zerlumpte Kleidung und die abgewetzten Sandalen an, die ihm längst zu klein waren. Einige Kinder fragten ihn, warum er so ärmlich angezogen herumlief, und schämten sich, ihn zum Schulkameraden zu haben. Da José nie erfahren hatte, was Liebe ist, störten ihn ihre Fragen nicht.

Als José die Kirche betrat, hörte er die Orgel spielen, sah die brennenden Lichter, die Leute in ihren Sonntagskleidern, die Familien, die zusammensaßen, Eltern, die ihre Kinder im Arm hielten, und da plötzlich fühlte er sich arm und elend. Nach der Kommunion setzte er sich, anstatt mit allen anderen nach Hause zu gehen, auf die Schwelle der Kapelle und begann zu weinen.

Auch wenn José die Liebe nie kennengelernt hatte, wusste er wohl, was es hieß, allein, hilflos, von allen verlassen zu sein.

In diesem Augenblick bemerkte er einen Jungen neben sich, der barfuß war und ebenso arm aussah wie er selber. Da er ihn noch nie gesehen hatte, nahm er an, dass er lange gegangen sein musste, um bis hierher zu kommen. Er dachte: ›Dem Jungen müssen die Füße weh tun. Ich werde ihm eine meiner Sandalen geben, das wird sein Leiden halbieren.‹ José hatte zwar die Liebe nicht kennengelernt, aber er wusste, was Leiden ist, und wollte nicht, dass andere litten wie er.

Er gab dem Jungen eine Sandale und ging mit der anderen nach Hause. Er trug sie abwechselnd mal am linken, mal am rechten Fuß, um sich weniger wundzulaufen.

Als er nach Hause kam, sah seine Tante sofort, dass er eine Sandale verloren hatte, und drohte ihm, wenn er sie am nächsten Tag nicht wiedergefunden hätte, würde er bestraft.

José ging voller Angst ins Bett, denn er kannte die Strafen seiner Tante. Zitternd lag er da und fand keinen Schlaf. Als er endlich am Einschlafen war, hörte er plötzlich lautes Stimmengewirr aus der guten Stube. Seine Tante stürzte ins Zimmer und befahl ihm, sofort ins Wohnzimmer zu kommen. Noch ganz benommen ging José hinüber und sah die Sandale, die er dem Jungen gegeben hatte, mitten im Zimmer liegen, und darum herum alles mögliche Spielzeug, Fahrräder, Roller, Kleider. Die Nachbarn waren ebenfalls alle da, zeterten und schimpften, ihre Kinder seien bestohlen worden, hätten beim Aufwachen nichts in ihren Schuhen gefunden.

In dem Augenblick erschien atemlos der Priester. Er hatte auf der Schwelle der Kapelle eine ganz in Gold gekleidete Statue des Christuskindes gefunden, die nur an einem Fuß eine Sandale trug. Augenblicklich wurde es ganz still, alle Anwesenden lobten Gott und seine Wunder. Und die Tante brach in Tränen aus und bat José um Vergebung. Josés Herz aber wurde von der Kraft und von der Liebe erfüllt, die er jetzt endlich erfahren hatte.

ANTON ČECHOV

Kleiner Scherz

Ein klarer Wintertag, um Mittag … der Frost ist stark, er klirrt, und Nadjenka, die sich an meinen Arm klammert, hat silbrigen Reif an den Schläfenlöckchen und Flaum über der Oberlippe. Wir stehen auf einem hohen Berg. Vor unseren Füßen bis hinab zur Erde erstreckt sich eine abschüssige Fläche, in der sich die Sonne betrachtet wie in einem Spiegel. An unserer Seite ein kleiner Schlitten, mit hellrotem Stoff ausgeschlagen.

»Fahren wir hinunter, Nadežda Petrovna!«, bettle ich. »Nur ein Mal! Ich versichere Sie, wir kommen heil unten an.«

Aber Nadjenka hat Angst. Der gesamte Raum vor ihren kleinen Galoschen bis zum Ende des Eisbergs erscheint ihr als ein schrecklicher, unermesslich tiefer Abgrund. Es erstirbt ihr Denken, es verschlägt ihr den Atem, wenn sie nach unten blickt, wenn ich ihr nur vorschlage, sich in den Schlitten zu setzen, denn was wird geschehen, wenn sie es riskiert, in den Abgrund zu fliegen! Sterben wird sie, den Verstand verlieren.

»Ich flehe Sie an!«, sage ich. »Sie brauchen keine Angst zu haben! Begreifen Sie doch, das ist Kleinmut, ist Feigheit!«

Endlich gibt Nadjenka nach, und ich sehe in ihrem Gesicht, sie gibt nach, den Tod vor Augen. Ich setze sie, bleich, zitternd, in den Schlitten, umfasse sie mit einem Arm und stürze mich mit ihr in den Höllenschlund.

Der Schlitten fliegt wie eine Kugel. Die durchschnittene Luft schlägt ins Gesicht, heult, pfeift in den Ohren, kneift schmerzend vor Wut, will einem den Kopf von den Schultern reißen. Vor dem Ansturm des Windes lässt sich nicht atmen. Es scheint, als halte uns der Teufel leibhaftig in den Tatzen und zerre uns unter Geheul in die Hölle. Die Gegenstände ringsum verschwimmen zu einem langen, dahinrasenden Band … Noch einen Augenblick, und wir sind, so scheint es, verloren!

»Ich liebe Sie, Nadja!«, sage ich halblaut.

Dann fährt der Schlitten immer langsamer und langsamer, das Heulen des Windes und das Surren der Kufen sind nicht mehr so schrecklich, der Atem erstirbt nicht länger, und schließlich sind wir unten. Nadjenka ist mehr tot als lebendig. Sie ist bleich, atmet kaum … Ich helfe ihr beim Aufstehen.

»Noch einmal fahre ich um keinen Preis«, sagt sie und schaut mich mit großen, vor Entsetzen geweiteten Augen an. »Um nichts in der Welt! Ich wäre fast gestorben.«

Etwas später kommt sie zu sich und blickt mir bereits fragend in die Augen: habe ich diese vier Worte gesagt, oder hat sie sie nur gehört im Brausen des Windes? Und ich stehe neben ihr, rauche und mustere eingehend meine Handschuhe.

Sie hakt sich bei mir unter, und wir gehen lange am Fuß des Berges spazieren. Das Rätsel lässt ihr, wie ich sehe, keine Ruhe. Sind diese Worte gesagt worden oder nicht? Ja oder nein? Das ist eine Frage der Eitelkeit, der Ehre, des Lebens, des Glücks, eine sehr wichtige Frage, die wichtigste auf Erden. Nadjenka schaut mir ungeduldig, traurig, mit forschendem Blick ins Gesicht, gibt unpassende Antworten, wartet, ob ich nicht beginnen würde zu sprechen. Oh, was für ein Spiel in diesem netten Gesicht, was für ein Spiel! Ich sehe, sie kämpft mit sich, sie muss etwas sagen, muss etwas fragen, aber sie findet nicht die Worte, ihr ist es peinlich, sie hat Angst, die Freude hindert sie …

»Wissen Sie was?«, sagt sie, ohne mich anzusehen.

»Was?«, frage ich.

»Lassen Sie uns noch einmal … rodeln.«

Wir steigen die Treppe hinauf auf den Berg. Wieder setze ich die bleiche, zitternde Nadja in den Schlitten, wieder fliegen wir in den schrecklichen Abgrund, wieder heult der Wind und surren die Kufen, und wieder, im schnellsten und lautesten Moment des Fluges, sage ich halblaut:

»Ich liebe Sie, Nadjenka!«

Als der Schlitten anhält, lässt Nadjenka den Blick über den Berg schweifen, den wir eben heruntergerodelt sind, dann schaut sie mir lange ins Gesicht, horcht auf meine Stimme, die gleichgültig und leidenschaftslos ist, und ihr ganzer Körper, sogar ihr Muff, ihre Kapuze, ihre ganze kleine Gestalt drücken äußerstes Befremden aus. Und ins Gesicht geschrieben steht ihr:

›Was ist nur? Wer hat jene Worte gesprochen? War er es, oder hat es sich nur so angehört?‹

Diese Ungewissheit beunruhigt sie, raubt ihr die Geduld. Das arme Mädchen antwortet nicht mehr auf Fragen, wird mürrisch, fängt gleich an zu weinen.

»Wollen wir nicht nach Hause?«, frage ich.

»Mir … mir gefällt dieses Rodeln«, sagt sie, errötend. »Wollen wir nicht noch einmal fahren?«

Ihr »gefällt« dieses Rodeln, dabei ist sie, als sie sich in den Schlitten setzt, wie die vorigen Male bleich, atmet kaum und zittert vor Angst.

Wir fahren zum dritten Mal hinunter, und ich sehe, wie sie mir ins Gesicht blickt, meine Lippen beobachtet. Doch ich halte das Taschentuch an die Lippen, räuspere mich, und als wir die Hälfte des Berges hinter uns haben, gelingt es mir zu sagen:

»Ich liebe Sie, Nadja!«

Das Rätsel bleibt ein Rätsel! Nadjenka schweigt, denkt über etwas nach … Ich begleite sie von der Rodelbahn nach Hause, sie bemüht sich, langsam zu gehen, verlangsamt den Schritt und wartet und wartet, ob ich ihr nicht jene Worte sage. Und ich sehe, wie sie leidet, wie sehr sie sich beherrscht, um nicht zu sagen:

›Der Wind kann sie nicht gesagt haben! Ich will auch nicht, dass der Wind sie gesagt hat!‹

Am andern Tage bekomme ich morgens einen Zettel: »Wenn Sie heute rodeln gehen, holen Sie mich ab. N.« Und seit diesem Tage gehen Nadja und ich jeden Tag rodeln, und wenn wir auf dem

Schlitten hinunterfliegen, sage ich jedesmal halblaut dieselben Worte:

»Ich liebe Sie, Nadja!«

Bald gewöhnt sich Nadjenka an diesen Satz, wie an Alkohol oder Morphium. Sie kann ohne ihn nicht mehr leben. Zwar hat sie vor dem Fliegen nach wie vor Angst, doch inzwischen verleihen jene Worte von der Liebe der Angst und Gefahr einen besonderen Reiz, Worte, die nach wie vor ein Rätsel bleiben und das Herz schwer machen. In Verdacht stehen immer dieselben zwei: ich und der Wind ... Wer von beiden ihr die Liebe erklärt, weiß sie nicht, aber es ist ihr offenbar auch schon egal; egal ist, aus welchem Glas man trinkt, Hauptsache, man wird betrunken.

Eines Tages ging ich um Mittag allein rodeln; in der Menge verloren, sehe ich, wie Nadjenka zum Berg kommt, wie sie mit den Augen nach mir sucht ... Dann steigt sie schüchtern die Treppe hinauf ... Sie hat Angst, allein zu fahren, ach, welche Angst! Sie ist bleich wie der Schnee, zittert, sie geht wie zur eigenen Hinrichtung, aber geht, geht ohne sich umzuschauen, entschlossen. Offenbar hat sie beschlossen, endlich die Probe zu machen: werden diese wunderbaren süßen Worte auch zu hören sein, wenn ich nicht mitfahre? Ich sehe, wie sie, bleich, mit vor Schrecken geöffnetem Mund, sich in den Schlitten setzt, die Augen schließt, der Welt für immer Lebewohl sagt und sich abstößt ... »Ssss ...«, surren die Kufen. Ob Nadjenka die Worte hört, ich weiß es nicht ... Ich sehe nur, wie sie sich erschöpft und schwach vom Schlitten erhebt. Und ihrem Gesicht ist anzusehen, sie weiß selbst nicht, ob sie die Worte gehört hat oder nicht. Die Angst, während sie den Berg hinunterfuhr, hat sie der Fähigkeit beraubt zu hören, Laute zu unterscheiden, zu verstehen ...

Da naht jedoch der Frühlingsmonat März ... Die Sonne beginnt zu liebkosen. Unser Eisberg dunkelt, verliert seinen Glanz, schließlich taut er. Wir können nicht mehr rodeln. Die arme Nadjenka wird nirgends mehr jene Worte hören, und es ist auch niemand mehr da, der sie sagen könnte, denn kein Wind ist zu spüren, und ich reise bald nach Petersburg – für lange Zeit, wahrscheinlich für immer.

Irgendwann vor der Abreise, ein zwei Tage vorher, sitze ich bei Dämmerlicht im Garten, der von dem Hof, auf dem Nadjenka lebt, durch einen hohen Bretterzaun mit Nägeln getrennt ist ... Noch ist es ziemlich kalt, unter dem Mist liegt noch der Schnee, die Bäume sind tot, doch es riecht schon nach Frühling, und beim Aufsuchen ihres Nachtlagers krächzen laut die Krähen. Ich trete an den Zaun und schaue lange durch einen Spalt. Ich sehe, wie Nadjenka auf die Freitreppe hinaustritt und einen kummervollen, sehnsüchtigen Blick zum Himmel richtet ... der Frühlingswind bläst ihr direkt ins bleiche, bedrückte Gesicht ... Er erinnert sie an den Wind, der uns damals auf dem Berg entgegenheulte, als sie jene vier Worte hörte, und ihr Gesicht wird traurig, so traurig, über die Wange rollt eine Träne ... Und das bleiche Mädchen streckt beide Arme aus, wie um den Wind zu bitten, ihr noch einmal jene Worte zuzutragen. Und ich warte einen Windstoß ab und sage halblaut:

»Ich liebe Sie, Nadja!«

Mein Gott, was geschieht da mit Nadjenka? Sie schreit auf, lächelt, strahlt über das ganze Gesicht und streckt dem Wind die Arme entgegen, voller Freude, glücklich und so schön.

Und ich gehe packen ...

Das alles ist lange her. Heute ist Nadjenka verheiratet; ob man sie verheiratet hat oder ob sie selbst gewählt hat – es ist der Sekretär am Vormundschaftsgericht, und sie hat heute drei Kinder. Dass wir damals zusammen rodeln gingen und ihr der Wind die Worte zutrug »Ich liebe Sie, Nadjenka«, ist nicht vergessen; für sie ist das heute die glücklichste, die anrührendste und schönste Erinnerung ihres Lebens …

Und ich kann heute, da ich älter bin, nicht mehr begreifen, warum ich jene Worte gesagt habe, wozu ich mir diesen Scherz erlaubt habe …

1886

PATRICIA HIGHSMITH

Weihnachtsfeste – meine und andere

Eine Geschichte über Weihnachten? Ich habe einmal eine geschrieben, in der es um eine gestohlene Tischuhr in einem Pariser Haushalt und das Zerbrechen einer bis dahin guten Ehe ging.* Ziemlich deprimierend.

Was mich interessiert, ist die Reaktion der Leute auf Weihnachten, schon allein auf das Wort »Weihnachten«.

Für mich bedeutet es drohende Schuldgefühle, die sich rechtzeitig vorher einstellen und hinterher wochenlang anhalten. Oft habe ich gedacht: Das Schuldgefühl ist der Eckpfeiler des Christentums, es spricht den Masochisten in uns allen an, all jene Individuen, die freiwillig zugeben: »Ich weiß, was ich tun sollte, aber ich kann es nicht!« In der Weihnachtszeit erhalte ich in der Regel

* *Eine Uhr tickt zu Weihnachten.* In: Patricia Highsmith, *Nixen auf dem Golfplatz*

mehr Weihnachtskarten, als ich verschicke, und manche, die ich erhalte, muss ich irgendwann erwidern. Ich kenne eine Frau in London, die grundsätzlich keine Weihnachtskarten mehr verschickt (und vermutlich auch keine mehr beantwortet) und die mir versichert hat, was für eine Erleichterung es war. »Beim ersten Mal braucht man wirklich Mut, aber danach fällt es einem leichter.« Ich habe mich bisher nicht getraut, das hundertprozentig nachzuahmen, höchstens zu fünfzig Prozent.

Ich weiß, wie schön und aufregend Weihnachten für Kinder ist, deren Rolle sich auf das Entgegennehmen von Geschenken beschränkt, und wenn sie ein Geschenk für Tante Martha kaufen müssen, dann nimmt ihnen irgendein Erwachsener die Arbeit ab. Ach, das selige Staunen, wenn man am Weihnachtsmorgen früh aufwacht und durch einen offenen Türspalt späht, der einen über Nacht entstandenen glitzernden Weihnachtsbaum enthüllt, mit silbernem, rotem und blauem Lametta und mit silbernen Kugeln in allen Größen geschmückt, mit einer Verzierung an der Spitze und mit kleinen Geschenkpäckchen an den Zweigen! Und unter dem Baum liegen noch mehr Geschenke auf dem kunstvoll zerknautschten weißen Bettlaken, das Schnee symbolisiert, als hätte es die ganze Nacht Geschenke geschneit. Und das glänzende Dreirad und der Feuerwehrwagen!

Kinder wissen, was zu tun ist und wie man Weihnachten genießt. Die Erwachsenen sind die Spielverderber, die sich nicht zu helfen wissen und sich langweilen, hin- und hergerissen zwischen dem Wunsch, die Feiertage zu ignorieren (soweit das überhaupt möglich ist), und dem anstrengenden Vortäuschen, ihnen gerecht zu werden. Das gilt besonders für jene, die allein leben und keine Familie in der Nähe haben. Wollen sie wirklich die lange Reise zu den Verwandten in Australien auf sich nehmen, nur weil Weihnachten ist? Kinderlose Erwachsene, die zusammenleben, lassen sich vielleicht vom allgemeinen Strom mitreißen und versuchen gar nicht erst, ihm zu widerstehen: Ein Truthahn muss her oder gebackener Schinken, und Plumpudding, Geschenke, Nadelbaum- und Stechpalmenzweige und Händels *Messias* im Radio sind unumgänglich.

Es gibt Fluchtmöglichkeiten, verlockende Anzeigen von Lokalitäten in Kent oder Sussex, vorzugsweise in Literaturbeilagen placiert. »Entziehen Sie sich der Weihnachtshektik, kommen Sie mit Gleichgesinnten oder allein in unseren zweihundert Jahre alten Black Swan Inn. Gemütlich, mit diskreter Atmosphäre, Bar und Kamin, drei Meilen von der nächsten Stadt entfernt ...«

Ein Freund in London hat sich einmal dafür entschieden, zu diesem einen Zeitpunkt im Jahr seine Pflicht zu tun und Weihnachten mit seinen Verwandten in Kanada zu verbringen. Nach drei Tagen landete er mit einer Alkoholvergiftung im Krankenhaus. Nicht alle Familienmitglieder lieben einander, das wird nur von ihnen verlangt, und Weihnachten kann zu schrecklichen Spannungen führen, die nichts Gutes bewirken. Alte Streitereien leben wieder auf, der eine ignoriert den anderen, und einer geht, ohne sich zu verabschieden. Die *Heiligkeit* des Anlasses verschlimmert dabei die Wirklichkeit, dass nämlich manche Familienmitglieder andere nicht ausstehen können, mit denen sie nun mehrere Tage verbringen müssen, und macht daraus eine zynische Veranstaltung. Da begreift man Prousts Worte als Trost: »Familie? Meine Freunde sind meine Familie«, doch während man sich dessen entsinnt, weiß man auch, dass die eigenen Freunde weit weg sind und viele Tage weit weg bleiben werden.

Dann haben wir den eingefleischten Eigenbrötler, der das ganze Jahr über hartnäckig auf seiner Eigenbrötlerei beharrt, dann aber, bei der Vorstellung seiner Einsamkeit, kurz vor Weihnachten in seltsame Panik gerät. Ein Exemplar dieser Spezies kenne ich. Wenn man sich mit dieser Person zur Weihnachtszeit verabredet, kann man sich darauf verlassen, dass sie die Verabredung im letzten Augenblick absagt, sich plötzliche Schmerzattacken ausdenkt oder das Treffen ohne weitere Begründung verschiebt. Irgendwann habe ich mir Notizen darüber gemacht in der Erinnerung an zwei ruinöse Weihnachtsfeiern und habe dabei festgestellt, dass es mehr als zwei waren. Inzwischen schlage ich nicht mal mehr ein gemeinsames Glas Glühwein vor, weil ich weiß, dass irgendetwas geschehen oder erfunden werden könnte, was die Weihnachtsstimmung verdirbt. Spätestens zwei Wochen vor Weihnachten überlegt sie mit wachsender Hysterie, ob sie allein zu Hause bleiben soll oder sich eine Reise nach Rom spendieren, um eine Freundin zu besuchen. Oder lieber eine Reise nach Paris, wo sie niemanden kennt, mit dem sie Weihnachten verbringen könnte. Mir kam schon der Gedanke, sie zu fragen, ob ihre Eltern sie früher einmal enttäuscht haben, indem sie sie über die Weihnachtsfeiertage allein im Internat ließen. Vielleicht will sie sich dafür rächen und jemand anderem die gleiche Enttäuschung bereiten, indem sie Verabredungen in letzter Minute absagt. Aber ich habe mich nie getraut zu fragen, ob sie als Kind jemals zu Weihnachten im Stich gelassen wurde. Inzwischen habe ich erfahren, dass sie im Vorfeld der Weihnachtszeit gerne andere Leute fragt, ob sie Weihnachten wirklich mögen, und dass sie sich wie ein kleines Kind freut, wenn die Antwort lautet: »Nein, und je eher der ganze Rummel vorbei ist, desto besser!« Dann hat sie das Gefühl, einen neuen Freund und Verbündeten gefunden zu haben, zumindest für diese Jahreszeit.

Die Armen und die Reichen zur Weihnachtszeit: Stoff für dramatische Erzählungen wie Dickens' Klassiker *Ein Weihnachtslied in Prosa*. Vielleicht etwas rührselig, aber zugleich der Inbegriff von Weihnachten mit seiner Botschaft, mildtätig und freundlich zu sein, großzügig anderen gegenüber, die weniger besitzen – wenigstens in diesen Tagen.

Die ärmeren Familien (zu denen meine Familie zählte) warten mit notwendigen Anschaffungen wie Socken, Mänteln, Wollschals oder Handschuhen bis zur Weihnachtszeit. Die Frage, was man schenken soll, stellt sich nicht. Die Wohlhabenderen zerbrechen sich den Kopf, weil sie und ihre Freunde alles haben, und verfallen auf Geschenke wie Parfüm, Kassetten, einen neuen Wok oder eine extravagante Armbanduhr. Arme und Reiche können Weihnachten auf ähnliche Weise begehen, mit einer (kleinen) glücklichen Familie oder guten Freunden beim Festmahl. Weihnachten ist für jeden ein anderes Fest, ob für den Einzelgänger, den Geizhals, den Geselligen, den Großzügigen oder den Zyniker. Der eine fürchtet es, der andere freut sich darauf, ein Dritter versteckt sich, und wieder ein anderer betrinkt sich und verabscheut Weihnachten und sich selbst.

Ein gewisses Unbehagen mag daher rühren, dass wir nicht ermessen können oder wollen, ob wir gute Christen sind, wenn wir es versuchen, oder ob wir überhaupt Christen sind. Christentum heißt zu geben, ohne etwas zu erwarten – Geld, Zeit, Bemühungen –, und nicht nur zur Weihnachtszeit, zum Beispiel einem bedürftigen Nachbarn. Zu Weihnachten sind diese Gedanken und Empfindungen konzentriert. Habe ich getan, was ich tun sollte? Hätte ich mich nicht etwas mehr bemühen sollen, etwas großzügiger sein sollen? Oder bin ich bloß sentimental, weil es Weihnachten ist? Warum kann ich Weihnachten nicht gelassen begegnen und es als besonders fröhliche Zeit betrachten, wie alle anderen es zu tun scheinen?

Das erste Weihnachtsfest oder der erste Weihnachtsbaum in meiner Erinnerung stammt aus der Zeit, als ich vier war. Meine Mutter hat mir erzählt, ich hätte durch die Schiebetür gespäht, die das Wohnzimmer meiner Großeltern von ihrem sogenannten Salon trennte, wo der Baum geschmückt wurde. Sie sagte, ich sei schweigsam gewesen, habe ernst und nachdenklich gewirkt, was sehr wohl der Fall gewesen sein kann, da mein Stiefvater wenige Monate zuvor auf der Bildfläche erschienen war und ich den Eindruck hatte, dass er und meine Mutter oft stritten, obwohl dieser Eindruck vielleicht nicht ganz richtig war. Als Kind war ich immer still, nur nicht, wenn ich draußen spielte. Ich erinnere mich an den altmodischen Weihnachtsbaumschmuck, den die Familie damals schon seit Jahrzehnten besessen haben dürfte, fackelförmige rote und silberne Schmuckelemente, Kugeln mit Sternmotiven, Eiszapfen aus Stanniolpapier. Massenhaft

Geschenke am Baum und darunter. Auf das Frühstück mit Kaffee und Haferbrei folgte bald Eierlikör mit Four-Roses-Whiskey, der aus einer großen Silberschale ausgeteilt wurde. Dann wurden die Geschenke ausgepackt. Alle sahen zu, wenn einer ein Geschenk öffnete. Entzückensrufe, Überraschungsbekundungen und Dank! Das Geschenkeauspacken konnte länger als eine Stunde dauern, und wir knabberten unterdessen die Weihnachtsplätzchen unserer Großmutter. Dann roch es nach gebratenem Truthahn und Maisbrot. Zum Weihnachtsessen gehörten außerdem Süßkartoffeln, mit Walnüssen gebacken und mit Marshmallows gekrönt, die im letzten Augenblick im Ofen geröstet wurden, Zwiebeln in Sahne, Cranberrysauce, Kartoffeln und Erbsen, damit niemand hungrig vom Tisch aufstehen musste, Staudensellerie und Oliven. Zum Dessert gab es hausgemachtes Vanilleeis und ganz sicher eine Scheibe vom Früchtekuchen meiner Großmutter, ohne Mehl gebacken. Ein oder zwei Exemplare dieses Früchtekuchens begoss sie schon Monate vor dem 25. Dezember jeden zweiten Tag mit einem Löffel Brandy, und der Kuchen wurde, in ein festes weißes Tuch eingehüllt, im Schrank aufbewahrt, damit er nicht staubig wurde.

Mein Großvater Dan'l sprach immer ein kurzes Gebet vor dem Essen. Und einer meiner Onkel samt Ehefrau und Tochter in meinem Alter war auch in der Regel anwesend. Aber wir gingen am Weihnachtstag oder am Heiligabend nie in die Kirche, soweit ich mich erinnern kann, und es war auch nie die Rede davon.

Dieses Weihnachtsritual wiederholten wir, als ich mit Mutter und Stiefvater in New York lebte: Eierlikör und Geschenke am Weihnachtstag, gefolgt von einem ausgezeichneten Essen.

Als ich zweiundzwanzig war, reiste ich viel; einmal war ich in Mexiko und verbrachte dort Weihnachten allein. In Mexico City wohnte ich während der Feiertage im Hotel. Freunde in New York hatten mir netterweise die Bekanntschaft mit einem Mann aus Mexico City vermittelt, einem Junggesellen, der mit seiner Mutter unter einem Dach wohnte. Wir feierten Weihnachten, indem wir die Mitternachtsmesse besuchten – es war herrlich mit den vielen Kerzen in der alten Kathedrale und dem Priester, der die Messe auf Lateinisch und Spanisch hielt. Dann gingen wir zum Haus meines neuen Freundes zurück, wo es noch mehr Kerzen gab, ein gutes kaltes Abendessen mit seiner Mutter und viel gute Laune. Ich erfuhr, dass Geschenke in Mexiko erst zu Neujahr ausgetauscht werden. Am Tag darauf, für mich dem eigentlichen Weihnachtstag, ging ich zum Schloss Chapultepec, wo Maximilian und Carlotta für kurze Zeit gelebt hatten. Die Straßen waren so gut wie leer, überall herrschte eine fast unnatürliche Ruhe. Der Palast, auf einem Hügel und umgeben von einem schönen Park, war von einem Dutzend junger gelangweilter mexikanischer Soldaten mit Gewehren »bewacht«, die mit der Zigarette in der Hand umherwanderten und sich freuten, einer Amerikanerin zu begegnen, die mit ihnen plaudern und sie etwas fragen wollte. Meine spärlichen Spanischkenntnisse sorgten mehr für Gelächter als für Verständigung. Ich erinnere mich noch an ihre untersetzten Gestalten, ihre kleinen Füße in den klobigen Militärstiefeln, an ihr Lächeln und ihre Liebenswürdigkeit.

Salzburg: Dort war ich einmal zur Weihnachtszeit, der Schnee lag meterhoch. Aus Achtung vor dem Brauchtum und auch aus Neugier habe ich ohne Begleitung die Mitternachtsmesse in der Franziskanerkirche besucht. Ich weiß noch, dass ich Jeans trug, eine dicke Jacke und Stiefel, die leider nicht hoch genug waren. Zahlreiche Kerzen vor dem grauen Hintergrund der steinernen

Wände, der Säulen und Nischen. Eine Atmosphäre, gemischt aus Frohsinn und Feierlichkeit. Der Organist spielte munter eine Reihe von Weihnachtsliedern, von denen mir viele nicht vertraut waren, aber auch *Stille Nacht*, gerade genug Takte, um die Melodie einmal zu spielen, als wäre das Lied nicht wichtiger als die anderen. Es ist in einem Dorf komponiert worden, das nicht weit von Salzburg entfernt ist. Da Salzburg weitgehend katholisch ist, war es aussichtslos, am Tag darauf etwas Warmes essen zu wollen, denn die Hotelköche hatten frei, und die Restaurants waren geschlossen. Ich aß kalten Schinken und Salat mit einem Glas Wein.

Was die Dauer angeht, übertreffen englische Weihnachtsfeste einfach alles. Offenbar dauern sie in der Regel fünf Tage und sogar noch länger, wenn Neujahr auf ein Wochenende fällt. Meine ersten englischen Weihnachten waren eine Offenbarung: Lebensmittel für fünf Personen, mich inbegriffen, wurden eingelagert wie für eine lange Reise. Drei Mahlzeiten täglich und außerdem die Teemahlzeit, ohne jede Möglichkeit, in den fünf Tagen etwas einzukaufen. Das war nicht in London, sondern auf dem Land. Die Frauen hatten alle Hände voll zu tun, aber wie sollte man zwei kleine Jungen beschäftigen? Sie auf Spaziergänge schicken? Das hielt ich für einen Eingriff in ihre Rechte, aber es wurde ein- oder zweimal angeordnet. Ihnen befehlen, die Spiele zu spielen, die sie als Weihnachtsgeschenke bekommen hatten? Auch das geschah. Und dann wieder Geschirrspülen und Tischdecken.

London gleicht an Weihnachten einer merkwürdig stillen Mondlandschaft, in manchen Stadtteilen geradezu gespenstisch. In einem Haus in der Stadt registriert man, wenn in über einer halben Stunde kein einziges Auto vorbeigekommen ist, während die Autos sonst zu allen Tages- und Nachtzeiten in halsbrecherischer Geschwindigkeit vorbeirasen. Im Fernsehen wird wieder Händels *Messias* ausgestrahlt, obwohl mindestens einer von uns gesagt hat: »Nicht schon wieder! ... Lieber noch das King's College ...« – »Oder Eartha Kitt«, sagte ein anderer. Ich selbst denke, dass ich entweder laut lachen oder schreien werde, wenn ich nochmals *»the rough places smooth«* hören muss. Musik, die zu den Worten passt, oder umgekehrt, wie in der Passage mit *»the government upon his shoulders«*, hat mich noch nie bewegt. Vor allem aber wünschte ich, das Oratorium würde nicht auf Englisch gesungen. Wie wäre es mit Latein? Das klänge irgendwie glaubwürdiger. Und Händel muss doch Deutsch gekonnt haben. Aber das tschechische Weihnachtslied über den kleinen Jungen mit seiner Trommel geht einem inzwischen auch einigermaßen auf die Nerven.

Schnee ist gefallen und wurde vor dem Haus und auf dem Gehsteig weggekehrt (ich habe es jedenfalls mindestens einmal getan), aber der übriggebliebene Schnee wurde von den Passanten zu Eis getreten, und es ist nicht ungefährlich, sich auf diese Eisschicht zu wagen. Aber ich muss hinausgehen, um ein Taxi zu finden und irgendwo kandierten Ingwer für das Dessert zu kaufen. Ich hasse es auszurutschen, meine Stiefel haben sogar Profilsohle, aber ich gehe wie auf Eiern. Dennoch schaffe ich es, mit dem Ingwer und Pralinen für die alte Dame nebenan unbeschadet zurückzufinden.

Leider kann das Ehepaar, auf dessen Besuch wir uns so gefreut hatten, nicht kommen, weil ihr Auto in dem Stadtteil von Südlondon, in dem sie wohnen, eingeschneit ist. Man sollte es nicht glauben, aber in London bricht bei Schnee regelmäßig der Notstand aus. Wo bleibt der Schneeräumdienst? Es heißt, er arbeite, aber es sei einfach zu viel Schnee, auch ein Taxi würde nicht zu ihnen durchkommen.

Langeweile macht sich breit. Ein neuer Tag bricht an. Keine Post, die einen ablenken könnte. Keine wie auch immer geartete Beschäftigung. Alle möglichen Besuche, zum Lunch, zur Cocktailstunde, am Mittwoch sind wir bei Bekannten zum Dinner eingeladen, und am Donnerstag gehen wir ins Theater; gesegnet seien die Thespisjünger, sie machen keine Weihnachtsferien!

Irgendwann enden die fünf oder sechs Tage (wenn nicht noch mehr), aber wie die Engländer das aushalten, übersteigt mein Begriffsvermögen. Letztes Jahr haben sie es fertiggebracht, zwei Wochen Weihnachtsferien einzulegen; die Bauarbeiten für den Tunnel unter dem Ärmelkanal auf englischer Seite wurden unterbrochen, während die Franzosen nach einem kurzen Noël weitergruben, und seither haben die Froschfresser die Führung übernommen!

Was soll man mit kleinen Kindern anfangen, die man unterhalten muss? Sie für einen Tag zur Großmutter verfrachten. Sie wieder abholen. Die Marionettensendung im Fernsehen einschalten. Im Park mit ihnen herumlaufen, als wären sie Hunde. So muss es sein. *Fiat.* Das ist Weihnachten. Die gefragten Tugenden heißen Geduld und Nachsicht. Nur Mut!

Jede Art von Lektüre wird durch die nächste Mahlzeit unterbrochen, obwohl man fast kein Essen mehr sehen mag. Die Stille draußen bekommt etwas Bedrohliches, als wäre die ganze Stadt ausgestorben. Langsam wünsche ich mir, in die Außenwelt zurückzukehren. Nicht einmal im Garten meiner Gastgeberin kann ich mich nützlich machen, denn es könnte ja jemand zum Tee kommen, und ich könnte mich nicht rechtzeitig umziehen. Haben wir heute den 28. oder den 29. Dezember? Ich bin ganz zweifellos nicht richtig zivilisiert, denn ich kann mit Muße nichts anfangen – jedenfalls nicht mit dieser Art von Muße.

... every valley ... every va-alley ... shall be exalted ...

Ein Ohrwurm ist eine schreckliche Heimsuchung. Ich gehe spazieren. Nützlich machen kann ich mich nicht, alle Geschäfte haben geschlossen. Draußen ist es herrlich mit den Ulmen, dem klaren Himmel und den schönen Häusern, aber immer noch tückisch glatt.

Am Tag darauf verabschiede ich mich unter Dankesbezeigungen von meiner Gastgeberin. Diese Weihnachtsfeiertage werde ich so bald nicht vergessen. In anderen Gegenden der Welt würde man so etwas nicht für möglich halten. Was für ein Unterschied zu den Tagen meiner Kindheit, als die Erwachsenen unmittelbar nach Weihnachten wieder arbeiten mussten!

Vor einigen Jahren befand ich mich in einem Haus in Frankreich, das ich zusammen mit einer alten Bekannten gekauft hatte, die aber nur eine Bekannte war, keine Freundin, in einer sehr unangenehmen Lage. Das Haus war für zwei Leute ideal aufgeteilt mit Ausnahme der Küche, die wir uns teilten, aber die Küche war nicht der Streitpunkt. Infolge rätselhafter französischer Gesetze wäre meine Miteignerin jederzeit in der Lage gewesen, mir meinen Teil des Hauses (und des Grundstücks) abspenstig zu machen, indem sie etwa behauptete, ich hätte den Kühlschrank oder den Rasenmäher kaputtgemacht. Das tat sie auch, und zwar schriftlich, obwohl Kühlschrank und Rasenmäher tadellos funktionierten. Widerstrebend nahm ich mir einen Anwalt (ich wollte sowieso ausziehen und hatte bereits ein neues Haus gefunden), und der Anwalt riet mir eindringlich, den Mund zu halten, was auch geschehen mochte. Ich hatte es mit einer hysterischen Person zu tun, die auf Teufel komm raus einen Streit vom Zaun brechen wollte, und meine damalige englisch-siamesische Katze, die nicht mehr in der Küche fressen durfte, war von der ganzen Sache ziemlich verstört.

Ohne damals bewusst an Jesus Christus zu denken, hielt ich die andere Wange hin, jedenfalls im Geiste. Meine Gelassenheit versetzte meine Gegnerin in schäumende Wut; ich musste befürchten, dass meine Katze die Leidtragende sein könnte, und schloss sie in mein Schlafzimmer ein, in dem sie ohnehin die meiste Zeit verbrachte.

Es war nicht Weihnachten, aber wenn ich mich daran erinnere, kommt es mir wie eine Art von Weihnachten vor, wenn wir unter diesem Wort verstehen, dass wir Christus feiern wollen. Ich wurde geschlagen, eine Schale, aus der ich Suppe löffelte, wurde mir entrissen und im Spülstein zerschlagen – all das sollte mich provozieren. Aber ich schlug nicht zurück, sondern wusch die Scherben und warf sie in den Abfall.

»Wehr dich endlich!«, haben verschiedene Personen dieses Schlags zu mir gesagt, und immer vergeblich.

Ich glaube, dass Jesus, der erfüllen wollte, was er als seine Bestimmung ansah, die andere Wange hinhielt, weil er wusste, dass er damit den Verlauf der Dinge beschleunigen würde. Denn er kannte seine Pappenheimer. Sanftmut konnte seine Widersacher nicht besänftigen, sondern sie war Öl ins Feuer. Seine Gegner konnten seine Lehre nicht verstehen, sie hassten sie, und sie hassten ihn. »Warum hast du dir alles so aus der Hand nehmen lassen?«, fragt der Schwarze in *Jesus Christ, Superstar* voller Verzweiflung, weil er Jesus helfen will und ihm nicht helfen kann. Weil Jesus es eilig hatte, das ist der Grund.

Hin und wieder, das will ich damit sagen, gibt es einen Anlass, der es einem ermöglicht, die Lehre Jesu mehr oder weniger in die Praxis umzusetzen. Aber darauf darf man sich nichts einbilden, denn das wäre hoffärtig; man sollte die Situation einfach dankbar annehmen.

Weihnachten ist für mich ein Fest, das jeder auf seine eigene Weise begeht, je nachdem, wie er dazu steht: ob er Freude, Furcht oder ein vages Schamgefühl empfindet. Weihnachten ist jedes Jahr der besondere Moment, der die Christen dieser Welt miteinander verbinden und jeden Einzelnen von uns ermahnen soll, das Herz für die Mitmenschen zu öffnen; der uns einen Mann in Erinnerung rufen soll, der vergab, statt auf Rache zu sinnen, der empfahl, mehr zu geben, als verlangt wird, einen Mann, den manche für neurotisch und ein bisschen verrückt gehalten haben und der die Macht hatte, in seinen einfachen Jüngern eine Begeisterung zu wecken, die sie sich selbst nicht erklären konnten. Wir können uns bemühen, mehr nicht, und vielleicht verbindet uns das genauso stark miteinander wie die Achtung, die wir für Jesus Christus empfinden.

MARIA ELISABETH STRAUB

Auserwählt

Irgendwo draußen ein hohes, dünnes Stimmchen. Der erste Vogel. Vielleicht ein Mitis? Zaghaft, als wollte er anfragen, wie lange diese Welt noch im Dunkeln ausharren muss, ohne das g'ttliche Licht, ohne welches wir nicht leben können, nicht die Tiere, nicht die Pflanzen, nicht wir Menschen.

Mit jeder nächtlichen Finsternis erinnert uns der Unendliche in seiner überwältigenden Güte an die Taten seiner Schöpfung. Wüst, leer und finster war es vor allem Anbeginn, ein schwarzes ungeordnetes Nichts, das mich schon immer schwindeln ließ, wenn ich versuchte, es mir vorzustellen. Vielleicht wie ein plötzlicher Orkan, der uns mit seinem Gebrüll um Mitternacht aus dem Schlaf emporschrecken lässt und die Dächer von den Häusern hebt, die Flüsse treten über ihre Ufer und schwemmen ganze Dörfer davon, die Luft voller Staub und herumwirbelnder Gesteinsbrocken, man klammert sich an einen Pfosten, um nicht davongetragen und an der nächsten Felswand zerschmettert zu werden. Das alles nur ohne Pfosten und Dörfer, ohne Luft, ohne Felswand und ohne Gebrüll.

Doch wie kann ein Nichts ohne Ordnung sein? Wenn da nichts ist, nicht einmal ein Staubkorn, dann kann es keine Unordnung geben. Ich habe es nie begriffen.

Umso klarer habe ich vor Augen, wie der Herr aus diesem schwarzen wüsten Nichts heraus die Welt erschaffen hat. Er sprach, es werde Licht, und siehe, es ward Licht. Ich wollte, ich wäre dabei gewesen, es muss überwältigend gewesen sein, größer und prächtiger noch als der Sonnenaufgang über dem Tabor. Von allen Seiten wird der Schein heraufgestiegen sein, bläulich zuerst, ein wenig fahl und zögerlich, dann rosig und golden und weiß und gleißend. Gewiss war der Unfassbare zunächst einmal selber geblendet.

Als er sich wieder gefasst hatte, nannte er das Licht Tag und die Finsternis Nacht. Er machte den Abend und den Morgen, den Himmel samt Sonne, Mond und Sternen, die feste Erde, das Wasser unten in den Meeren sowie das Wasser, das von oben herab aus den Wolken fällt, den glitzernden Schnee, das funkelnde Eis und den milchigen Nebel.

Und nur, weil er so vorausschauend das Licht geschaffen hatte und das Wasser, konnten allerlei Kraut und Gräser wachsen nach seinem Wohlgefallen. Und auch nur, weil nun das Kraut und das Gras und die Bäume mit all ihren nahrhaften Früchten vorhanden waren und zur Speise dienten, konnte er guten Gewissens das Vieh auf die Erde stellen, das Gewürm und all die anderen Tiere, die Fische und die Vögel. Und er segnete sie, indem er sie jeden Tag aufs Neue mit seinem Licht übergoss. Und er sah, dass es gut war, und freute sich an seinem Werk.

Was mir schon immer besonders gefallen hat, sind seine Beweggründe für die Erschaffung der Menschen. Er hatte alles wunderbar hergerichtet, den Aufgang der Sonne und ihren Untergang, Wolken wie ferne Gebirge aus Schnee oder wie gestreifte Seide von Horizont zu Horizont, Wälder und Flusstäler, Muschelbänke und Ameisenhaufen, Beeren, Pilze, Rosen, Rehe, Sesam und Weizen, die saftigen Trauben und wohlschmeckenden Pistazien, süße Luft und das körnige Salz. Doch dann stellte er fest, dass er seine große Freude über seine Wundertaten gern geteilt hätte, denn wozu all die Herrlichkeit, wenn nur ein Einziger sie sieht? Und nicht einmal nutzen kann?

Ich kenne dieses Gefühl. Etwa wenn ich meinen kleinen Kohlacker hinter den Ställen frisch mit Setzlingen bepflanzt habe, und die jungen Blätter kräuseln sich voller Wohlbehagen in der krümeligen Erde, alles so neu und appetitlich und vielversprechend, dann rufe ich stets Jehuda oder Elia herbei, damit sie mein Werk bewundern und teilhaben an meinem Ergötzen. Denn seltsam, nur meine beiden Kleinen oder auch der Mamser sind in der Lage, die Pracht und das g'ttlich Gute, das meinem Kohlacker innewohnt, zu erkennen und zu würdigen. Die anderen sagen jaja und bringen nicht einmal die Geduld auf, ihren Blick über jede der säuberlichen Reihen schweifen zu lassen. Die Kinder sind den Ursprüngen näher als die Erwachsenen, mein lieber Mamser mit seinen fast dreißig Jahren ist da die große Ausnahme.

Oft habe ich, wenn er heiteren Sinnes und mit seiner Blume hinterm Ohr von seinen Spaziergängen heimkam und mir bei seinem Anblick das Herz vor Liebe schwoll, daran gedacht, wie der Schöpfer die ersten Menschen machte. Zwei Stück, zu seinem Ebenbild alle beide, den Mann und die Frau, so soll es jedenfalls ganz am Anfang im ersten Buch des Propheten geschrieben stehen. Dieser erste Mann, so habe ich gedacht, mag gut und gern die gleiche Erscheinung gehabt haben wie der Mamser, kompakt und glatthäutig wie ein wohlgenährter junger Ochse, voller Lust am Leben und an der Welt, seinem freudevollen Schöpfer zum Bilde.

Sie müssen gute Freunde gewesen sein, der Grundgütige und sein erstes Ebenbild, nicht etwa Herr und Knecht, wie der Rabbi uns weismachen will. Kein Herr nennt seinen Knecht sein Ebenbild, denn dann wäre ja der Knecht kein Knecht mehr, sondern auch der Herr. Oder umgekehrt. Und da steht auch nicht geschrieben, dass der eine dieser frisch angefertigten Menschen mehr wert gewesen wäre als der andere, ich habe es mir mehrfach vom Mamser berichten lassen. Beide, Mann und Frau, wurden gleichermaßen vom Schöpfer hergestellt, gesegnet und für sehr gut befunden. Nicht nur für gut, wie alles andere, sondern ausdrücklich für sehr gut. Er konnte sich die Hände reiben und zufrieden ausruhen. So entstand der heilige Sabbat.

Er sagte der Frau und dem Mann auch genau, was sie essen sollen, nämlich Kraut, das sich besamt und immer wieder nachwächst, sowie die Früchte der Bäume. Nie hat er auch nur ein einziges Wort darüber verloren, dass sie das Fleisch der Tiere essen sollen.

Es hat mich oft gewundert, dass der Mamser sich über diese Regel hinwegsetzt und mit großer Lust Rinderbraten und geschmorte Hühnerbeine in sich hineinstopft. Nur nach der Reise zum Passahfest in Jerusalem hat er gewiss drei Jahre lang jegliches Fleisch von sich gewiesen, bis die Eindrücke von dem großen Gemetzel allmählich in ihm verblassten und er wieder den Genüssen meiner guten Küche erlag.

Dass die anderen Männer tote Tiere essen, erstaunt mich nicht, denn sie befinden sich in einer sehr viel größeren Distanz zum ewig sich Wandelnden. In dieser Distanz ist auch die kaum überschaubare Anzahl ihrer Gesetze begründet, die sie benötigen, um ihr Verhältnis zu ihrem Schöpfer zu regeln. Je entfernter der Brunnen, desto mühseliger der Weg, das weiß jedes Kind. Der Mamser wohnt quasi direkt am Brunnen, er braucht die Gesetze nicht.

Dennoch sollte er etwas behutsamer sein mit dem, was er sagt und tut. Als er unlängst wieder einmal für ein paar Tage unterwegs gewesen war, in den tiefgelegenen westlichen Dörfern bei seinen Freunden, tauchte er ausgerechnet am Sabbat hier wieder auf, um die Mittagsstunde, anstatt die Vorschriften einzuhalten und bei einem seiner vielen Bekannten den nächsten Tag abzuwarten. Mordechai hat ihn von seinem Dach aus beobachtet, wie er hinter Ortals Hühnergehege aus dem Hohlweg heraufkam und im Vorbeigehen ein paar Feigen pflückte, vom Baum, der nahe der Höhle des Korbflechters steht. Ortal hat es mir tags darauf brühwarm erzählt. Mordechai hat ihn zur Rede gestellt, von seinem Dach herunter, jeder konnte es hören, wegen des Sabbats und wegen des Diebstahls.

Der Mamser soll sein berühmtes Lächeln aufgesetzt, in aller Ruhe eine Feige zerkaut und hinuntergeschluckt und schließlich zur Antwort gegeben haben, sein Vater im Himmel habe ihn nicht mit wanderlustigen Gehwerkzeugen ausgestattet, damit er diese ungenutzt lasse. Im Übrigen sei er den ganzen Weg aus der Ebene herauf nur gemächlich geschlendert und keineswegs hurtig ausgeschritten, seine Wanderung sei also vom ersten bis zum letzten Schritt ein pures Ausruhen gewesen, eine einzige Lobpreisung der Schöpfung, keineswegs eine Arbeit. Und was die

Feigen angehe, so möge der Rabbi ihm nachweisen, wann und wo der Allmächtige diesen speziellen Baum zum Eigentum des Korbflechters erklärt habe. Ein jeglicher Halm, jedes Körnlein und jeder Baum gehöre einzig dem Schöpfer, der sie gemacht und unserer Obhut unterstellt habe, auf dass wir sie nutzen, aber auch pflegen, keinesfalls jedoch uns erkühnen, sie aus dem Besitz des Vaters zu entwenden. Wer eine Pflanze, welcher Art auch immer, zu seinem persönlichen Eigentum mache und niemanden sonst an ihr teilhaben lasse, der kratze gewissermaßen an G'tts Thron, in der verwerflichen Absicht, sich aufzuschwingen zum Herrn über Leben und Tod.

Laut Ortal hat der Mamser den Rabbi in Grund und Boden geredet, der gute Mann soll schließlich seine Finger in die Ohren gestopft und sich hinter einem Teppich aus Kamelhaaren versteckt haben, den seine Frau auf dem Dach zum Trocknen aufgehängt hatte, was ebenso wenig zum Sabbat passt, wie Ortal meinte.

Sie mag den Mamser und nimmt ihn stets in Schutz. Ich habe schon immer vermutet, dass sie lieber ihn genommen hätte als den stotternden Färber. Das Huhn vorhin war im Grunde doch für ihn gedacht, der Hölzerne nur ein Vorwand.

Der Mamser brauchte wahrscheinlich nur einmal zu zwinkern, und sie würde den Stotterer verlassen und sogar ihre Hühner.

Wenn ich es recht bedenke, sind es immer nur die Männer, vor allem die älteren, die mit dem Mamser nicht zurechtkommen, ihn auf den Arm nehmen und verhöhnen, vielleicht sogar hassen. Oder, wenn sie jünger sind, solche Starrköpfe wie Jaakov, die das Gesetz über das Leben stellen und nicht ertragen können, dass da einer vom Vertrauen in den himmlischen Fürsten nicht nur spricht, sondern sich auch danach verhält. Nicht arbeitet, sondern am Feldrain sitzt, die Füße von sich streckt und die Schönheit der Welt bestaunt. Und sagt, dass alle Menschen einander lieben sollen. Bei den Frauen läuft er damit natürlich offene Türen ein, nicht nur bei Ortal.

Dennoch meine ich, dass er sich dem Rabbi gegenüber unklug verhalten hat, und es wundert mich nicht, dass der heilige Mann ihn vorhin beim Abendmahl mit scheelen Blicken bedacht hat. Kein Priester mag sich sagen lassen, sein Weg zu G'tt sei ein Irrpfad.

An des Mamsers Stelle hätte ich wohl meinen Mund gehalten, aber so denke ich vielleicht nur, weil wir Frauen in der Öffentlichkeit grundsätzlich nicht laut werden dürfen, sonst drohen uns empfindliche Strafen. Auch das eine Regel, die gewiss nicht vom Allerwertesten aufgestellt wurde. Ich frage mich oft, warum er derartige Vorschriften zulässt. Sie können nicht in seinem Sinn sein.

Dieses unüberschaubare Regelwerk, in dem wir eingesperrt sind. Und niemand stellt es in Frage, jedenfalls nicht ernsthaft. Der Mamser steht da allein auf weiter Flur. Wenn es ein paar mehr von seiner Sorte gäbe, dann würde sich vielleicht einmal etwas ändern. Aber diese anderen gibt es nicht, ich brauche mich nur unter meinen eigenen Söhnen umzuschauen, die ich schließlich alle nach bestem Wissen und Gewissen aufgezogen habe. Außer dem Mamser besitzt keiner von ihnen diese besondere Stärke, die ihn unempfindlich macht gegen Spott und Verachtung, die ihn umschließt wie eine wasserdichte Haut, eine Glückshaut, ein Zauber. Nur er hat den klaren Blick, der ihn alles Unwichtige, alles Unsinnige und Hinderliche in Windeseile erkennen und auch benennen lässt. Nur er geht so unbeirrbar seinen Weg, wenn manchmal auch etwas zu dickköpfig, zu heftig, ohne Rücksicht darauf, dass die vielen Regeln für manche Menschen ja auch bisweilen Schutz bieten und Sicherheit. Er vergisst oft, dass andere es mit dem Denken nicht so leicht haben wie er oder dass ihre Gedanken verbaut sind, vielfältig verschachtelt, eingeengt und fehlgeleitet durch das, was man ihnen unnützlich beigebracht hat.

Auch ich selbst lerne immer noch vom Mamser, obwohl ich seine Lehrmeisterin war. Er ist es, der mich täglich aufs Neue daran erinnert, ihm wirklich aufmerksam zuzuhören und meine vorgefasste Meinung außer Acht zu lassen. Anfangs ist mir das nicht leichtgefallen, wie jede Mutter war auch ich davon überzeugt, alles besser zu wissen als mein Kind, schließlich war ich um vieles älter und erfahrener, ich war diejenige, die ihm die Welt gezeigt und erklärt hat, und ich ging davon aus, dass ich ihm in jeder Beziehung voraus war, auf ganz natürliche Weise.

Welch ein Irrtum. Kein Mensch ist einem anderen voraus, weder durch die Anzahl seiner Jahre noch durch sein Körpergeschlecht, noch durch Abstammung, Herkunft, Reichtum oder Klugheit, Schönheit des Leibes oder gesittetes Verhalten. Vielleicht nicht einmal durch seine besondere Nähe zum Undurchdringlichen.

Was das angeht, so darf ich nicht vergessen, den

Mamser vor seiner Abreise noch einmal ernsthaft zu warnen. Keinesfalls darf er unterwegs vor fremden Leuten durchblicken lassen, dass er sich für einen Auserwählten hält, wie es ihm hier im Dorf hin und wieder entschlüpft ist, wenn auch zum Glück nicht mehr in letzter Zeit. Aber selbst solche Vorkommnisse wie jüngst mit Mordechai und den Feigen reichen aus, die Leute aufmerksam und argwöhnisch werden zu lassen. Wie leicht kann es da geschehen, dass sie dort, wo sie ihn nicht kennen, nicht nur über ihn lachen, sondern seine Anmerkungen zum Anlass nehmen, ihre feinmaschigen Gesetze anzuwenden, ihn gar als G'ttslästerer bestrafen. Ein einziges Wort zur falschen Zeit am falschen Ort kann zu Mord und Totschlag führen, aus dem Kleinen entsteht das Große. Er muss in der Fremde noch viel vorsichtiger sein als hier zu Hause in Nazareth, wo man an ihn und seine Sprüche gewöhnt ist.

ANTHONY McCARTEN

Der Außerirdische

Am 25. Juni um ein Uhr in der Früh erschien die diensthabende Schwester in der Tür und verkündete der Journalistenschar, dass Delia Chapman um Punkt Mitternacht ein Baby zur Welt gebracht habe, ein winziges Kind von 1065 Gramm, so viel wie vier Stücke Butter. »Es ist ein kleiner Junge, der es sehr in sich hat«, sagte sie. »Es ist ein Wunder, dass er mit seinen vierundzwanzig Wochen überhaupt am Leben ist. Er ist ein Geschenk Gottes, und wir alle hier beten, dass er durchkommt.« Der Zustand des Kindes sei kritisch, erklärte sie, und es sei ungewiss, ob es die nächsten Stunden überleben werde. Sie bat sie um Rücksicht und Verständnis.

Die Schwester wurde mit Fragen bombardiert, von denen sie die meisten ignorierte. Sie konnte jedoch noch erklären, dass das Kind auf der Intensivstation sei, weil sich in seiner Lunge das Surfactant noch nicht ausgebildet habe – Stifte kratzten, als sie es auf Bitten der Reporter buchstabierte; kleine Bläschen in der Lunge, die verhinderten, dass die inneren Wände beim Ausatmen aneinanderklebten –, und deshalb werde eine künstliche Substanz in die winzigen Lungen gespritzt.

Bevor die Journalisten herausbekamen, ob das Kind denn nun wie ein Alien aussah, war die Schwester wieder fort.

Delias Baby lag im Brutkasten, und sie konnte es vorerst nicht in die Arme nehmen. In dieser hygienisch reinen Luftblase wurde alles getan, um sein kleines Elfenherz zum Schlagen zu ermuntern, doch bei jedem einzelnen Schlag war ungewiss, ob es einen nächsten geben würde. Sie wartete und hoffte darauf, dass das Leben ihm noch zur Gewohnheit wurde.

Man hatte einen Kaplan kommen lassen. Delia wollte nicht, dass ihr Baby die Letzte Ölung bekam, aber sie fragte, ob er es stattdessen taufen könne. Den Namen wusste sie: James, nach James Dean. Das hatte sie schon vor langem entschieden, und wenn sie mit ihm im Mutterleib geredet hatte, hatte sie ihn Jimmy genannt. Es hatte sich immer richtig angefühlt.

In Mundschutz und Arztkittel nahm der Kaplan eine einfache Taufe vor. Da er wegen der Infektionsgefahr den Kopf des Kindes nicht berühren durfte, machte er die entsprechenden Bewegungen in der Luft oberhalb des Brutkastens. Delia saß schweigend daneben, die behandschuhte Hand an der Seite des Kastens, und wandte keinen Moment den Blick ab; sie verfolgte die winzigen Bewegungen ihres Sohns, der zusammengerollt, noch nicht ganz ausgeformt, dort lag.

Und Phillip hatte recht behalten: Das Kind war in menschlicher Gestalt zur Welt gekommen. Doch so klein und embryohaft, wie es war, erinnerte es Delia an den sanftmütigen Alien in dem Buch aus der Bibliothek. Der Kaplan taufte das Kind auf den Namen James Christopher und versprengte zwei Tropfen Weihwasser, die auf dem Deckel des Kastens über der Stirn des Kleinen haften blieben.

Nach der Taufe ließ sich Delia durch nichts dazu bewegen, den Raum zu verlassen, und sie blieb noch viele Stunden lang.

Die ganze Nacht über sang sie Lieder für ihr Baby und redete mit ihm, überzeugt, dass es sie hören konnte. Die kleinen grünen Spitzen, die in regelmäßigen Abständen auf dem Herzmonitor erschienen, sahen beängstigend aus. Warum war er so früh geboren worden? Nur weil sie ab und zu eine Zigarette geraucht hatte? Oder war es die Strafe dafür, dass sie keine gute Mutter war? Verdiente sie es, dass sie dieses Kind verlor?

Die ganze lange Nacht lang weinte sie, dann fasste sie sich für einen Augenblick, trocknete die Tränen, dann weinte sie wieder mit der unendlichen Traurigkeit einer trauernden Mutter, bis sie am nächsten Morgen erschöpft und mit geschwollenen Augen in ihr Bett sank.

Ein Pfleger kam mit einem Armvoll Blumen und wandte sich an die Schwester, die vor Delias Zimmertür stand. »Blumen für die Chapman«, sagte er. »Draußen sind noch mehr.«

»Wir legen sie ihr aufs Bett«, meinte die Schwester. »Da findet sie sie, wenn sie aufwacht.«

Der Pfleger regte sich nicht. »Ich glaube, Sie kommen lieber mal mit und schauen sich das an.«

Am Ende des Ganges öffnete er die Stationstür. Der Flur dahinter war ein einziger Garten Eden.

»Es kommen immer noch mehr, aus dem ganzen Land.«

Die Schwester schüttelte ungläubig den Kopf. Sie wusste auch nicht, was sie damit machen sollten.

Während sie noch diskutierten, huschten drei junge Frauen unbemerkt vorbei. Um diese Tageszeit war der Zugang nur engen Angehörigen gestattet.

Deborah Kerr, Suzy Jackson und ihre neue Freundin Mara Maxwell suchten die Station ab, schauten in Zimmer, in denen Mütter schliefen, mit Krippen neben dem Bett. Sie blieben an dem Fenster stehen, wo die Neugeborenen gezeigt wurden, und dicht aneinandergedrängt, die Nasen ans Glas gedrückt, spähten sie hinein zu dem kleinen Brutkasten auf der anderen Seite der Glasscheibe.

Das Kind drinnen war so winzig, dass man ihm ein Taschentuch als Windel gebunden hatte.

Die jungen Frauen tuschelten miteinander, bis der Pfleger dazutrat.

Deborah drehte sich zu ihm um. »Entschuldigung, ist das hier das Chapman-Baby?«

Er nickte. »Das arme kleine Ding ist so viel zu früh, dass sein Herz noch gar nicht richtig ausgebildet ist. Es setzt immer wieder aus.«

Die Mädchen hatten nicht gewusst, dass das Kind in solcher Gefahr war. Erschrocken fragte Suzy: »Wie würde man merken, wenn sein Herz nicht mehr schlägt?«

»In der Matte, auf der er liegt, ist ein Sensor, und der hängt an einer Art Alarm. Aber die Ärzte werden erst in ein paar Tagen sagen können, ob er durchkommt. Jetzt gerade kämpft er um sein Leben.«

Die Mädchen waren von Opunake gekommen, weil sie dachten, es wäre doch ein Spaß, das Baby zu sehen, von dem sie sich nichts weiter vorgestellt hatten, als dass es ziemlich klein und völlig bescheuert sein würde, so wie Delias Mutter. Aber hauptsächlich wollten sie es einfach nur mit eigenen Augen gesehen haben, damit sie ihr Ich-hab's-euch-doch-Gesagt loswerden konnten.

Der Pfleger verließ sie wieder, und sie standen schweigend da und betrachteten das Häuflein Elend, und sie schämten sich sehr. Wenn sie jetzt miteinander redeten, dann in schuldbewusstem Ton, und während das Baby still um sein Leben rang, gestand Deborah: »Ich fühle mich schrecklich.«

Danach sagte mehrere Minuten lang keine mehr etwas, bis Suzy flüsterte: »Was meint ihr, schläft er?«

»Nein, der ist wach.« Mara Maxwell wusste mehr als die anderen, denn ihre Schwester hatte gerade ein Baby bekommen. »Seine Augen sind noch nicht so weit, dass er sie aufmachen kann.«

Diese Vorstellung bestärkte sie noch in dem, was sie ohnehin schon fühlten. »Der arme kleine Kerl«, sagte Deborah.

Suzy schüttelte den Kopf. »Nie im Leben habe ich so ein winziges Baby gesehen. Wenn man sich das ansieht, wie klein die Windel ist.«

Plötzlich ging der Alarm an dem Brutkasten los. Ein Licht begann zu blinken, und es kam ein lauter, schnarrender Ton. Sie brauchten eine Sekunde, bevor sie begriffen, was geschah.

Die Mädchen packten sich an den Armen, zu Tode erschrocken.

»Meine Güte!«, hauchte Mara.

»Was ist das?«, rief Suzy.

»Der Scheißalarm ist losgegangen!«, brüllte Deborah. »Holt eine Schwester! Schnell!«

Kein Mensch war auf dem Korridor zu sehen. Die Erste, die loslief, war Deborah. Sie lief in die eine Richtung, Suzy in die andere. Mara wusste nicht, was sie tun sollte, und stand einfach nur da, weiß wie ein Gespenst. Der Alarm schnarrte. Das Baby rührte sich anscheinend nicht.

Deborah fand als Erste eine Schwester. Die schien es nicht eilig zu haben, und Deborah brüllte: »Jetzt laufen Sie doch, um Gottes willen!«

»Immer mit der Ruhe, immer mit der Ruhe.«

Die Schwester lief hinein zu dem Brutkasten. Die drei Mädchen versammelten sich wieder vor dem Fenster, mit angehaltenem Atem.

Nach einer kurzen Inspektion von Schläuchen und Geräten pochte die Schwester mit dem Fingerknöchel an die Anzeige des Apparates. Anfangs lief der Alarm weiter, doch nach einem zweiten Pochen verstummte er. Die Schwester drehte sich um und gab den Mädchen das Okayzeichen: nur eine Panne. Sie wies auf den Monitor, der während des ganzen Zwischenfalls den Herzschlag des Kindes weiter angezeigt hatte.

Sechs Augen blickten, als würden sie gleich aus ihren Höhlen springen, und blieben auf das Baby geheftet. Keines der Mädchen wollte sich einen Atemzug gestatten, bevor das Kind sich nicht geregt hatte, und zum Glück regte es sich dann auch.

»Heilige Scheiße«, sagte Deborah Kerr.

»Jetzt brauche ich ein frisches Höschen«, stimmte Mara ihr zu.

Sie hatten sich wieder alle drei an den Unterarmen gefasst.

»Ich glaube, ich bleibe gleich hier im Krankenhaus«, meinte Suzy.

Mara und Deborah lachten, und die Schwester kam wieder aus dem Raum mit dem Brutkasten heraus.

»Tut mir leid. Einfach nur alte Geräte.«

Sie verschwand wieder, und die Mädchen, die unerwartet zu Wächterinnen geworden waren, blieben allein zurück.

Deborah, Suzy und Mara steckten eine verbotene Zigarette an, jede nahm ein paar rein medizinische Züge davon, dann drückten sie sie in einem Blumentopf aus. Sie kehrten an die Glasscheibe zurück und hielten Wache über Delias Baby. Dort blieben sie, lösten sich ab, hielten ein schützendes Auge auf das Kind und blieben noch fast den ganzen Tag.

Als Delia erwachte, fragte die Schwester, ob sie sich gut genug fühle, um Besuch zu empfangen. Drei Mädchen warteten draußen.

Sie kamen herein, grinsend, und scharten sich um das Bett. Sie hatten noch rasch Geschenke gekauft – eine Babyflasche, ein winziges Schaffell und ein Plastiktablett mit kleinen Kuchen – und legten sie ihr jetzt ans Fußende des Betts.

»Wir wollten dir nur sagen«, sagte Deborah,

die als Erste das Wort an ihre alte Freundin richtete, »dass du jetzt nicht mehr im Basketball-Team bist.«

»Ja«, sagte Suzy. »Und wir auch nicht. Borthwick gibt uns kein Geld mehr. Haben wir gestern von Harvey gehört.«

Delia in ihrem Krankenhausbett nickte.

»Es sei denn, wir finden einen anderen Sponsor«, fügte Suzy hinzu.

»Wir haben schon überlegt, ob wir selbst Geld reinstecken«, sagte Mara.

»Okay«, sagte Delia. »Da bin ich dabei.«

»Ehrlich?«

»Ehrlich. Aber lasst mir ein bisschen Zeit, damit ich mich erst mal erhole.«

Es folgte ein verlegenes Schweigen. Monate der Gehässigkeit, des Neids und der Grausamkeit wurden mit ein paar Augenblicken des Schuldbewusstseins, der Scham und des Mitleids wettgemacht.

»Wir haben das Baby gesehen«, sagte Deborah.

»Tatsächlich?«

»Gerade eben.«

Die Mädchen sagten ihr nicht, dass sie schon seit dreieinhalb Stunden im Krankenhaus waren und zum Umfallen müde.

»Ein hübscher Junge«, sagte Suzy. Mara nickte. Und Deborah fügte hinzu: »Wir finden, er sieht aus wie du.«

»Stimmt«, bestätigten die beiden anderen und hofften insgeheim, dass sie ihr damit auch zu verstehen gaben, dass für sie die Frage der Vaterschaft passé war.

»Hast du schon einen Namen für ihn?«, fragte Mara.

»Wir haben uns überlegt, dass du ihn Cosmo nennen könntest«, sagte Suzy. »Wie findest du das? War nur ein Witz.«

»Nein!«, sagte Delia. »Er ist schon getauft. James Christopher. Ich nenne ihn Jimmy. Nur für den Fall, dass er es nicht schafft, wisst ihr.«

Sie hatten alle drei Tränen in den Augen und umarmten ihre Freundin nicht nur, um Delia zu trösten, sondern auch zum Trost für sich selbst.

Schließlich gab Delia ihnen zu verstehen, dass sie müde war, und sie fragten, ob sie wiederkommen dürften.

»'türlich könnt ihr das. Ich freu mich doch, wenn ich euch sehe. Und danke für die Geschenke.«

»Er ist jetzt auf neun«, sagte Suzy, die mit der Schwester gesprochen hatte. »Das hat uns die

Schwester gesagt. Wir wissen nicht, was das bedeutet, aber fünfzehn ist normal. Das wird also noch eine Weile dauern.«

Zwölf Tage später kamen Harvey Watson, Vic Young und Bürgermeister Sullivan alle im gleichen Augenblick im Krankenhaus an, und jeder von den dreien hatte Blumen mitgebracht: einen roten Weihnachtsstern, einen Strauß süß duftender Rosen und ein Arrangement aus parfümierten Lilien.

Gemeinsam standen sie an der Glasscheibe, aber sie konnten nicht sagen, welches von den Neugeborenen auf der Station das Chapman-Baby war. Erschrocken bei dem Gedanken, dass sie womöglich zu spät kamen, fragten sie eine Schwester, doch sie erfuhren, die Verfassung des Kindes habe sich so weit gebessert, dass man den Brutkasten aufs Zimmer der Mutter gestellt hatte.

Ein kurzer Besuch wurde den Männern gestattet, und sie begrüßten Delia, legten ihre Blumen auf die Bettdecke und gingen auf Zehenspitzen zu dem Kasten, spähten hinein, geradezu andächtig, und gaben mit gedämpften Stimmen ihre Kommentare ab.

Delia beobachtete sie, amüsierte sich darüber, wie steif sie waren, und erklärte, dass sie ruhig normal sprechen könnten, es sei ja keine Bibliothek, und ihr Baby sei heute schon ein wenig kräftiger. Man habe ihr gesagt, dass mit jeder Stunde, die es lebe, seine Überlebenschancen besser würden.

Die Männer lächelten, entspannten sich, und der Bürgermeister ergriff für alle das Wort. Er könne es gar nicht abwarten, dass Delia nach Opunake zurückkehre, wenn es dem Baby gut genug dafür gehe. Opunake sei auf dem Sprung, es mache sich bereit für eine neue Zeit des Wohlstands, die Stadt schwimme ganz oben auf einer goldenen Welle des Erfolgs, und Delia und die neue Generation würden eine entscheidende Rolle dabei spielen. Sie dankte ihm, und ein verlegenes Schweigen folgte. Watson, Young und Sullivan wandten sich wieder dem Brutkasten zu.

»Der arme kleine Wurm«, sagte Harvey. Er bemühte sich, den richtigen Tonfall zu finden: nicht Trauer, sondern Zärtlichkeit mit einer Spur Hoffnung darin.

»Aber er kämpft«, fügte der Bürgermeister hinzu und wollte damit herausstellen, dass er ein gutes Beispiel für alle war, ganz besonders für ihn selbst. »Irgendwie fühlt man sich bei dem Anblick schuldig.«

Harvey nickte schon, so als habe er genau das auch sagen wollen. »Wir nehmen die Dinge für selbstverständlich, bis sie nicht mehr da sind«, sagte er. »Und dann sieht man so etwas.«

»Superman«, murmelte Vic Young gedankenverloren, und alle drei sahen ihn zum ersten Mal an. »Er sieht aus wie Superman.« Er wurde rot, als er merkte, dass er plötzlich im Mittelpunkt der Aufmerksamkeit stand, und suchte in den Gesichtern der anderen nach Bestätigung. »Im Comic. Als er auf der Erde ankommt. Als Baby, verstehen Sie, von … in dieser Kapsel. Das sah genauso aus. Die Kapsel. Wissen Sie, was ich meine?«

Die beiden Männer blickten ihn verständnislos an, und er hatte das Gefühl, dass er etwas Unpassendes gesagt hatte, ohne es zu wollen. Nur Delia half ihm aus der Verlegenheit.

»Ich weiß, was Sie meinen«, sagte sie.

Als es Zeit zum Gehen war, blieb der Bürgermeister allein zurück. Er hatte noch etwas auf dem Herzen. »Ich dachte, das willst du vielleicht noch wissen. Wenn du mit Phillip sprichst« – Delia wusste aus ihren vielen Telefonaten mit

Phillip, dass niemand außer ihr versucht hatte, mit ihm im Gefängnis Kontakt aufzunehmen –, »wenn du mit ihm sprichst, dann sag ihm, dass sich in den letzten paar Tagen eine gewisse Bereitschaft bemerkbar macht, die … ähm … die Bibliothek wieder instand zu setzen. Am Sonntag hatten wir ein kleines spontanes Arbeitstreffen dazu. Genauer gesagt waren sogar eine ganze Menge Leute da. Und wegen dieser anderen Sache: Harvey meint, bei der Schlägerei, da hat es wohl doch so was wie Provokation gegeben, und eine Flucht unter solchen Umständen sei durchaus verständlich, also sag ihm einfach … ach, sag ihm doch einfach, dass er mich mal anrufen soll.«

Delia nickte, denn sie wollte die sichtlichen Qualen des Bürgermeisters nicht verlängern. Sie verstand, was er sagen wollte.

Als die Männer gegangen waren, schlug Delia Phillips Notizbuch auf, das sie immer auf dem Nachttisch liegen hatte; sie las darin, studierte ein und dieselben Passagen immer wieder, bis sie eine Bedeutung preisgaben – nicht unbedingt diejenige, die der Verfasser gemeint hatte, aber eine Bedeutung war es doch.

Und welch grimmes Tier, die Stunde
endlich da,
Schleppt sich nach Bethlehem zu seiner
Geburt?

Sie stieg aus dem Bett und setzte sich auf den Schemel neben dem Brutkasten. Sie versuchte, durch die Kunststoffwände Kontakt mit ihrem Sohn aufzunehmen, unglücklich und frustriert, dass sie ihn noch immer nicht in den Armen halten konnte, dass sie seine Augen nicht sehen konnte, die sich noch immer nicht öffnen wollten, dass sie nicht nach den kleinen Fingern greifen konnte, die er vergeblich in die Luft streckte, nach einer Welt ausstreckte, die er noch nicht gesehen hatte. Sie versuchte, ihrem Baby in seiner Isolation etwas zuzuflüstern, summte ihm kleine Lieder vor, legte beschwichtigend die Wange an das Gehäuse, wenn er unruhig schien, betrachtete das winzige Herz, das schnell wie das einer Eidechse schlug, unter der beinahe durchsichtigen Haut.

Drei Stunden lang saß Delia so da, dann trat ein strahlendes Lächeln auf ihr Gesicht, Tränen kullerten ihr über die Wangen. Endlich spürte sie, dass sie einen Zugang gefunden hatte, spürte jene

Hellsichtigkeit, die Mütter von Neugeborenen haben und nach der sie so lange hatte suchen müssen. Den Kopf hatte sie an das Gehäuse des Brutkastens gelegt, in übersinnlichem Zwiegespräch mit dem Kind dort drinnen. Dann schloss sie die Augen, ruhig geworden, voller Vertrauen, voller Gewissheit, dass sie in einer unbekannten Sprache endlich ein geheimes Zeichen des Einverständnisses von ihrem Sohn empfangen hatte, ein Zeichen, dass er ihr schon bald zu verstehen geben würde, dass er auf diesem Planeten angekommen war.

URSULA DREWS

Das Haus am See

Es war sein Abschiedsfest. Morgen würde er nicht mehr in die Firma kommen, nach mehr als vierzig Arbeitsjahren.

Reden wurden gehalten, Führungsstärke, Zuverlässigkeit und Korrektheit des Abteilungsleiters hervorgehoben. Zuweilen – allerdings deutlich weniger – auch seine Gelassenheit und Freundlichkeit.

Hätte er selbst so über sich gesprochen? Er war sich nicht ganz sicher. Dennoch konnte er nicht sagen, was ihn vielleicht störte, was er anders ausgedrückt oder gar nicht gesagt hätte. Er entschloss sich, die Dinge so zu nehmen, wie sie waren.

Seine eigene Abschiedsrede war kurz, die Worte sorgfältig bedacht, inhaltsleer. Es gehörte sich nun einmal, eine Abschiedsrede zu halten.

Keiner der Anwesenden vermisste die bei solchen Reden üblichen Auslassungen, dass man sich künftig und endlich ganz und gar der Familie, Reisen zu den Sehnsuchtszielen dieser Welt oder der in Mode gekommenen Beobachtung von Schmetterlingen, Käfern oder vom Aussterben bedrohter Fledermäuse widmen werde.

Niemand hätte so etwas von ihm erwartet.

Nicht ein Einziger.

Der Abteilungsleiter hatte kaum jemals etwas Persönliches preisgegeben. Lediglich um eine kleine, sagen wir, Marotte wusste man. Firma und Abteilung hatten darauf mit ihrem Abschiedsgeschenk reagiert.

Man stieß miteinander und aufeinander an. Natürlich mit Champagner, nicht etwa mit Durchschnittssekt oder gar einem gewöhnlichen Prosecco. Die Firmenleitung hatte gemeint, das würde sich bei einer so verdienstvollen Persönlichkeit wie dem Abteilungsleiter gehören, und sich nicht knauserig gezeigt. Immerhin hatte er bis heute die größte und erfolgreichste Abteilung des mittelständischen Textilbetriebes geleitet.

Auch das Büffet war hervorragend. Das stets zu besonderen Anlässen gerufene Catering-Unternehmen hatte erneut nicht enttäuscht.

Mit allgemeinen Beteuerungen, sich nicht aus den Augen zu verlieren, endete das Fest nach zwei und einer halben Stunde.

Der Abteilungsleiter verließ das Haus. Seine persönlichen Gegenstände hatte er bereits gestern in seine Wohnung bringen lassen. Viel war es nicht gewesen. Dienstliches und Privates hatte er stets streng getrennt. Die oft mit persönlichem Kram bis oben vollgestopften Schreibtischschubfächer anderer hatte er verabscheut. Damit hätte er nicht leben können. Er war nun einmal rundum Purist. Die neue Technik mit ihren sensationellen Möglichkeiten, klassische Schreibtische samt Zubehör überflüssig zu machen, wäre ganz und gar seine Welt gewesen. Doch als er ging, war diese noch längst nicht flächendeckend im Einsatz.

Blumen und Abschiedsgeschenk würden ihm ebenfalls in die Wohnung gebracht werden.

Das Abschiedsgeschenk. Er lachte in sich hinein: Es waren zwölf in Leder gebundene Bände ganz unterschiedlicher Autoren über Leben und Werk Wilhelms II., des letzten deutschen Kaisers, der 1918 abdanken musste und 1941 im holländischen Exil verstarb. Man hatte die Bände für ihn in einer kleinen exquisiten Buchbinderei zusammenstellen und binden lassen. Preußischblau mit Goldschnitt. Schön und gediegen. Sein ganz persönlicher Kaiser sozusagen, in exklusiver Privatedition.

Der Exkaiser und er.

Als sich die Welt ringsum so zu entwickeln begann, dass man sich deutlich imagefördernde Markenzeichen zulegen musste, um wahrgenommen zu werden und sich klar von anderen zu unterscheiden, hatte der Abteilungsleiter beschlossen, sich als Kenner und quasi auch Verehrer Wilhelms II. zu etablieren, obwohl er ansonsten frei von royalen Anwandlungen war. Auf ihn war er durch den zufälligen Besuch eines Filmes während einer Dienstreise gekommen. Er hatte der abendlichen Tristesse seines Hotelzimmers entfliehen wollen und war im Kino gelandet.

Den letzten deutschen Kaiser hatte sich unter den Führungskräften seiner Firma sonst keiner ans Revers gesteckt, obwohl sich im Allgemeinen nicht wenige Leute für ihn interessierten. Das war insofern ein geschickter Schachzug, als er dadurch nicht in Gefahr geriet, mit einem ähnlich Ambitionierten sachkundige Gespräche führen zu müssen. Das wenige, was er sich angeeignet hatte, flocht er durchaus geschickt bei Gelegenheit in Gespräche ein. Er bevorzugte Geschichten über das Holzhacken im niederländischen Exil oder Geschichten über die Liebe Wilhelms II. zu Norwegen und seinen Fjorden. Vielleicht, so dachte er, sollte er sich demnächst einmal bei Seiner Majestät für den stillen Beistand über Jahre hinweg bedanken, indem er zumindest eines der ihm nunmehr gehörenden Bücher von Anfang bis Ende las.

Der Abteilungsleiter ging heute zu Fuß nach Hause. Eine halbe oder dreiviertel Stunde würde er dafür brauchen. Probiert hatte er es noch nie.

In den nächsten Tagen würde das erste Ruhegeld auf seinem Konto eingehen. Er war nicht darauf angewiesen. Dennoch war er neugierig, wie es sich anfühlen würde, Geld zu bekommen, ohne dass er dafür arbeitete. Er hatte immer gearbeitet. Gearbeitet und bescheiden gelebt – selbst wenn er das in den letzten Jahren nicht mehr hätte tun müssen. Er war so erzogen worden. Aber jetzt würde er sich ein paar Tage des Ausspannens gönnen. Ganz allein und ohne jegliche Verpflichtungen. Frei von allem! Und auch ohne seine Frau, mit der er ohnehin nur gelegentlich unterwegs war.

Er würde morgen, übermorgen oder überübermorgen zum Flughafen fahren und das erstbeste Last-Minute-Ticket kaufen, sich in einen Flieger setzen und für drei oder vier Tage nach

Zürich, Rom, Petersburg oder Paris fliegen. Auf jeden Fall in eine große Stadt.

Es würde für ihn, den strengen Planmenschen, die erste spontane Entscheidung seit langem sein.

Wieso er ausgerechnet auf eine solche Idee gekommen war, hätte er nicht sagen können. Er hätte auch nicht begründen können, weshalb er heute keinen Dienstwagen benutzte, sondern zu Fuß nach Hause ging. Aber er verspürte so etwas wie einen Hauch von Zufriedenheit.

Er bemerkte sofort, dass Judiths Parkplatz vor dem Haus noch frei war, betrat den Fahrstuhl und fuhr damit die drei Stockwerke hoch zu seiner Wohnung mit Dachterrasse.

Die Abendsonne fiel durch die hohen Fenster in den großen Raum, in dem sich wenige alte Stilmöbel mit modernen Grafiken an den Wänden zu einer eigenwilligen Mischung verbanden.

Der Abteilungsleiter ließ sich in seinen viele Jahre alten Lieblingssessel aus rehbraunem Leder fallen. Der war ausladend, weich, bequem und nahm ihn heute mit besonderer Freundlichkeit auf. So empfand es der Abteilungsleiter zumindest.

In dem Moment, in dem er saß, begann er zu warten. Er wartete auf Judith.

Sie waren seit mehr als dreißig Jahren verheiratet. Wie lange genau – das wusste er nicht. Er hätte auch nie sagen können, welcher Hochzeitstag jährlich ins Haus stand. Ihm, dessen Leben von Zahlen bestimmt war, wäre es natürlich ein Leichtes gewesen, das genau zu registrieren. Aber nach den ersten zehn Jahren ihrer Ehe hatte er damit aufgehört.

War es ihm heute unangenehm, wenn er daran dachte? Einen Anflug von Unbehagen verdrängte er sofort.

Als er so dasaß und wartete, fiel ihm ein, dass er kaum jemals vor Judith zu Hause gewesen war und auf sie gewartet hatte. Warten war für ihn etwas weitgehend Ungewohntes, etwas, was er zudem in seinem gesamten bisherigen Leben immer verabscheut hatte. Heute machte es ihm nichts aus. Er empfand weder Ärger über die ungenutzte Zeit, noch langweilte er sich. Allerdings spürte er auch keine deutlichen Anzeichen von Vorfreude auf seine Frau. Nur wiederum diese winzige Spur von Neugier: Wie würde es sein, wenn sie in den Raum käme und ihn schon vorfände?

Draußen wurde es allmählich dunkel. Nach nicht allzu langer Zeit kam Judith.

Obwohl die Nähe zwischen ihnen so groß nicht mehr war, bemerkte er sofort ihre Verwunderung, noch bevor sie ein einziges Wort gesagt hatte.

Judith lächelte leicht, als sie sich gefangen hatte. Aber es schien ihm ein Lächeln ohne Wärme zu sein, ein Lächeln, das wahrscheinlich gut zu seiner Abschiedsrede gepasst hätte, wenn sie dabei gewesen wäre.

Mit ruhigen Bewegungen nahm Judith in ihrem Lieblingssessel Platz. Auch sie hatte ihren. Er war eine Nuance dunkler als seiner, was ihn im Grunde immer gestört hatte. Sie rückte den Sessel etwas zurecht, so dass sie dem Abteilungsleiter nunmehr genau gegenübersaß, und begann zu reden.

Ohne eine Spur von Erregung.

So lange und in solch klaren Formulierungen hatte er sie vor undenklichen Zeiten sprechen hören. Seither nicht mehr.

»Ich habe mich vor dem Ende deiner Abteilungsleiterzeit schon lange gefürchtet«, begann sie. Der Abteilungsleiter zuckte zusammen. Judith fuhr fort: »Dein fanatischer Ordnungssinn, dein Hang zum Kontrollieren und Korrigieren, deine Selbstgerechtigkeit – all das wird sich nun, da du keine Abteilung mehr hast, voll auf mich richten. Ein Konzept zur planmäßigen Veränderung unserer Wohnung wird sicher auch schon abgespeichert auf deinem Rechner liegen. Meinen Sessel wirst du wohl als Erstes entsorgen. Und dann deinen – wegen der Gerechtigkeit. Eines Tages werden zwei neue Sessel hier stehen; zwei sich völlig gleichende. Alles muss ja schließlich seine Ordnung haben. Deine Ordnung.

In weiteren Details will ich mich nicht verlieren, und eigentlich wollte ich dich heute gar nicht damit überfallen. Aber als ich dich so sitzen sah, dachte ich nur noch: ›Jetzt muss es sein.‹«

Ihr letzter Satz war: »Verstehst du, ich habe keine Lust, der endgültigen Zerstörung unserer Beziehung zuzusehen, und möchte deshalb, dass wir uns trennen.«

Nach einer kleinen Pause setzte sie hinzu: »Zumindest zeitweise, damit wir beide die Chance haben, unser gemeinsames Leben in aller Ruhe zu überdenken.«

Und schließlich folgte noch, etwas versöhnlicher, dass alles natürlich auch ganz anders werden könne – aber mit ziemlich geringer Wahrscheinlichkeit. Dann schwieg sie.

Es war keine bösartige Rede gewesen, und Judith hatte sich auch gar nicht ereifert, aber getroffen hatte sie ihn schon. Wohl vor allem deshalb, weil ihm sein Verstand vorsichtig und ungefragt suggerierte, dass Judiths Gedanken so abwegig vielleicht gar nicht waren. Einschließlich ihres Trennungsvorschlages.

Doch etwas in ihm begann sich dagegen aufzulehnen, zumal gerade etwas Seltsames geschah. Bilder aus seiner Abteilung irrlichterten durch seinen Kopf und verbanden sich geradezu rechthaberisch mit dem, was Judith eben gesagt hatte. Ein groteskes Happening großen Stils spielte sich ab: Von seinen Mitarbeitern wurde soeben lustvoll alles zertrümmert, was er hinterlassen hatte. Dazu tranken sie, sich gegenseitig anstachelnd, die Reste des teuren Champagners und schütteten sich dabei immer wieder aus vor respektlosem Lachen über ihn, ihren gerade erst verabschiedeten Chef.

Er wollte sprechen, aber er konnte es nicht.

Erst allmählich verschwand die Bilderwelt aus seinem Kopf. Aber nicht vollständig, denn auf einmal hörte er eine verschwörerisch klingende Stimme, die ihm überdeutlich zuflüsterte:

»Verschwinde! Hau ab! Geh ins Exil! So etwas musst du dir nicht bieten lassen!«

Er wusste sofort, dass es die Stimme des Exkaisers sein musste.

Der Abteilungsleiter besann sich einen Moment, dann stand er auf und sagte relativ beherrscht:

»Ich fahre auf unsere Datsche.«

Judith schwieg noch immer.

Er warf ein paar Sachen in seinen kleinen Lederkoffer, verließ die Wohnung und fuhr los.

Noch in der Nacht kam er an.

Im tiefsten Osten der Republik, in Mecklenburg. Nicht in einer großen, schönen Stadt, wie es ihm noch vor wenigen Stunden durch den Kopf gegangen war, sondern an einem stillen See.

Er trank eine halbe Flasche Whisky, warf sich auf die Liege und schlief sofort ein.

Gegen zehn Uhr morgens wachte er auf, ging die wenigen Schritte hinunter zum See und schwamm bis zum anderen Ufer. Der See war hier sehr schmal, so dass auch einer wie er, ein wenig trainierter Mann mit gutentwickeltem Bauchansatz, die Entfernung von Ufer zu Ufer schaffen konnte. Als seine berufliche Laufbahn begann, hatte man noch wenig Wert auf sportliche Körpermaße gelegt, und als gutes Aussehen karrierebedingt erforderlich wurde, hatte er sich einen teuren Schneider gesucht. Der hatte ganze Arbeit geleistet, seine etwas schmale Schulterpartie durch austarierte Polster aufgewertet und ebenso die Brustpartie. Der Bauchansatz wurde ebenfalls geschickt kaschiert, und so machte er – wie man so sagt – eine gute Figur. Die unter seinem Anzugkörper verborgenen Geheimnisse hatten keinen zu interessieren. Und Judith, die einige Jahre jünger und sehr attraktiv war, hatte sich stets tolerant gezeigt. Am Ende seiner Karriere hatte er Bodybuilding jedenfalls nicht mehr für erforderlich gehalten.

Noch im Bademantel, seinem uralten, buntgestreiften, von dem er sich aus anerzogener Sparsamkeit bis heute nicht getrennt hatte, setzte er sich auf die Bank vor dem kleinen, aber eleganten langgestreckten Flachbau.

Es war der letzte Tag im September, ein freundlicher, warmer Tag. So, wie der ganze Monat gewesen war. Der nicht übermäßig große See war in beiden Richtungen von Wochenendhäuschen – im Osten »Datschen« genannt – umgeben.

Den Abteilungsleiter, einen Mann aus dem Westen, störte dieses Wort nicht. Andere hingegen lächelten oft mitleidig darüber oder schüttelten sich innerlich, weil sie es mit einer Vergangenheit verbanden, die man lieber hinter sich lassen wollte.

Die Häuschen am See standen nicht allzu dicht beieinander, so dass keiner der Besitzer den anderen bedrängte. Nicht ein einziges Boot war auf dem See unterwegs. Die Eigentümer hatten im Laufe des Monats ihre Zelte mehr oder weniger abgebrochen. Und die Dorfbewohner am anderen Ende des Sees hatten Besseres zu tun, als an einem normalen Wochentag vormittags über den See zu rudern, selbst wenn das Wasser noch so verführerisch im vorherbstlichen Sonnenschein glitzerte.

Wenn sich der Abteilungsleiter anstrengte, konnte er in den farbigen Flecken, die neben vielen der kleinen Häuschen leuchteten, die letzten Blumen des Sommers erkennen. Nach dem ersten Frost würden sie von ihren Besitzern mitleidlos entsorgt werden. Die ganz Ordentlichen unter den Grundstücksbesitzern erledigten das natürlich vorher.

Auf dem Grundstück des Abteilungsleiters und seiner Frau gab es so gut wie keine Blumen.

Er hatte sie nie gewollt.

Nur einige Rosensträucher und ein Kräuterbeet hatte er Judith zugestanden. Eine Zeitlang hatte sie opponiert, dann aufgegeben. Judith ging zu den Nachbarn, denen sie zuweilen sogar beim Unkrautzupfen in ihren Blumenbeeten half.

Er legte Wert auf Rasen, Rasen von dichtem, gleichmäßigem Grün ohne die kleinste kahle Stelle oder Unebenheit. Deshalb waren die Maulwürfe und Wühlmäuse, die häufig schon im November damit begannen, seinen Rasen in eine braune Hügellandschaft zu verwandeln, seine ärgsten Feinde. Hätten die Graber und Wühler einen gewissen Sinn für Symmetrie bei ihrer zerstörerischen Arbeit gezeigt, hätte ihnen der Abteilungsleiter vielleicht ein Minimum an Sympathie entgegengebracht. Da das nicht der Fall war, war er gezwungen, gegen sie zu kämpfen. Und das Jahr um Jahr. Die Kämpfe waren zäh und ineffektiv – etwas, was der Abteilungsleiter zutiefst hasste. Bis Ende März errang er in der Regel einen Etappensieg: Jeden Erdhügel ebnete er bei winterlichen Stippvisiten auf dem Grundstück verbissen wieder ein und verteilte anschließend die Erde möglichst gleichmäßig und schonend. Ab April schienen sich die größten Störenfriede zu den Nachbarn oder irgendwohin sonst zu verziehen. Jedenfalls kehrte auf dem Grundstück des

Abteilungsleiters Ruhe ein. Er wartete, säte und behalf sich an besonders traurig aussehenden Stellen mit kleinen Matten aus Kunstrasen. Zumindest dann, wenn einer der seltenen Besuche von Freunden zu erwarten war.

Irgendwann begann der Rasen wieder so auszusehen, wie er es sich wünschte. Zumindest für einige Zeit. Nunmehr konnte er sich voll auf den Einsatz des jeweils neuesten Rasenmähermodells konzentrieren. Das Rasenmähen war im Laufe der Zeit fast zur Obsession für ihn geworden. Sehr zum Leidwesen der Nachbarn.

Der Abteilungsleiter ging ins Haus, machte den Kaffeeautomaten an, fand noch einige essbare Reste vom vergangenen Wochenende – eine Packung Kekse und etliche Scheiben dick geschnittenen Emmentaler. Er stellte alles auf ein Tablett mit gelben Sonnenblumen, den Lieblingsblumen Judiths, wie ihm nebenher einfiel, und setzte sich damit wieder vor das Haus.

Er aß und trank ohne Hast.

Sein Blick fiel erneut auf das gegenüberliegende Ufer. Diesmal ließ er ihn über die Kette kleiner Häuschen hinweggleiten und richtete ihn auf die immer dichter und zahlreicher werdenden Bäume, die allmählich in einen Mischwald übergingen, auf dem sich stellenweise bereits ein leichter gelber Hauch auszubreiten begann.

Dem Abteilungsleiter fiel ein, dass er jetzt eigentlich in einem Flieger hatte sitzen wollen, um in eine der attraktivsten Städte Europas zu reisen. Stattdessen saß er hier.

In der denkbar abgeschiedensten Provinz.

Aber er konnte ja auch noch morgen fliegen. Oder übermorgen. Alles war möglich.

Er ging wieder schwimmen.

Danach fuhr er in das einige Kilometer entfernte nächste Dorf, in dem sich erstaunlicherweise ein kleiner Laden für Brot, Wurst und Waschmittel gehalten hatte. Er kaufte ein, ohne dem Kommunikationsbedürfnis der netten kleinen Verkäuferin nachzukommen.

Er verstaute seinen Einkauf im Haus, setzte sich erneut auf die Bank davor und starrte vor sich hin. Vernünftige Gedanken wollten sich nicht einstellen.

Bei Anbruch der Dunkelheit ging er wieder schwimmen. Er verschmähte die kühl glänzende Straße, die ihm der aufgehende Mond von Ufer zu Ufer anbot.

Er schwamm einfach vor dem Steg auf und ab.

Zwanzig Meter nach rechts, zwanzig Meter nach links. Hin und zurück, hin und zurück. Wieder und wieder. Schließlich kletterte er ans Ufer, ging zum Haus. Er aß etwas, trank wie am Vorabend eine halbe Flasche Whisky und ging schlafen.

Am nächsten Morgen warf er den Rasenmäher an. Eine Nachbarin, die überraschend hier draußen aufgetaucht war – er vermutete, dass es eine Nachbarin war, ansonsten hatte er nie auf so etwas geachtet –, fragte ihn, weshalb er denn mitten in der Woche mähe. Das sei man nicht von ihm gewohnt. Er antwortete etwas Unverständliches und in einer Weise, dass ihr jede Lust an weiteren Fragen verging.

Als der Rasen ohne jeglichen Makel war, setzte er sich in sein Auto und fuhr in die Stadtwohnung, um sein mittlerweile sicher eingetroffenes Abschiedsgeschenk zu holen.

Er hatte Glück. Es war da.

Auch sonst hatte er Glück: Judith war nicht zu Hause. Sie war offensichtlich noch im Dienst. Der Abteilungsleiter nahm sein Abschiedsgeschenk, hinterließ eine Nachricht und verschwand.

Wieder zurückgekehrt, glich er seine allgemeine Ziellosigkeit durch ein Schwimmprogramm aus, das ihn immer stärker forderte. Als ihm auch das nicht mehr genügte, zumal der See für seinen wenig abgehärteten Körper zu kühl wurde, beschloss er, in dem von Tag zu Tag herbstlicher werdenden Wald zu laufen. Immer häufiger hob er dabei trockenes Buchen- und Kiefernholz auf, um seinen Kaminofen zu beheizen, denn die Abendkühle hatte zugenommen, und seine Holzvorräte waren bereits bedrohlich zusammengeschmolzen.

Allmählich wurde das Holzsammeln für ihn, den unerfahrenen Waldgänger, zur Hauptbeschäftigung. Zwei Stoffbeutel, die er im Haus fand – bedruckt mit einem himmelblauen See, auf dem quietschgelbe Enten an giftgrünem Gras vorbeischwammen –, halfen ihm dabei, diese ungewohnte Tätigkeit zu effektivieren. Wie die Beutel ins Haus gekommen waren, wusste er nicht. Aber es interessierte ihn auch nicht sonderlich.

Auf einem seiner Gänge vertrat ihm plötzlich ein Hüne den Weg. Ein großer Mann in Jeans und einem schon etwas abgetragenen Norwegerpullover. Menschen waren ihm – abgesehen von einigen Pilzsammlern – bisher nie im Wald begegnet. Er hatte sie auch nicht vermisst.

Der Hüne grüßte. Nicht eben unfreundlich, aber der Abteilungsleiter erkannte an Gruß und Haltung sofort die Amtsautorität. Er war schon immer davon überzeugt, dass Machtmenschen einander erkennen, da sie eine gewisse Aura um sich haben, die nur ihresgleichen wahrnehmen, wenn sie nicht durch eine Uniform oder andere Machtsymbole direkt angezeigt wird. Möglicherweise war hier auch der Norwegerpullover nicht ganz unschuldig, der beim Abteilungsleiter Assoziationen an die Liebe seines Exkaisers zu den norwegischen Fjorden wachrief.

Der Mann stellte sich als der Revierförster vor. Ungefragt umriss er knapp und sachlich seinen Aufgabenbereich. Dem Abteilungsleiter war sofort klar, dass er dies nicht aus freien Stücken tat. Beinahe automatisch wurde er kleiner. Zudem hielt er diese beiden lächerlichen Stoffbeutel in den Händen, die von den bereits gesammelten Holzstücken ausgebeult wurden. Also alles andere als eine Begegnung auf Augenhöhe. Wie zu Kinderzeiten wünschte sich der Abteilungsleiter ein Erdloch, in dem er hätte versinken können.

Der Förster musterte den Abteilungsleiter

nochmals kurz und aufmerksam. Übergangslos fragte er ihn, ob er denn eine Genehmigung zum Holzsammeln besäße! Einen Holzsammelschein!

Davon hatte dieser noch nie gehört. Das heißt: Er erinnerte sich in diesem Augenblick dunkel, dass seine Mutter einmal von solch einem amtlichen Dokument gesprochen hatte. Die Frauen waren nach Kriegsende 1945 in die verwüsteten Wälder gezogen, um Brennholz zu sammeln. Nicht ganz ungefährlich wegen der zahlreichen Blindgänger. Gesäubert waren die Wälder noch lange nicht. Aber die Mutter hatte keine andere Wahl gehabt. Drei Kinder mussten schließlich versorgt werden.

Das war damals. Aber heute?

Der Förster fügte lediglich hinzu, dass er für heute großzügig sein wolle, aber wenn mehr Brennholz benötigt würde, möge der Herr in die Försterei kommen und sich einen ordentlichen Schein holen.

Auch wenn der Abteilungsleiter nicht einmal eine vorsichtige Frage gewagt hatte, war er im Nachhinein zutiefst empört. Selten hatte ihn jemand so kühl, so unaufgeregt und sachlich in seine Schranken gewiesen. Das heißt: Judiths Auftritt vor etwas mehr als sechs Wochen war für ihn von ähnlicher Art gewesen. Dennoch zugleich ganz anders.

Überhaupt, Judith.

Seit wenigen Tagen konnte er wieder an sie denken.

Nicht immerzu, aber hin und wieder.

Der Abteilungsleiter hatte Judith kennengelernt, als er noch recht jung gewesen war. Wenige Tage nach Abschluss des vom Vater verordneten Studiums. Der Vater war erst spät aus russischer Kriegsgefangenschaft zurückgekehrt. Die wichtigste Devise, die er seinen drei Kindern danach einbleute, war die, dass ein Junge hart sein müsse und nicht zu weinen habe. Und dass ein Mann einen anständigen, das heißt einen von politischen Einflüssen und Entwicklungen unabhängigen Beruf haben müsse – wie auch immer das zu verstehen war. Jedenfalls erhielt der Abteilungsleiter von seinem Vater den Bereich der Finanzwirtschaft zugewiesen und wurde letztendlich Buchhalter. Während dieser gesamten Zeit merkte er, wie Zahlen und all die Möglichkeiten des Umgangs mit ihnen ihn immer mehr zu faszinieren begannen. Kurzum: Er war nicht unglücklich mit sich und seiner Zahlenwelt, selbst als er sich später mit dem Vater überwarf und sich bis zu dessen Tod nicht mehr mit ihm versöhnte.

Eines Tages hatte er einige Formalitäten im Rathaus der übersichtlichen Kleinstadt zu erledigen. Auf dem buntgeschmückten Marktplatz sang ein Kinderchor. Die Dirigentin war eine schlanke junge Frau, mit einem endlos langen blonden Zopf, der ständig über ihren Rücken hin und her schwang, wenn die junge Frau ihre Hände, ihren ganzen Körper beim Dirigieren bewegte. Die Lieder waren heiter und fröhlich, auch die Kinder wirkten so und die junge Frau ebenfalls.

Er blieb stehen und nahm ihren Anblick tief in sich auf. Er stand noch an Ort und Stelle, als nahezu alle Zuhörer gegangen waren, die Kinder sich von ihrer Chorleiterin verabschiedet hatten, sie selbst noch einige Notenblätter aufsammelte und sich dann umwandte. Bislang hatte er sie mehr oder weniger nur von hinten gesehen. Jetzt sah er sie vollständig und fühlte etwas, was er noch nie gefühlt hatte. Wie ferngesteuert ging er auf sie zu, stellte sich vor, und er, ein durch und durch scheuer, junger Mann ohne Selbstbewusstsein, fragte unumwunden, ob er sie zu einer Tasse Kaffee einladen dürfe. Sie schien einen Moment verwundert zu sein, dann lächelte sie und sagte: »Warum nicht?«

In einem plüschigen, altmodischen, aber urgemütlichen Café begann ihre Liebe.

Er – ein streng erzogener, harter, phantasieloser Zahlenmensch, sie – eine fröhliche, musikliebende, wunderschöne junge Frau, heirateten schon nach wenigen Monaten.

Ihre Familien wollten diese Verbindung nicht. Ihre nicht, weil alle meinten, dieser hölzerne junge Mann würde ihr nur Unglück bringen. Seine nicht, weil der Vater etwas gegen Zirkusleute hatte – und diese Meinung bis zu seinem Tode behielt.

Judith entstammte in der Tat einer alteingesessenen Zirkusfamilie. Großvater, Großmutter und ihre Eltern besaßen einen kleinen Wanderzirkus, mit dem sie Jahr für Jahr durch das Land zogen. Judith selbst war bei einer Tante aufgewachsen, die in ihr auch die Liebe zur Musik geweckt hatte, so dass Judith Musiklehrerin an einer Schule werden konnte und außerdem Privatunterricht für Klavier, Blockflöte und Gesang erteilte.

Die beiden jungen Leute kümmerten sich nicht um ihre Familien, was Ende der fünfziger Jahre des vergangenen Jahrhunderts kein Spaziergang war. Aber sie erwiesen sich in dieser Hinsicht als ungeheuer zäh, mussten dafür allerdings beide den weitgehenden Verlust ihrer Familienbindungen in Kauf nehmen. In ihrem Umfeld galten sie damit als Avantgardisten, wurden für ihren Mut bewundert und mussten ihre Geschichte immer wieder erzählen. Aber wie sich so manche Geschichte im Laufe der Zeit und unter veränderten Bedingungen abnutzt, so erging es auch der ihren. Das Interesse daran begann abzunehmen, und auch in ihrer eigenen Wahrnehmung schrumpfte sie zusammen, und zugleich begann der Zusammenhalt zwischen ihnen brüchiger zu werden.

Als sie noch dazu keine Kinder haben konnten, die *sie* gern gehabt hätte, *er* aber – wahrscheinlich wegen seiner eigenen Vatererfahrung – nicht, begannen ihrer beider Lebenslinien, zunächst unmerklich, dann deutlicher, auseinanderzudriften.

Sie versank immer mehr in ihrer Musik, dirigierte über ihren Unterricht hinaus noch zwei Chöre und versäumte im Umkreis von hundert Kilometern nahezu keine Opernpremiere.

Er baute an seiner Zahlenwelt, das heißt, seiner eigenen Stellung in ihr, wechselte beruflich in Positionen, die mit immer größerer Verantwortung verbunden waren.

Jeder folgte dem von ihm gewählten Lebensfaden. Dabei blieb Judith ihrer heiteren, offenen Grundhaltung treu – vielleicht nur, weil sie durch und durch Zirkuskind geblieben war und die Show immer weitergehen musste? Er hingegen begann sich zunehmend abzuschotten gegenüber allem, was nicht seiner unmittelbaren Arbeitswelt zugehörig war.

Zu ausgesprochenen Konflikten kam es kaum zwischen ihnen. Das war vor allem Judith zu verdanken, der immer wieder ein Minimalkonsens gelang. Und die Gewohnheit tat das Ihre.

Einen neuen Anlauf unternahmen sie nach der Wende, zu Anfang der neunziger Jahre, als sich beide entschieden, in den Osten Deutschlands zu gehen. Er wollte mittelständische Betriebe auf dem Weg zur Marktwirtschaft unterstützen, sie sich beim Neuaufbau privater Musikschulen engagieren. Seine anerzogene Konsequenz führte dazu, dass sie relativ rasch ihren alten Wohnsitz im Westen aufgaben und in den Osten zogen, auch wenn sich Judith ein wenig zögerlich zeigte. Aber da ihr die angebotene Arbeitsstelle weitaus mehr zusagte als die, die sie zur Zeit im Westen hatte, überwand sie schließlich ihre Bedenken und zog mit in den Osten. Zunächst besuchten die Freunde und Freundinnen sie relativ häufig, um sich einen gewissen Einblick in dieses seltsame andere Deutschland zu verschaffen. Wenn sie dann glaubten, ihn gewonnen zu haben, blieben sie weg, zumal ihnen die etwas gespannte Beziehung zwischen dem Abteilungsleiter und Judith nicht verborgen blieb.

Als ihnen ein Wochenendgrundstück im tiefsten Mecklenburg angeboten wurde, griffen sie zu und kauften ein wunderschönes Stück Land an einem ebenso wunderschönen kleinen See. Warum sie das taten, hätten sie gar nicht so genau erklären können. Vielleicht nur, weil sie das Geld dafür hatten? Oder weil sie durch weitere Veränderungen ihr Leben zusammenhalten wollten?

Ihre unterschiedlichen Lebensmuster kamen auch hier bald zum Vorschein.

Sie hatte sich so gewünscht, einen Zirkuswagen aus dem Altbesitz ihrer Familie auf das Grundstück zu stellen, ihn gelb und rot anzustreichen, um ihn herum unzählige bunte Blumen zu pflanzen, die das ganze Jahr über blühen sollten, und in diesem Wagen zu wohnen. Das übrige Land sollte – bis auf wenige Korrekturen – zum Beispiel durch die Anlage eines breiten Weges hinunter zum See – weitgehend der Natur überlassen bleiben.

Für ihn war das undenkbar!

Er, mittlerweile eine gutbezahlte mittlere Führungskraft, die entscheidenden Anteil daran hatte, dass der Betrieb eines der wenigen Ostunternehmen war, die schwarze Zahlen schrieben, konnte sich doch keinen Zirkuswagen auf sein Grundstück stellen!

Und auch noch in ihm wohnen. Was hätte man von ihm denken sollen?

Selbst wenn seine Frau aus einer solchen Tradition kam und er zeitweise gern darüber gesprochen hatte, wie sie trotz unterschiedlichster Biographien zusammengefunden und zugleich ihren Familien getrotzt hatten. Doch das war lange her. Jetzt war er angepasst und wollte es bleiben. Judith kämpfte gar nicht erst. Die Sinnlosigkeit eines solchen Kampfes war ihr wahrscheinlich nur allzu bewusst. Sie dachte lieber darüber nach, welch schöne Tage man an einem stillen mecklenburgischen See vielleicht auch ohne Zirkuswagen erleben konnte. Und darauf stellte sie sich ein – zumal sie eine wunderbare Entdeckung machte: Sie, die nie in der Nähe von Wasser gelebt hatte, die weder einen Fluss hatte vorbeifließen sehen noch auf einen stillen See gleich vor der Haustür hatte blicken können, verliebte sich in diesen See, von dem sie nur wenige Schritte trennten, wenn sie am frühen Morgen Lust hatte, schwimmen zu gehen. Dieser verwunschene See, der aber zugleich, wie sich noch herausstellte, über Kanäle und Zuflüsse mit vielen anderen Gewässern verbunden war, ließ sie nicht mehr los. Sie kaufte sich ein Paddelboot und begann, über den See zu paddeln; später kämpfte sie sich durch einen überwachsenen Kanal in einen anderen See und immer so weiter. Als sie eine versierte Paddlerin war, blieb sie zuweilen über Nacht weg, schlief – wie sie sagte – bei neugewonnenen Freunden und fühlte sich auf eine bereits vergessene Art und Weise glücklich und frei.

Zuweilen fuhr sie auch für ein Wochenende allein auf die Datsche, weil er, der Abteilungsleiter, zu tun hatte. Er nahm ihre neuen Aktivitäten zur Kenntnis und legte ihr nie einen Stein in den Weg. Auch Fragen stellte er niemals. Vielleicht, weil er wegen des verweigerten Zirkuswagens auf dem Grundstück ein schlechtes Gewissen hatte?

Ansonsten machte er sich daran, das Grundstück zu kultivieren – wie er das nannte, was er tat. Dabei machte er keine großen Zugeständnisse an die Natur. Er vertrat die Auffassung, wo der Mensch sei, habe sich die Natur unterzuordnen. Der einzig mögliche Kompromiss zwischen Mensch und Natur schien ihm die Anlage genau begrenzter und sauber geschnittener Rasenflächen zu sein. Gleichmäßiges Grün. Golfrasen eben.

Und so geschah es denn, auch wenn seine Rechnung infolge des unermüdlichen Wirkens von Wühlmäusen und Maulwürfen nur bedingt aufging.

Jetzt also stand er hier und überlegte, ob er sich trotz der peinlichen Begegnung mit dem Förster einen Holzsammelschein von diesem holte solle.

Ein Holzsammelschein.

Ein lächerliches Stück Papier. Nein, gerade das wäre es nicht!

Es würde sein Leben verändern. Würde er sich diesen Schein mit amtlichem Stempel holen, hieße das, sich für ein weiteres Leben am See zu entscheiden. Was sonst hätte er mit dem gesammelten Holz anfangen sollen, als seinen Kaminofen zu heizen? Es hätte seiner anerzogenen Zielorientierung entgegengestanden, etwas ohne praktischen Zweck und Nutzen zu tun.

Würde er sich diesen Schein hingegen nicht holen – was sollte er dann tun? Wieder zurück in die Stadt ziehen? Darauf verspürte er nicht die geringste Lust. Noch nicht! Oder überhaupt nicht mehr?

Er wusste es nicht.

Blieb die Möglichkeit, das Erlebte zu verdrängen, die Stoffbeutel zu nehmen und einfach weiterzusammeln. Aber dann liefe er Gefahr, vom Förster bei einer bewussten Unterlassung ertappt zu werden. Und eine ähnliche Begegnung, wie er sie erlebt hatte, brauchte er kein zweites Mal.

Wieder einmal setzte er sich auf die Bank vor dem Haus.

Eine Entscheidung stand an. So oder so. Bisher hatte er sich einfach treiben lassen. Einer wie er hatte sich treiben lassen! Nun forderte ihn ein amtliches Papier – wahrscheinlich im DIN-A5-Format – zu einer Entscheidung heraus.

Und: Wie sollte er Haltung bewahren? War das überhaupt möglich?

Schließlich hatte er seine Gedanken so weit sortiert, dass er sich auf den Weg zur Försterei machen konnte. Zu Fuß natürlich. Drei oder vier Kilometer – das war mittlerweile keine Entfernung mehr für ihn.

Vielleicht ließ sich der Schein ja auf drei, vier Wochen begrenzt erwerben. Dann konnte er sich erneut entscheiden. Eine weitere Hoffnung: Eine Sekretärin würde die normalen Geschäfte in der Försterei abwickeln. Dem Förster wollte er nicht noch mal begegnen. Doch er hatte kein Glück.

Der einzig anwesende Mensch war der Förster. In grüner Amtskleidung.

Da kam dem Abteilungsleiter die rettende Idee. Er fragte betont sachlich: »Können Sie mir zwei oder drei Festmeter abgelagertes Buchenholz liefern?«

»Selbstverständlich«, meinte der Förster. »Wäre Ihnen übermorgen recht?«

»Das käme mir sehr entgegen«, sagte der Abteilungsleiter.

»Ein Holzsammelschein würde dann wohl entfallen?«

»Ja«, antwortete der Abteilungsleiter und verließ nach Abwicklung dieses Geschäfts die Försterei.

Als das Holz geliefert wurde, war der Abteilungsleiter höchst erstaunt über die Menge, die da vor seinem Haus abgeladen wurde, obwohl er als

Zahlenmensch eigentlich eine gewisse Mengenvorstellung hätte haben müssen.

Der Waldarbeiter, der das Holz brachte, bot an, tags darauf noch einmal zu kommen, um ihm die Holzstämme mit der Kreissäge zu zerkleinern. Der Abteilungsleiter war einverstanden. Der Waldarbeiter schnitt die Stämme in etwa zwanzig Zentimeter große Stücke und warf sie mit elegantem Schwung auf den Rasen. Der Abteilungsleiter litt stumm, aber nirgendwo sonst hätte es Platz dafür gegeben. Der Waldarbeiter empfahl ihm noch, sich zwei oder drei Gestelle kommen zu lassen, um das Holz aufschichten zu können, sobald er es gehackt hatte. Er nahm mit völliger Selbstverständlichkeit an, dass der Abteilungsleiter sein Holz selbst hacken würde. Der wusste nicht, ob er das als Zutrauen oder als Zumutung empfinden sollte.

Er entschloss sich fürs Selbsthacken.

Am Abend nahm er sich das Abschiedsgeschenk von Firma und Abteilung vor und las die Passagen, die sich mit dem holzhackenden Kaiser im Exil befassten. Da ihn keiner hören konnte, sagte er nach Abschluss seiner Lektüre laut und deutlich: »Sehen Sie, Majestät, jetzt kommen wir einander doch noch ziemlich nahe!«

Das Holzhacken erwies sich als schwieriges Geschäft. Er hatte keine ordentliche Technik und brauchte viele Pausen. Die häufigen Zwangspausen waren allerdings ein Gewinn für ihn. Wenn er erschöpft auf einem Holzstapel saß, konnte er nachdenken.

Was hatte ihn überhaupt dazu angetrieben, in diesen Osten zu gehen? Rosen wurden ihm – wie sich bald herausstellte – hier nicht gestreut. Verständlicherweise:

Ringsum wurden Betriebe abgewickelt, Menschen entlassen.

Zu viele auf einmal.

Warum sollte man gerade von ihm anderes als Flurbereinigung erwarten? Aber ihm war ganz und gar daran gelegen, den Betrieb, für den er sich entschieden hatte, zu erhalten und möglichst vielen Menschen den Arbeitsplatz. Vermitteln konnte er das nicht so recht. Oder man glaubte ihm nicht.

Aber er begann mit einigen engagierten Menschen aus dem Osten zusammenzuarbeiten und diese mit ihm. Nichts Spektakuläres, aber Schritt für Schritt gewannen sie gemeinsam an Boden.

Bis etwas Unfassbares passierte.

Ihm passierte!

Als nämlich ein erster sichtbarer Erfolg erreicht worden war, machte er einen Aushang an der großen, altmodischen Anschlagtafel im Eingangsbereich zu seiner Abteilung. An dieser Tafel hatte zu DDR-Zeiten auf der linken Seite die frühere Abteilungsleitung ihre Mitteilungen verbreitet, in der Mitte die Partei und rechts die Gewerkschaft.

Auf seinem Aushang stand mit dickem schwarzen Filzstift in klarer Schrift geschrieben und sauber mittig placiert:

»›Es ist vollbracht‹, hauchte der Herr, neigte sein Haupt – und verschied nicht, sondern war zufrieden mit dem bisher Erreichten.«

Darunter sein Name. Handschriftlich wie der ganze Text.

Die einhellige Reaktion: War er so etwas wie der liebe Gott? Einer, der die drei früheren Gottheiten ersetzte? Einer, den man anzubeten und dem man mit Opfergaben zu danken hatte? Sogar die eingefleischtesten Atheisten dachten so oder ähnlich.

Obwohl nicht eben feinfühlig, spürte er den Umschwung im Verhalten seiner Mitarbeiter.

Er erschrak. Das hatte er nicht gewollt.

Einen Tag später war seine Botschaft von der Anschlagtafel verschwunden. Er hatte sie nicht entfernt. Hatte es jemand getan, der ihm wohlgesonnen war? Oder hatte jemand die Botschaft voller Wut einfach heruntergerissen?

Er erfuhr es nie. Und ein Gespräch darüber suchte er mit keinem, so wenig wie die Mitarbeiter mit ihm. Weder das eine noch das andere hätte seiner Wesensart entsprochen. Aber so etwas passierte ihm kein zweites Mal.

Allmählich kehrte die Sachlichkeit in das Abteilungsleben zurück. Wachsende Erfolge festigten sie weiter, so dass er Jahre danach einen ziemlich grandiosen Abschied feiern konnte.

Auf dem Wochenendgrundstück war die Sachlage anders. Auch da sah man in ihm den arroganten Wessi. Schlimmer noch: Die Datschenbesitzer um ihn herum nahmen ihn nur wahr als rasenmähendes Monster. Oder er telefonierte oder saß an seinem Laptop. Keine für einen Ostmenschen zu Kontaktaufnahme anregende Situation. Sie verzichteten also von vornherein darauf, zumal es sich bei ihnen in der Regel um alteingesessene Datschenbesitzer handelte, die den einzigen Wessi weit und breit als unnatürlichen Eindringling betrachten mussten! Und ihnen zu

Erfolgen zu verhelfen, wie das im Betrieb geschah, war in der Datschenwelt nicht erforderlich. Da waren alle anderen im Vergleich zu ihm, dem lächerlich Unerfahrenen, Profis. Sie brauchten ihn einfach nicht.

Mit Judith verhielt es sich ganz anders. Ihre Aufmerksamkeit und Liebenswürdigkeit öffnete alle Türen. Und so kam es, dass sie häufig während gemeinsamer Wochenendaufenthalte mehr bei anderen Familien war als auf dem eigenen Grundstück. Oft konnte er ihr Lachen von weit her hören, und wenn sie wieder zu ihm kam, schien sie heiter und gelöst zu sein.

Besonders dann, wenn sie von einer ihrer Paddeltouren zurückkehrte, die sich immer mehr in die Länge zogen.

Aber weder heute noch in den nächsten Tagen und Wochen würde er ihr Lachen wieder hören können.

So recht hätte er es derzeit auch nicht gewollt – wenn er ehrlich war.

Aber vielleicht wäre ihr ohnehin gar nicht mehr zum Lachen zumute?

Er zwang sich, die Gedankenkette zu beenden und sich wieder auf sein Holzproblem zu konzentrieren.

Es war Mitte Dezember, als er die drei Festmeter Buchenholz geschafft hatte. Jetzt musste er das Holz stapeln. Dabei erfuhr er etwas wunderbar Neues und zugleich wiederum sehr Bekanntes: Er fand Freude am beinahe millimetergenauen Aufstapeln des Holzes. Diese Ordnung herstellende Tätigkeit entsprach genau seinem Wesen. Erschien ihm eine gestapelte Reihe nach genauer Betrachtung als zu nachlässig im Vergleich zu den vorherigen Reihen, warf er alle Holzscheite auf die Erde und begann von neuem, wobei er gezwungen war, etliche Teile gegeneinander auszutauschen und ihnen jeweils einen anderen Platz zuzuweisen.

Eine solche Arbeit dauerte, und erst nach einigen Tagen konnte er mit dem Ergebnis zufrieden sein. Er war es voll und ganz.

Der Kaiser kam ihm in den Sinn. Wie hatte er es wohl mit dem Holzstapeln gehalten? Aber er verspürte keine Lust, das in seiner mehrbändigen Privatedition nachzuschlagen.

Glücklicherweise war er der Einzige, der in der Folgezeit das Holz zum Heizen in das Haus holte, denn es hätte zu großen Verwicklungen geführt, wenn ein anderer das getan, das Holz vielleicht wahllos aus unterschiedlichen Reihen herausgenommen und dabei seine perfekte Ordnung zerstört hätte.

Während er sinnierend vor seinem Werk stand, bekam er Besuch.

Abgesehen von dem Holzlieferanten hatte ihn in den vergangenen Wochen nie jemand aufgesucht.

Jetzt stand der Förster vor ihm. Wortlos schaute er sich um.

»Chef«, sagte er dann spontan, »Chef, das hätte ich dir nicht zugetraut. Ehrlich nicht.«

Und bot dem Abteilungsleiter das Du an, obwohl er bereits dazu übergegangen war.

Der wusste nicht, worüber er sich mehr freuen sollte: über die Anrede mit »Chef«, die er seit Monaten entbehren musste, oder über die unverhohlene Anerkennung seiner Leistung.

War er jetzt in der Welt am See angekommen?

Aber noch immer war er sich nicht sicher, ob er das wirklich wollte.

Im Moment jedenfalls tat ihm das Gehörte gut.

Schlagartig wurde es kalt.

Ohne Vorwarnung kam der Winter, der kleine See fror zu. Der Abteilungsleiter konnte zusehen, wie er sich veränderte. Wenige Tage vor Weihnachten war er von einer Eisdecke überzogen. Als es leicht zu schneien begann und sich der Schnee auf das Eis legte, konnte man kaum noch zwischen festem Land und Wasserfläche unterscheiden. Nur Eingeweihte erkannten die feinen Unterschiede und wussten, wo die Uferzone zu Ende war und der See begann. Der Abteilungsleiter gehörte nicht zu dieser Spezies. Insofern war er vorsichtig und erlag nicht der spontanen Versuchung, über die verschneite Fläche zu laufen.

Aber die weithin unberührte weiße Landschaft genoss er zunehmend.

Die strahlende Wintersonne trug das Ihre dazu bei. Und als er schließlich noch beobachten konnte, wie ein paar Rehe den verschneiten See von einem Ufer zum anderen überquerten, fühlte er so etwas wie Beglückung in sich aufsteigen. Hatte er ein solches Gefühl hier draußen schon jemals empfunden – das heißt in seinem Leben vor dem jetzigen? Gesprochen hätte er über so etwas nie. Mit wem hätte er das auch tun können? Und jetzt? Er war der Einzige, der aus der Datschenwelt zurückgeblieben war. Und auch aus dem Dorf am anderen Ende des Sees ließ sich keiner blicken. Nur Rauchwolken stiegen von dort aus den Schornsteinen in die klare Luft.

Ringsum gab es nur ihn allein.

Und dann bemerkte er die Stille.

Er hatte sie bislang nicht wahrgenommen. Sie war da gewesen. Aber für ihn nicht spürbar. Er hatte zu tun gehabt. Er war vor ihr geschützt gewesen. Jetzt gab es nichts mehr zu tun. Nun war er ihr ausgeliefert.

Wie oft hatte er sich in seinem alten Leben Stille gewünscht. Jetzt, da er sie hatte, konnte er nicht mit ihr umgehen. Sie begann, ihn zu bedrücken. Und das von Tag zu Tag mehr. Sie blockierte Denken und Fühlen, zunehmend auch seinen Willen und seine körperlichen Kräfte.

Aus einem Impuls heraus stellte er sein Handy an.

Das war an Heiligabend.

Und prompt wurde die Stille durchbrochen. Judith rief an.

Sie wünschte ihm ein schönes Fest, setzte einige der zu Weihnachten üblichen Floskeln hinzu und teilte ihm mit, dass sie am nächsten Tag für zwei Wochen verreisen werde. Er fragte nicht, wohin oder mit wem. Vielmehr antwortete er auf die gleiche kühle Art, auch wenn er hinterher meinte, es eine winzige Idee herzlicher als Judith getan zu haben. Gern wäre er noch etwas herzlicher gewesen. Vielleicht, wenn er von diesem Anruf nicht so überrascht gewesen wäre? Aber war er das wirklich? Hatte er sich ihn nicht insgeheim gewünscht, um nicht von der Stille erdrückt zu werden?

Das Gespräch hatte höchstens zwei Minuten gedauert. Dennoch: Danach gab es diese Mauer aus Stille nicht mehr.

Er legte mehrere Scheite Buchenholz in das Feuer im Kaminofen, beobachtete, in welche Richtung die Flammen hochschlugen, und hörte Wagner.

Die *Tannhäuser*-Ouvertüre.

Keine Weihnachtslieder.

Er fühlte sich mit einem Male gut.

Bis zur Nacht trank er noch eine halbe Flasche Whisky und beendete seinen ersten Heiligabend in der Einöde in ziemlich guter Stimmung.

Der erste Weihnachtstag brachte eine Überraschung.

Die Verkäuferin aus dem Nachbarort, bei der er seit den Septembertagen seinen Bedarf an Brot, Butter, Käse, Tomaten deckte – den an Whisky nicht – und von der er mittlerweile wusste, dass sie Tanja hieß, stand vor der Tür. Und mit ihr zwei weitere Personen, ein Mann und eine Frau. Beide etwa dreißigjährig – wie Tanja. Die strahlte ihn an und sagte mit größter Selbstverständlichkeit, an Weihnachten dürfe hier draußen niemand allein sein; das sei bei ihnen nicht üblich. Deshalb komme sie heute mit ihren Freunden zu ihm. Außerdem sei es für ihn an der Zeit, die wichtigsten Personen der Umgebung – von ihr natürlich abgesehen – kennenzulernen.

Tanja schien einen leichten Schwips zu haben und drängte den Abteilungsleiter förmlich ins Haus zurück, um ihm sogleich umstandslos mit ihren beiden Begleitern zu folgen, die auch nicht mehr ganz nüchtern waren. Der Abteilungsleiter fühlte sich machtlos. Unangenehm berührt war er aber nicht; eher neugierig auf das, was jetzt auf ihn zukommen würde.

Tanja stellte ihm erst die Frau und dann den Mann vor.

Die Frau sei die weltberühmte Handy-Jette, die alle Handys im Umkreis von fünfzig Kilometern reparieren könne. Diese Beziehung zur Kommunikationstechnik habe sie von ihrer Urgroßmutter geerbt, der bekannten Radio-Anna, die angeblich Leitungen und Schalter im Bauch gehabt hatte, mit denen sie zu ihrer Zeit alle Radios in ihrer näheren Umgebung beliebig ein- und ausschalten konnte. Die beiden Frauen blieben todernst. Auch der junge Mann, der, so fuhr Tanja in ihrer Vorstellung fort, hier Papageien-Mike genannt werde. Ob das berechtigt sei, könne man im Winter leider nicht nachprüfen, da er seinen Vogel jetzt nicht – wie im Sommer – auf der Schulter tragen könne. Papageien-Mike nickte zustimmend.

Der Abteilungsleiter wusste nicht so recht, was er von diesem Auftritt halten sollte, aber er nahm ihn hin.

Höflich bot er seinen Besuchern an, sich zu setzen, und fragte, ob er ihnen Kaffee, Tee oder lieber Whisky anbieten dürfe, denn eine neue Bekanntschaft müsse man doch mit irgendetwas begießen. Alle drei entschieden sich für Whisky, und als sie nach zwei Stunden voller nicht gerade tiefsinniger Gespräche wieder gingen, war ihr Alkoholpegel noch um einiges gestiegen. Sie duzten sich jetzt. Dazu waren sie gleich in der ersten Stunde auf Veranlassung von Papageien-Mike übergegangen.

Es war der erste große Besuch, den der Abteilungsleiter in seinem selbstgewählten Exil bekam.

Besuch aus dem Dorf. Nicht aus der Datschenwelt. Die gab es in diesem Sinne im Winter auch gar nicht.

Der Winter blieb nicht so, wie er begonnen hatte.

Wenige Tage nach Neujahr begann es zu regnen. Anhaltend und umständlich. Das heißt, es war kein ordentlicher Regen, der einen Tag oder auch zwei oder mehrere Tage schnurgerade gefallen wäre und sich dann wieder zurückgezogen hätte. Dieser über das Land hereinbrechende Regen ließ sich unglaublich viel Zeit. Nieselnd und rieselnd fiel er von allen Seiten ein. Tag um Tag – einmal etwas stärker, dann langsamer und gemächlicher. In jedem Fall konnte man sich auf seine Ausdauer verlassen. Ließ er etwas nach, schöpften die Menschen sofort Hoffnung. Entgegen ihren langjährigen Erfahrungen. Sie hätten wissen müssen, dass es sich nur um eine kurze Pause handeln würde.

Der stille See konnte sich rasch von seiner Eisdecke befreien, wurde jedoch grau und grauer, wie das ganze Land ringsum. Und nicht nur das: Nahezu jedes Stückchen Erde strebte danach, sich mit anderen Erdstücken zu graubraunen Klumpen zu verbinden, die entweder alle Wege verstopften oder zu einer gefährlich glitschigen Masse wurden, auf der man unweigerlich ausrutschte oder in der man einfach steckenblieb.

Vor allem einige nichtbefestigte Verbindungswege zwischen den kleinen, weit auseinanderliegenden Ortschaften waren davon betroffen.

Den Abteilungsleiter überfiel erneut eine Stimmung, die sich unkontrollierbar ausbreitete – noch niederdrückender, dumpfer und lähmender als jene in der Vorweihnachtszeit. Die alltäglichen Verrichtungen wurden ihm von Tag zu Tag lästiger, vor allem das Heizen seines Kaminofens. In das Schauspiel der sich ständig verändernden rotgelben Flammen schaute er stumpf und gleichgültig.

Jegliche Art von Musik vertiefte seine Schwermut. Auch lesen mochte er nicht so recht.

Von den Nachrichten aus der anderen Welt interessierte ihn nur noch der Wetterbericht. Immerhin etwas. Wenn sich für kurze Zeit einmal die Sonne zeigte und den vom Eis befreiten See in ein seltsam unwirkliches Licht tauchte, wurde seine Stimmung noch trübsinniger. In der einzigen Vollmondnacht, die er in dieser Zeit erlebte, erging es ihm nicht besser. Er konnte nicht schlafen, wurde im Halbschlaf aus seiner derzeit realen

Welt hinausgetragen, wusste aber nicht, wohin. Hatte er irgendein Ziel fixiert, verschwand es wie der Mond, wenn sich Berge von Wolken davorsetzten. Gegen Morgen hatte er einen halbwegs fassbaren Traum: Er fuhr Achterbahn. Immer und immer wieder, hinauf und hinunter, es wollte kein Ende nehmen. Mit einem todesmutigen Sprung aus der Bahn brachte er seinen Traum zu einem Ende und kam in der Wirklichkeit an. Sofort stellten sich Assoziationen ein, doch die waren nicht geträumt. Achterbahnfahren verband sich mit Rummelplatz und Zirkus, Zirkus mit Zirkuswagen, Zirkuswagen mit Judiths Wunsch nach einem solchen auf ihrem Wochenendgrundstück …

Es hätte auch so kommen können, dass er jetzt in einem Zirkuswagen säße.

Aber säße er dann überhaupt hier?

Vielleicht hätte damals, nach der politischen Wende im Osten Deutschlands, die Entscheidung für den Zirkuswagen zugleich die Wende in seinem privaten Leben gebracht? Doch was für eine?

Darüber ernsthaft nachzudenken war er jedoch nicht in der Lage.

Immerhin rissen ihn diese Gedanken ein wenig

aus seiner Lethargie. Seine anerzogene Disziplin meldete sich zu Wort und legte ihm nahe, etwas zu tun.

Irgendetwas.

Er fasste den Entschluss, in die Stadt zu fahren. Und zwar sofort.

Ohne Gummistiefel würde ein Fortkommen allerdings unmöglich sein. Das wusste der Abteilungsleiter wohl, mit den Tücken des Autofahrens unter den gegebenen Bedingungen war er jedoch nicht vertraut. Er startete den Wagen, um in der Apotheke Schmerzmittel zu holen und – so war es eben – seinen Vorrat an teurem Whisky wieder aufzustocken.

Der Abteilungsleiter trank hier draußen zwar nicht regelmäßig, fühlte jedoch eine leichte Unruhe, wenn sein Whiskyvorrat zur Neige ging.

Dieser Unruhe gab er jetzt nach. Oder rief er sie herbei?

Achtzehn Kilometer hatte er vor sich. Er wählte die Abkürzung, die er bei seinen bisherigen Fahrten schätzen gelernt hatte.

Zwei Kilometer lang ging alles glatt. Dann endete der befestigte Teil der Strecke. Nach wenigen Metern saß er fest. Sein schönes Auto war Schlamm und Dreck hilflos ausgeliefert. Die Räder mit den edel verchromten Radabdeckungen, die der Abteilungsleiter eigenhändig putzte, wenn sie an Glanz verloren, drehten durch. Der aufspritzende Schlamm begann, die Karosserie zu verdrecken. Der verlässliche Nieselregen spülte die Schlammspritzer nicht etwa ab, sondern verteilte alles nur etwas gleichmäßiger auf dem Wagen.

Der Abteilungsleiter stellte den Motor ab und versuchte auszusteigen. Als er trotz seiner Gummistiefel, die er früher als Stadtmensch eher geringgeschätzt hatte, keinen Halt in der schlammigen Masse zu seinen Füßen fand, begann er zu fluchen. Laut, derb, mit nicht sehr feinen Worten.

Niemand hätte ihm das zugetraut. Aber er konnte es.

Schließlich begann er zu hupen. Leider hörte und bemerkte ihn keiner.

Erst spät fiel ihm sein Handy ein. Er hatte es vergessen.

Es kostete ihn maßlose Überwindung, mit den über und über schlammbeschmutzten Gummistiefeln in sein – auch hier in der Einöde außen wie innen noch immer tadellos gepflegtes – Auto einzusteigen.

Aber er hatte keine Wahl. Im Freien konnte er nicht bleiben. Daher quälte er sich in seinen Wagen und wartete.

In gewissen Abständen hupte er. Ansonsten döste er vor sich hin.

Eine Stunde oder länger. Er schaute nicht auf die Uhr.

Der Exkaiser kam ihm in den Sinn. Wie hatte der es mit dem Autofahren gehalten? War er überhaupt selbst gefahren? Vielleicht im Exil, in Deutschland sicher nicht. Der Abteilungsleiter wusste nur, dass sich der Exkaiser für Autos nicht hatte erwärmen können. Zunächst nicht. Er bevorzugte Pferde und hatte diesen »Stinkkarren«, wie er die Autos zu nennen pflegte, ein schnelles Ende prophezeit. Was ihn allerdings später nicht daran gehindert hatte, sich einen beachtlichen Fuhrpark zuzulegen. Viel mehr wusste der Abteilungsleiter aber nicht. Er hatte sich ja auf das Holzhacken und die Liebe des entmachteten Kaisers zu den norwegischen Fjorden spezialisiert. Einen tröstlichen Spruch für seine jetzige Situation hätte er vermutlich nirgendwo gefunden. Der Gedanke begann in ihm zu reifen, dass es vielleicht doch allmählich an der Zeit war, sich von seinem Exkaiser zu verabschieden. Wozu brauchte er ihn noch?

Während er darüber nachdachte, glaubte er auf einmal, ein leises Geräusch aus der Ferne zu hören, das wie das Tuckern eines Traktors klang. Und tatsächlich: Das Tuckern wurde lauter und lauter und hörte sich für den Abteilungsleiter bald an wie himmelöffnende Harfenklänge. So musste es Schiffbrüchigen ergehen, wenn aus Nebel und Stürmen ein rettendes Boot auftauchte oder die Rotoren eines Hubschraubers zu hören waren.

Der Trecker hielt einige Meter neben dem Wagen des Abteilungsleiters an. Der Fahrer kletterte heraus, tippte mit zwei Fingern an seine Mütze, schaute sich prüfend um und sagte gelassen: »Das kann bei diesem Scheißwetter schon mal passieren!«

Ohne zu fragen begann er, ein Abschleppseil am Auto zu befestigen und es langsam und beharrlich aus dem Schlamm herauszuziehen.

Als das Auto wieder auf der befestigten Straße stand, löste der Treckerfahrer das Seil, tippte erneut an seine Mütze und stieg wieder ein.

Der Abteilungsleiter rief ihm ein so herzliches

»Danke« hinterher, wie er es noch nie in seinem Leben getan hatte. Und er schrie noch:

»Was bin ich schuldig?«

Der Traktorfahrer schrie zurück:

»Ich überleg's mir.«

Nur wenige Tage später hörte der Abteilungsleiter das Tuckern des Traktors vor seinem Haus.

Der Regen machte wieder einmal eine trügerische Pause, und der Abteilungsleiter nutzte sie, um einige verrutschte Planen auf dem Holzvorrat in die richtige Lage zu zerren.

Der Treckerfahrer beugte sich aus der Kabine heraus und rief:

»Spielst du Schach?«

»Ja«, erhielt er zur Antwort.

»Hast du Bier?«

Ein erneutes »Ja«.

»Dann komme ich heute so gegen 19 Uhr zu dir.«

Und wieder fuhr der Treckerfahrer ohne weitere Erklärungen davon.

Als er am Abend kam, sagte er zuallererst:

»Ich bin froh, dass du auch Bier hast. Man redet nämlich, dass du nur Whisky hättest. Den trinke ich nicht.«

Sie begannen zu spielen.

Ohne dass sie eine Verabredung getroffen hätten: Während einer Partie tranken sie nie. Erst wenn sie zu Ende war, gab der Sieger mit einem Griff nach seiner Bierflasche das Signal zum Trinken.

Sie trafen sich, sooft es ging, und genossen Spiel, Bier, Gewinnen und Verlieren. Ja, auch das Verlieren. Gab es doch Veranlassung, sich erneut zu verabreden.

Hin und wieder tauchte auch der Förster auf. Er erkundigte sich höflich, wie sich der Abteilungsleiter zu dieser Jahreszeit hier draußen fühle und ob er vielleicht seinen Entschluss schon bereut habe. Zuweilen hatten seine Fragen etwas Unangemessenes, er schien am Privatleben des Abteilungsleiters ungewöhnlich interessiert. Der Abteilungsleiter antwortete dann kurz, präzise und schnörkellos. Einen wirklichen Einblick in sein Innenleben gab er nicht.

Einmal kam die Rede drauf, wie selten man sich doch über den Weg lief, obwohl sie ja beide schon eine ganze Weile hier draußen lebten, der Förster, als alteingesessener Ossi, natürlich viel länger. Aber der Chef gehe ja auch nie heraus aus seinem Bau, meinte der Förster mit etwas undurchsichtiger Miene. Wie könne man sich da im Wald oder auf dem Wasser begegnen.

»Auf dem Wasser?«, fragte der Abteilungsleiter.

»Natürlich. Hier ist jeder irgendwann mal mit dem Boot unterwegs!«

So überfallartig, wie der Winter gekommen war, tat es auch der Frühling. Einen ersten Probelauf lieferte er bereits in den ersten Märztagen.

Tanja stand wieder einmal vor der Tür. Diesmal war sie allein, sie war mit ihrem kleinen Auto gekommen. Es war später Sonntagvormittag, und im ganzen Land schien es nur Sonne zu geben. Eine strahlende, wärmende Sonne.

Tanja fragte: »Du hast sicher Zeit? Willst du mitkommen? Ich zeige dir etwas Sensationelles.«

Der Abteilungsleiter hatte mittlerweile gelernt, dass die Menschen hier draußen in der Einöde nicht viel redeten, aber auch nicht übermäßig Bedenken hin und her wälzten. Und sie schon gar nicht aussprachen. Sie taten etwas oder taten es nicht. So war hier die Regel. Zumindest in der kalten Jahreszeit.

Er zog seine Jacke über, schlüpfte in die Gummistiefel, die hier von allen vorsichtshalber noch getragen wurden, und quetschte sich in Tanjas Kleinwagen. Er war ziemlich groß und musste sich in der Tat anstrengen, in das Auto hineinzukommen. Er verkniff sich das Angebot, Tanjas Auto stehenzulassen und in sein wesentlich größeres umzusteigen. Er wusste ja nicht, wie Tanja das auffassen würde.

Sie erzählte ihm von der größten Winterlingskolonie im Norden der Republik. Die Winterlinge, strahlend gelb wie die Sonne, würden nur kurze Zeit blühen und Jahr um Jahr viele Menschen anziehen.

Der Abteilungsleiter zeigte sich interessiert, musste aber zugeben, dass er keine Ahnung hatte, welche Art von Pflanzen er denn gezeigt bekommen solle.

Tanja erklärte und belehrte.

Nach einer dreiviertel Stunde waren sie angekommen.

Sie standen vor einer wuchtigen roten Backsteinkirche. Einige uralte Platanen mit unregelmäßig fleckiger Rinde umstanden sie weiträumig. Zwischen Backsteinbau und Platanen erstreckten sich strahlend gelb ganze Flächen von Winterlingen, sparsam durchsetzt von Büscheln weiß blühender Schneeglöckchen. Sonne und Winterlinge schienen miteinander um das schönste Gelb zu wetteifern. Das warme Ziegelrot der Kirche lieferte die bestmögliche Kulisse dafür.

Der Abteilungsleiter staunte. Was ihm Tanja hier bot, war in der Tat sensationell. Beide schauten lange und beinahe andächtig auf dieses Wunder. Tanja sagte gerade: »Das ist nur so schön, wenn die Sonne scheint« – da entdeckte der Abteilungsleiter in der weiten, unbegrenzten Landschaft zwei Menschen, die sehr vertraut miteinander zu sein schienen und die sich langsam auf einem Feldweg in die andere Richtung entfernten.

War das nicht Judith? Und die Person, die neben ihr ging, war ihm mittlerweile ebenfalls bekannt und vertraut. Bereits bei ihrer ersten Begegnung im Wald hatten sich ihm Haltung und Gang des Försters fest eingeprägt.

Tanja schaute ebenfalls in diese Richtung.

Nach einigen Minuten, in denen sie beide etwas hilflos nebeneinanderstanden, forderte sie ihn auf: »Komm, fahren wir zurück!«

Auf der Rückfahrt sagte Tanja nur einen einzigen Satz:

»Wusstest du nicht?«

Der Abteilungsleiter antwortete nicht.

Die nächsten Tage und Wochen verbrachte er mit Nachdenken. Gedanken über Judith und natürlich über sich selbst begleiteten ihn mehr oder weniger bei allem, was er tat. Und da er nicht viel zu tun hatte, konnten sie auch darüber hinaus ziemlich viel Raum einnehmen.

Eigentlich hätte er verletzt sein müssen, zumindest gekränkt. Seltsamerweise stellte sich ein solcher Zustand nicht ein. Natürlich war er verletzt und gekränkt. Zugleich fühlte er sich irgendwie erleichtert. Vielleicht, weil ihm die Verhältnisse klarer geworden waren, weil ihm, dem Entscheidungsmenschen, eine Entscheidung abgenommen worden war? Aber mochte er das wirklich? Plagte ihn nicht bis heute die Tatsache, dass vor Monaten Judith eine Entscheidung gefällt hatte? Judith – und nicht er! Und er deswegen hier draußen in der Einöde saß, wobei er sich natürlich mit der Neuordnung seiner Lebensverhältnisse immer besser arrangierte. Aber es war ihm in all der Zeit auch nicht gelungen, Judith aus seinem Leben zu drängen.

Zu viele Fäden gab es – zumindest in der Erinnerung –, die ihn mit ihr verbanden. Und noch an Heiligabend hatte sie, ohne es zu wissen und bedeutsam nur für ihn, in sein Leben eingegriffen.

Dennoch schienen ihm diese Fäden hier draußen immer dünner und fragiler zu werden. Zugleich beschäftigte ihn eine neue Frage, über die er bislang kaum nachgedacht hatte: Warum hatte Judith auf dieser Auszeit bestanden? War es ein ehrliches Angebot gewesen? Und hatte er in seiner Feigheit nicht einfach nur die Flucht vor einer Auseinandersetzung ergriffen? Er und feige? So etwas hatte er sich in seinem Leben noch nie eingestanden. Was war mit ihm geschehen, dass er es tat?

Dann war da nun auch noch der Förster: Was war mit Judith und ihm? Er konnte nicht zuordnen, was er mit eigenen Augen gesehen hatte. Obwohl: War da nicht einmal von einem Boot die Rede gewesen, von einem Boot, mit dem hier jeder unterwegs sei? Und war nicht auch Judith häufig mit ihrem Paddelboot unterwegs gewesen?

Doch je mehr Zeit verging, umso weniger genau wollte er all das im Grunde wissen. Zuweilen verwunderte es ihn selbst, zuweilen schien es für ihn völlig in Ordnung zu sein.

Den Förster sah er in den nächsten Monaten nicht. Der kam nicht, und auch der Abteilungsleiter vermied alles, was eine Begegnung hätte ermöglichen können.

Auch sein Schachpartner kam in der wärmeren

Jahreszeit seltener. Nur Tanja tauchte häufig auf. Was aber ohne größere Bedeutung war.

Der Abteilungsleiter begann, sich auf seine nähere Umgebung zu konzentrieren. So wurde seine Aufmerksamkeit in den Frühsommertagen von der Ankunft der Datschenbesitzer in Anspruch genommen. Auf dieses Ereignis hatte er bislang nie geachtet. Und es war ein Ereignis! Der Parkplatz füllte sich mit Mittelklasse- und Kleinwagen. Aus den Kofferräumen holte man unvorstellbare Mengen an neuerworbenen Wolldecken, bunten Kissen, neuen Bademänteln, bei irgendeinem Ausverkauf erstandenen Kochtopfsets, neuen Gartenstühlen und – zum Ärger Tanjas – Unmengen von Lebensmitteln, die sie auch bei ihr, in ihrem Laden, hätten kaufen können. Aber so war eben die Mentalität: Sicherheitshalber brachte man alles mit, was man brauchen würde.

Der Hang zu dieser Bevorratung hatte sicher noch etwas mit der Vergangenheit zu tun: Man kaufte, was es gerade gab, selbst wenn man keine rechte Verwendung dafür hatte. So etwas wirkte nach. Der Abteilungsleiter fühlte sich auf einmal wieder überlegen. Zumindest ein bisschen. Ein solches Gefühl hatte er seit Monaten nicht mehr verspürt. Diese Art, das Auto vollzupacken, hatten Altbundesbürger bei ihrem Nachkriegs-Run auf Italien vielleicht gehabt. Es lag eine Ewigkeit zurück!

Etwas anderes verwunderte den Abteilungsleiter allerdings in hohem Maße: Ein buntbemaltes Auto schien von den anderen Wagen mehr oder weniger in die Mitte genommen und beschützt zu werden wie von einer Wagenburg: ein Trabi aus DDR-Zeiten. Sein Besitzer, so erklärte ihm Tanja, sei Olaf. Der zur Wendezeit etwa zwanzigjährige, autoversessene Olaf hatte sein Begrüßungsgeld in Höhe von hundert Mark nicht verschleudert. Er hatte es auch nicht in die heißbegehrten Westschlitten investiert. Vielmehr hatte er sich weitere hundert Mark in einem südlich gelegenen Bundesland geholt und damit auf einen Schlag schon zweihundert kostbare Westmark besessen. Die hatte er seinem Nachbarn geboten, um dessen werkneuen Trabant zu erwerben, einen der letzten produzierten Original-Trabis, die aber keiner mehr so recht wollte.

Olaf und sein Nachbar waren sich rasch einig geworden, und so war es gekommen, dass Olafs allererster Westmarkeinkauf ein stinkender Ost-Trabant gewesen war. Das sollte sich im Nachhinein als kluge Entscheidung erweisen. Olaf peppte das kleine Auto motormäßig und rein äußerlich auf und wurde Mitglied einer Fangemeinde, die jährlich einen auch medienmäßig höchst beachteten Autokorso durchführte. Die auffallendsten Trabi-Exemplare wurden mittlerweile zu Traumpreisen bis nach Amerika verkauft, aber sie weckten auch die Begehrlichkeit nicht weniger Autodiebe.

Olaf liebte seinen Trabi so sehr, dass er ihn weder irgendwelchen spleenigen Autoliebhabern verkaufen und noch viel weniger den Autodieben überlassen wollte. Bei Letzterem halfen ihm die Datschenbesitzer. Tanja meinte dazu nur, dass wahrscheinlich in jedem Ossi-Herzen lebenslang ein kleiner Platz für einen Trabi reserviert sei, auch wenn kaum ein Ossi mehr einen richtigen Trabi fahren wollte.

Der Abteilungsleiter musste sich über sich selbst wundern. Noch vor einiger Zeit hätte er das als »Ostalgie« abgetan oder die Geschichte von Olaf und seinem Trabi zumindest belächelt. Doch nun gefiel es ihm, als Tanja weiter erzählte, dass sich Olaf mittlerweile zu einem ordentlichen und geschäftstüchtigen Autohändler entwickele, der keineswegs nur übriggebliebene Trabis an den Mann brachte.

Der Abteilungsleiter kam über den Sommer.

Kurz vor dem Jahrestag seines selbstgewählten Exils tauchte der Förster auf.

Der Abteilungsleiter bewahrte Haltung.

»Chef«, sagte der Förster, »Es ist eben alles so gekommen, das mit Judith. Tut mir leid! Doch deshalb komme ich nicht: Judith hat sich gestern von mir verabschiedet. Einfach so. Es gibt wohl einen anderen!«

Mehr sagte er nicht.

Auch der Abteilungsleiter sagte nichts, hob nur leicht die Schultern und ließ sie wieder fallen. Er legte dem Förster kurz die Hand auf die Schulter, drehte sich um und ging langsam zurück zum Haus. Der Förster wandte sich in die entgegengesetzte Richtung.

Keiner blickte sich nach dem anderen um.

Der Abteilungsleiter ging zu der Bank vor dem Haus und setzte sich. Es war still, und er nahm die Stille in sich auf.

Judith war in eine große Ferne gerückt.

Als er auf den glitzernden See blickte, meinte er, eine leichte Bewegung kleiner, sich kräuselnder Wellen wahrzunehmen. Aus dem Schutz alter Buchen, die etwas weiter südlich am Ufer standen und deren Äste bis tief auf das Wasser hinabragten, tauchte ein Paddelboot auf. Es schien sich ihm zu nähern. Darin saß jemand mit einem leuchtend roten Basecap. Der Abteilungsleiter konnte nicht erkennen, ob es sich um eine Frau oder einen Mann handelte. Er blieb gelassen. Er würde geschehen lassen, was noch käme.

MARTIN SUTER

Alle Jahre wieder – das Kundengeschenk

JANUAR

»Sehr geehrter Herr Dr. Keller; gerne erwidere ich Ihre guten Wünsche und bedanke mich herzlich für den schönen Wandkalender ›Das Toggenburg im Zauber der Jahreszeiten‹, der uns wie immer große Freude bereitet hat. Mit freundlichen Grüßen, gezeichnet P. Probst.«

Keller stutzt. »Das Toggenburg im Zauber der Jahreszeiten«? Dieses Jahr war doch »Eisenbahnbrücken der Schweiz«? Oder war das letztes Jahr? Nein, letztes Jahr war »Passstraßen aus der Vogelperspektive«, an den »Eisenbahnbrücken der Schweiz« thematisch ja anknüpft. Er ruft Frau Trösch an. »›Das Toggenburg im Zauber der Jahreszeiten‹, sagt Ihnen das etwas?«

»Ich war als Kind oft im Toggenburg«, antwortet Frau Trösch etwas ratlos.

»Einen Wandkalender dieses Namens haben wir dieses Jahr nicht verschenkt?«

»Nein, der hieß ›Eisenbahnbrücken der Schweiz‹.«

»Ich weiß, ich weiß«, brummt Dr. Keller und legt auf. Dann muss es sich um eine Verwechslung handeln, denn sarkastisch ist Probst nicht. Es ist immerhin möglich, dass er noch einen Wandkalender geschenkt bekommen hat. Keller hat nie behauptet, dass die Idee des Wandkalenders besonders originell ist. Es ist eher die Wahl der Sujets und deren thematische Geschlossenheit, auf die er sich bisher etwas eingebildet hatte. »Das Toggenburg im Zauber der Jahreszeiten« scheint ihm doch ziemlich beliebig. Allerdings, dass jemand an sich Präziser wie Peter Probst den Kalender mit »Eisenbahnbrücken der Schweiz« verwechseln konnte … Vielleicht sollte er das Kundengeschenkkonzept gelegentlich überdenken. Sakrosankt ist es ja nicht.

FEBRUAR

Im Laufe des vergangenen Jahres hat Dr. Keller viele Entscheidungen getroffen, die ihn jetzt, im

Bilanzmonat, auf Trab halten. Aber diejenige zugunsten von »Eisenbahnbrücken der Schweiz« gehört nicht dazu. Nur einmal, als er bei einer Bilanzbesprechung auf das Konto »Kundengeschenke« stößt, hat er dieses kurze Stocken, mit dem sein Unterbewusstsein auf vage Unerledigtes reagiert.

Und später noch einmal, in der Rhätischen Bahn auf einer Brücke, unterwegs in die Skiferien. Eisenbahnbrücken? Da war doch was.

MÄRZ

Dr. Keller ist gebräunt aus den Skiferien zurückgekehrt. Das verleiht seinem Aussehen, wie er findet, eine gewisse Dynamik, die ausgelebt sein will. Auf der Suche nach Problemen, denen man mit Dynamik statt mit Besonnenheit beikommen kann, stößt er auf den ganzen Kundengeschenkkomplex. Natürlich würde es ihm als künstliche Betriebsamkeit ausgelegt, wenn er das Problem schon jetzt, im März, lösen würde. Aber aufwerfen könnte er es allemal.

Dr. Keller schafft also fürs Erste das »Kalenderkonzept« ab. Damit niemand denkt, hat der wirklich keine anderen Sorgen?, tut er das mit großer Beiläufigkeit in einem Memo, das unter dem Titel »Alte Zöpfe« dazu aufruft, sich von allem Festgefahrenen zu lösen und den Mut zu haben, das vermeintlich Bewährte in Frage zu stellen. Das »Kalenderkonzept« kommt darin nur als eines von mehreren Beispielen neben u. a. »Überstundenkompensation«, »Betriebsausflug« und »Teuerungsausgleich« vor.

APRIL

Die Gebirgsbräune ist verblasst, und mit der Käsigkeit des Teints ist auch die Fadheit des Daily Business wieder eingezogen. Dr. Keller lebt führungsmäßig wieder von der Hand in den Mund. Was über den Tag hinausgeht, hat keine Priorität. Und Langzeitprojekte wie das Weihnachtskundengeschenk sind der reine Luxus. Etwas, das sich ein Mann mit Vorbildfunktion wie Dr. Keller heutzutage am allerwenigsten leisten darf.

Nur Stefan Buser, der einen Verlag für (unter anderem) Kalender vertritt, ruft sich Frau Trösch mit einem hübschen Büchlein mit 25 Erdbeerrezepten in Erinnerung.

Während Dr. Keller am Empfang kostbare Minuten lang auf sein Taxi wartet, fällt sein Blick auf das neue Motiv des Wandkalenders »Eisenbahnbrücken der Schweiz«, der hinter Frau Bucher im Empfang an der Wand hängt. Es zeigt ein elegantes Viadukt in der Schinschlucht. Eine Pionierleistung. Das Leitmotiv, das sich durch alle Kalender zieht, die die Firma jeweils am Jahresende an ihre Kunden (auch die potentiellen) verschickt. In diesem Sinn war auch »Passstraßen aus der Vogelperspektive« zu verstehen und »Wasserkraft«, eine Sammlung von zwölf spektakulären Stauwehraufnahmen, immer im passenden saisonalen Kontext. So gesehen ist Dr. Kellers Kundengeschenkkonzept eben doch originell, denn es besteht ja nicht einfach darin, Wandkalender zu verschenken, sondern immer wieder andere Interpretationen des Pioniergedankens, dem sich das Unternehmen von jeher verpflichtet fühlt. »Eisenbahnbrücken der Schweiz« stimmt mit der Unternehmensphilosophie überein, ist programmatisch, ohne das Ästhetische zu vernachlässigen. Die Latte ist hoch gelegt, denkt Dr. Keller. Leicht wird es nicht sein, etwas Ebenbürtiges zu finden. Im Taxi macht er sich eine Notiz. »Kundengeschenk?«

JUNI

Imboden ist zurück aus den Ferien in Schottland. An der Direktionssitzung überfährt er die Runde mit dem Vorschlag »Smoked Salmon«. Ein stimmiges Weihnachtsgeschenk direkt aus der schottischen Lachsräucherei. Imboden macht eine kleine Degustation, erläutert die Offerte (Verpackung und Versand ab Räucherei, Gewichtsabstufung nach geschäftlichem Gewicht des Kunden, personalisierter Festtagsgruß).

Die Idee wäre nicht schlecht. Wenn sie nicht von Imboden stammte. Aber so fallen die Kommentare vernichtend aus: »Ist es nicht etwas früh für Lachs?« (Rüetschi). »Und etwas früh für Weihnachten?« (Hess). »War da nicht etwas mit Würmern bei Lachs?« (Baumann). »Die Lachse sind bekanntlich die Schweine der Meere.« (Gruber). Dr. Keller, der Innovationen, auch auf Kundengeschenkebene, nicht Imboden überlassen will, weist auf konzeptionelle Schwächen hin: »Es ist nicht zwingend, das stört mich.«

»Der Pioniergedanke ist voll enthalten«, wehrt sich Imboden. »Das Elementare (Wind, Wasser, Fischfang), das Innovative (Direktversand aus dem Fanggebiet) und das Bilaterale (Schweiz – Schottland).«

»Nichts gegen Schottland, aber was mich an Dr. Kellers Kalenderidee immer so fasziniert hat, ist der schweizerische Bezug zum Pioniergedanken«, wirft Rüetschi ein.

Diese Bemerkung ruft, aus karrieretaktischen Gründen, Baumann aufs Parkett. »Andererseits könnte es nichts schaden, auch kundengeschenkpolitisch eine gewisse Öffnung zu signalisieren.«

Nach kurzer Diskussion einigt man sich gegen »Smoked Salmon«, aber ohne Präjudiz in Bezug auf eine mögliche internationale Lösung. Dr. Keller nimmt sich vor, sich in der Kundengeschenkfrage nicht noch einmal das Heft aus der Hand nehmen zu lassen. Kundengeschenke sind Chefsache.

JULI

Rüetschi lernt in den Ferien in der Provence bei einem Ehepaar aus Uster, das seit Jahren das

Haus schräg unter ihnen mietet, einen Lausanner Künstler kennen, spezialisiert auf provenzalische Landschaften, auf denen man noch sieht, was drauf ist. Die Begegnung hat keine unmittelbaren Folgen, sollte aber im Hinblick auf die Entwicklungen Oktober/November im Auge behalten werden.

Baumann, der mit seiner Familie auf der Fahrt nach Rimini in einem toskanischen Gut, das er aus einem Führungsseminar in guter Erinnerung behalten hat, einen Zwischenhalt einlegt, stößt auf die Idee »Vino da tavola« mit individuell gestaltetem Etikett, eine Dienstleistung, die der Schweizer Gutsbesitzer (Pioniergedanke, internationale Öffnung plus Schweiz!) anbietet. Gediegen gestaltete Etiketten, erstaunlich preisgünstig und ebenfalls Direktversand ab Weingut. Auf der Weiterfahrt überlegt er sich verschiedene Namen und freundet sich schließlich mit »Buon anno!« an. Der Doppelsinn gefällt ihm (Prosit Neujahr bzw. guter Jahrgang). Manchmal muss man eben alles hinter sich lassen, um kreativ zu werden.

Eine Gruppe fröhlicher Menschen in etwas aus der Mode gekommenen Badeanzügen winken vom Ufer der Saane dem Schnellzug zu, der hoch über ihnen über die schwindelerregende Brücke pfeilt. Ein schönes Bild, denkt Dr. Keller, als er am ersten Tag nach seinen Sommerferien Frau Bucher im Empfang begrüßt. Neben dem Pioniergedanken auch noch die ganze Sprachgrenzensymbolik. Die für einmal völlig unproblematische Überwindung des Röstigrabens.

In den Ferien hat er mehrmals über das Projekt Weihnachtskundengeschenk nachgedacht. Und das mit konkretem Resultat: Er hat beschlossen, eine Arbeitsgruppe einzusetzen. Damit bleibt die Initiative bei ihm, während die Arbeit delegiert ist. Auch über die personelle Zusammensetzung hat er sich Gedanken gemacht: Imboden, weil er die Sache ja schon im Juni an sich reißen wollte; Rüetschi, weil er mit einem Kommentar bei der letzten Diskussion über das Thema den Eindruck erweckte, dass er Dr. Keller, zumindest was diese Frage betrifft, konzeptionell begriffen hat; und Baumann, aus wettbewerbsstrategischen Erwägungen.

Am Schluss der ersten Direktionssitzung nach den Ferien, unter »Diverses«, praktisch schon im Stehen, konstituiert er die Arbeitsgruppe und setzt ihr einen Termin: Mitte Oktober.

Als er wenig später an Rüetschis Tür vorbeigeht, hört er ihn laut und deutlich zweimal »Scheißgeschenk« sagen. Dr. Keller lächelt zwar, aber er merkt es sich.

SEPTEMBER

Baumann ist natürlich im Vorteil mit seinem »Buon anno!«. Er kann ganz entspannt eintrudeln zur ersten Sitzung und zuhören, was die andern so haben. »Buon anno!« behält er bis zum taktisch richtigen Moment im Ärmel.

Imbodens Ausgangslage ist auch nicht schlecht.

Er hat eine Schweizer Variante von »Smoked Salmon« in petto: »Graved Lachs« vom Schweizer Bauernhof. Pioniergeist, Innovation, Internationalität und trotzdem nationaler Bezug. Sein einziges Handicap ist der Preis. Er liegt erheblich über seiner ursprünglichen schottischen Variante. Aber was soll man machen, bei der Standortvorgabe Schweiz?

Nur Rüetschi hängt völlig in der Luft und ist gezwungen, in der Nacht vor der Sitzung mit seiner Frau Rücksprache zu nehmen. Etwas, das er in geschäftlichen Fragen nur in Notfällen tut, weil er das Gefühl hat, es untergrabe seine Autorität auch auf diesem Gebiet. Aber diesmal ist er froh, dass er sie mit einbezogen hat, denn sie bringt rasch, überraschend rasch, den Namen Pierre ins Spiel.

»Pierre?«, fragt Rüetschi.

»Pierre Dubuis, der Künstler. Der bei Bischoffs in der Provence. Der Lustige. Der mit den Landschaften.«

»Der so soff?« Rüetschi erinnert sich an den Künstler aus Lausanne mit den provenzalischen Landschaften. Vielleicht malt er auf Auftrag auch Pioniergedanken.

Die erste Sitzung der Kundengeschenkkommission wird auf Ende September einberufen und auf Anfang Oktober vertagt.

OKTOBER

Als Rüetschi das Sitzungszimmer betritt und es leer vorfindet, geht er wieder. Er will aus sitzungstaktischen Gründen nicht der Erste sein. Mit kalkulierter Verspätung taucht Imboden im Sitzungszimmer auf, schaut verärgert auf die Uhr, als er es leer vorfindet, und geht wieder. Auf dem Gang trifft er Rüetschi. »Auch unterwegs zur Sitzung?«, fragt dieser.

»Welche Sitzung?«, fragt Imboden zurück.

Das Sitzungszimmer ist leer, als sie es schließlich gemeinsam betreten. Kaum haben sie sich gesetzt, ruft die Zentrale an. Herr Baumann habe aus dem Auto angerufen. Er sei unterwegs.

Bis zu Baumanns Eintreffen meiden sie das Thema »Kundengeschenk« sorgfältig. Keinem käme es in den Sinn, sich vom andern in die Karten schauen zu lassen. Aber während sie so dasitzen und auf ihn warten, wächst in jedem von ihnen die Entschlossenheit, aus allen Rohren auf Baumanns Vorschlag zu schießen, wie genial er auch immer ist.

Das tun sie denn auch. Mit Erfolg, aber unter großen Opfern. Am Schluss der ersten Kundengeschenksitzung ist von Baumanns »Buon anno!« kein Fetzchen übrig. Aber auch »Graved Lachs« vom Schweizer Bauernhof ist aufgerieben. Und »Tradition/Vision«, ein limitierter und signierter Zwölffarbendruck von Pierre Dubuis, atmet nur noch schwach. Sie vergleichen ihre Agenden, setzen einen neuen Sitzungstermin fest und ziehen sich geordnet zurück.

Stefan Buser, der Verlagsvertreter, ist auf dem Weg zu Frau Trösch, um ihr ganz unverbindlich den Kalender »Zwischen Himmel und Erde«, Luftseilbahnen der Schweiz, zu zeigen, eine Thematik, die sich seiner Meinung nach sehr schön in das Pionierkonzept des Kunden fügt. Als er auf dem Gang der Direktionsetage an einer halboffenen Tür vorbeigeht, hört er jemanden laut und deutlich dreimal »Scheißweihnachtskundengeschenk« sagen.

NOVEMBER

»Wo stehen wir eigentlich in der Kundengeschenksache?«, fragt Dr. Keller an einer ohnehin schon etwas giftigen Direktionssitzung. Imboden, Baumann und Rüetschi wechseln vorwurfsvolle Blicke.

»Das läuft«, sagt Rüetschi.

»Ist geplant, mich einzuweihen?«, fragt Dr. Keller spitz.

Rüetschi packt seine Chance. »Wir sind an einer hochinteressanten Sache. Pierre Dubuis. ›Tradition/Vision‹. Limitiert und signiert. Kunst. Einmal etwas anderes.«

Imboden verliert die Nerven. »Ich dachte, das sei vom Tisch. Wie ›Buon anno!‹.«

»Oder ›Graved Lachs‹ vom Schweizer Bauernhof«, ergänzt Baumann.

»Wir haben November, meine Herren. November!«, ruft Dr. Keller dazwischen. In die Stille, die darauf folgt, lässt Baumann einen Satz fallen, der beweist, dass er eben doch der bessere Taktiker ist. Und der wahre Anwärter auf Dr. Kellers Nachfolge: »Warum unterwerfen wir uns eigentlich jedes Jahr diesem Geschenkterror?«

»Was schlagen Sie vor?«, schnappt Dr. Keller.

Baumann lehnt sich zurück. »Wir nehmen das Geld, das uns das Geschenk kosten würde, überweisen es an eine wohltätige Organisation und schreiben einen Brief an unsere Kunden, in dem steht, dass wir das in der heutigen Zeit für das sinnvollere Vorgehen halten. Tue Gutes und rede davon.«

»Auch nicht gerade originell«, bemerkt Rüetschi mit hoffnungsvollem Blick Dr. Keller.

Aber der überlegt, eine gefährliche Reaktion. Wenn Dr. Keller bei einer Idee, die nicht von ihm stammt, länger überlegt, dann nur, um ihr etwas beizufügen, das sie erst zur brauchbaren und damit zu seiner eigenen macht. »Wie viel wollten wir ausgeben?«, fragt er schließlich.

»Dreißigtausend«, antwortet Imboden.

»Dann überweisen wir fünfzehntausend ans Rote Kreuz. Der Betrag muss ja nicht im Brief stehen.«

Rüetschi unternimmt einen letzten, verzweifelten Versuch, etwas Boden gutzumachen. »Nichts gegen soziales Engagement, aber unterschätzen wir hier nicht den Kernnutzen von Dr. Kellers Kalenderidee? Unsere zwölfmonatige, unübersehbare Präsenz beim Kunden?«

Baumann merkt sofort, wie gefährlich der Einwand ist, und reagiert mit bemerkenswerter Eleganz: »Wir können ja einen Kalender dazulegen. Er muss ja nicht so luxuriös sein wie früher. Im Gegenteil, es passt ganz gut zum Spendegedanken, wenn er etwas preisgünstiger wirkt.«

Dr. Keller überlegt. »Fünfzehntausend Franken, Kalender und Versand inbegriffen. Wenn wir einen günstigen finden, bleibt immer noch genug übrig für das Rote Kreuz. Notfalls verzichten wir eben auf den Pioniergedanken. Baumann, Sie kümmern sich darum.«

Baumann bewahrt während des Rests der Sitzung die Würde des guten Siegers. Gleich anschließend geht er zu Frau Trösch, die ihn mit einem gewissen Stefan Buser, einem zuverlässigen Kalenderlieferanten, in Kontakt bringt.

Als Buser merkt, dass mit »Zwischen Himmel und Erde«, Luftseilbahnen der Schweiz, bei diesem Kunden aus konzeptionellen Gründen nichts zu machen ist, verkauft er Baumann einen Kalender, bei dem er ihm preislich sehr entgegenkommen kann, weil er sich jetzt schon die dritte Saison sehr gut verkauft.

DEZEMBER

In der letzten Woche vor Weihnachten erhalten die Kunden (auch die potentiellen) einen von Dr. Keller originalsignierten Brief, der besagt, dass anstelle eines aufwendigen Weihnachtsgeschenkes das Rote Kreuz mit einem namhaften Betrag bedacht worden sei.

Dem Kuvert liegt ein Wandkalender bei: »Das Toggenburg im Zauber der Jahreszeiten«.

DENNIS LEHANE

Der Barkeeper

Dorchester

Bob fand den Hund im Müll.

Es war kurz nach Thanksgiving. Im Viertel war es ruhig geworden, es herrschte allgemeine Katerstimmung. Nach seiner Schicht als Barkeeper in Cousin Marvs Kneipe ging Bob manchmal durch die Straßen spazieren. Er war groß und massig, und seit der Pubertät wuchs Haar an allen möglichen und unmöglichen Stellen seines Körpers. Mit Anfang zwanzig hatte er gegen das Haar angekämpft, hatte kleine Haarschneider in der Manteltasche herumgetragen und sich zwei Mal am Tag rasiert. Er hatte auch gegen sein Übergewicht angekämpft, trotzdem hatte während all dieser Jahre keine Frau, die nicht dafür bezahlt wurde, irgendein Interesse an ihm gezeigt. Nach einiger Zeit gab er den Kampf auf. Er lebte allein in seinem Elternhaus, und wenn es ihn mit seinen

Gerüchen und Erinnerungen und dunklen Sofas zu verschlingen drohte, hatten seine Fluchtversuche – auf Gemeindefeste, zu Picknickausflügen und zu dieser einen, schrecklichen Singlebörse – die Wunde nur noch tiefer klaffen lassen, so dass er Wochen damit verbrachte, sie zu verbinden und seine Hoffnungen zu verfluchen.

Also ging er spazieren, und wenn er Glück hatte, vergaß er manchmal, dass es Menschen gab, die anders lebten. In jener Nacht blieb er auf dem Bürgersteig stehen, spürte den tintenschwarzen Himmel über sich und die Kälte in seinen Fingern und verschloss seine Augen vor dem Abend.

Er war daran gewöhnt. Ja, er war daran gewöhnt. Es war in Ordnung.

Man konnte ganz gut damit leben, wenn man nicht dagegen ankämpfte.

Mit geschlossenen Augen hörte er es – ein mattes Jammern, begleitet von leisem Kratzen und einem lauteren metallischen Scheppern. Er öffnete die Augen. Eine große Metalltonne, mit einem schweren Deckel fest verschlossen. Fünf Meter weiter auf dem Bürgersteig, unter dem grellgelben Licht der Straßenlampen. Sie wackelte ein wenig hin und her, und ihr Boden schabte über die Pflastersteine. Er beugte sich über die Tonne und hörte wieder dieses Jammern, das Geräusch eines Lebewesens, das nur noch einen Atemzug von seinem letzten Schnaufer entfernt ist. Bob hob den schweren Deckel hoch.

Er musste einige Sachen beiseiteschieben, um zu ihm zu gelangen – einen Toaster und fünf dicke Bände der Gelben Seiten, von denen der letzte aus dem Jahr 2000 stammte. Der Hund – entweder ein sehr kleines Exemplar oder ein Welpe – lag ganz unten, am Boden der Tonne, und als das Licht ihn traf, rollte er sich ein und verbarg den Kopf am Bauch. Er gab ein leises, glucksendes Winseln von sich und spannte seinen Körper noch mehr an. Seine Augen waren winzige Schlitze. Ein kümmerliches Etwas. Bob konnte die Rippen sehen. Eine große Blutkruste am Ohr. Kein Halsband. Er war braun, hatte eine weiße Schnauze und Pfoten, die für seinen Körper viel zu groß wirkten.

Das Winseln wurde lauter, als Bob in die Tonne griff und den Hund am Nacken aus seinen eigenen Exkrementen hob. Bob kannte sich nicht besonders gut mit Hunden aus, aber den hier konnte man für kaum etwas anderes als einen Boxer halten. Und er war eindeutig ein Welpe, der jetzt seine großen braunen Augen öffnete und ihn ansah, während er ihn vor sich in die Höhe hielt.

Irgendwo, dessen war er sich sicher, schliefen zwei Menschen miteinander. Ein Mann und eine Frau. Ineinander verschlungen. Hinter einem dieser Rollläden im gelben Licht der Straßenlampen. Bob konnte sie da drinnen spüren: nackt und gesegnet. Und hier stand er, draußen in der Kälte, mit einem halbtoten Hund, der ihn anstarrte. Der vereiste Bürgersteig schimmerte wie Marmor, und der Wind war grau und dunkel wie Schlick.

»Was haben Sie da?«

Bob drehte sich um und sah die Straße hinauf und hinab.

»Ich bin hier oben. Und es ist mein Müll, in dem Sie wühlen.«

Sie war auf der Veranda des dreistöckigen Apartmenthauses ein paar Meter weiter. Die Verandabeleuchtung war angeschaltet, und sie stand mit nackten Füßen zitternd da. Sie griff in die Tasche ihrer Kapuzenjacke und zog eine Schachtel Zigaretten heraus. Sie beobachtete ihn, während sie sich eine ansteckte.

»Ich habe einen Hund gefunden.« Bob hielt ihn hoch.

»Einen *was*?«

»Einen Hund. Einen Welpen. Boxer, glaube ich.«

Sie hustete Rauch aus. »Wer steckt denn einen Hund in die Mülltonne?«

»Nicht wahr?«, sagte er. »Er blutet.« Er ging einen Schritt auf die Veranda zu, und sie wich zurück.

»Wen kennen Sie, den ich kennen könnte?« Ein Mädchen aus der Stadt, das sein Misstrauen gegenüber einem Fremden nicht einfach so ablegte.

»Ich weiß nicht«, sagte Bob. »Wie steht's mit Francie Hedges?«

Sie schüttelte den Kopf. »Kennen Sie die Sullivans?«

Das würde die Auswahl kaum eingrenzen. Nicht in dieser Gegend. Aus jedem Baum, den man schüttelte, fiel ein Sullivan. Meistens kam ein Sixpack hinterher. »Da kenne ich einige.«

Dieses Gespräch führte ins Leere. Der Welpe sah ihn an und zitterte noch mehr als die junge Frau.

»He«, sagte sie, »wohnen Sie in dieser Gemeinde?«

»Die nächste da drüben. St. Theresa.«

»Gehen Sie in die Kirche?«

»An den meisten Sonntagen.«

»Dann kennen Sie Pater Pete?«

»Pete Regan?«, sagte er. »Klar.«

Sie brachte ein Handy zum Vorschein. »Wie heißen Sie?«

»Bob«, sagte er. »Bob Saginowski.« Er wartete, während sie aus dem Lichtschein trat, das Handy an einem Ohr, einen Finger im anderen. Er starrte den Welpen an. Der Welpe starrte zurück, als wollte er sagen: Wie bin ich denn *hierhin* geraten? Bob berührte seine Nase mit dem Zeigefinger. Der Welpe zwinkerte mit seinen riesigen Augen. Für einen Augenblick vergaß Bob all seine Sünden.

»Nadia«, sagte die junge Frau und trat wieder ins Licht. »Bringen Sie ihn hoch, Bob. Schönen Gruß von Pater Regan.«

Sie wuschen ihn in Nadias Spüle, trockneten ihn ab und trugen ihn zu ihrem Küchentisch.

Nadia war klein. Eine knotige Narbe verlief wie ein Seil unter ihrem Kehlkopf. Die Narbe war dunkelrot, das Grinsen eines betrunkenen Zirkusclowns. Nadias Gesicht war ein winziger Mond, mit Aknenarben übersät, und ihre kleinen Augen erinnerten an Herzchenanhänger. Schultern, die aussahen, als würden sie an den Armen nicht enden, sondern sich auflösen. Ellbogen wie plattgedrückte Bierdosen. Ein blonder Bubikopf, mit Locken zu beiden Seiten ihres ovalen Gesichts. »Das ist kein Boxer.« Bob sah sich kurz in ihren Augen gespiegelt, ehe sie den Welpen auf dem Küchentisch absetzte. »Das ist ein American Staffordshire Terrier.«

Bob wusste, dass er aus ihrem Tonfall etwas Bestimmtes heraushören sollte, aber er wusste nicht, was es war, und so schwieg er.

Als die Stille zu lange andauerte, sah sie wieder zu ihm hoch. »Ein Pitbull.«

»Das ist ein Pitbull?«

Sie nickte und tupfte noch einmal die Kopfwunde des Welpen ab. Jemand habe auf ihn eingeprügelt, erklärte sie. Ihn vermutlich bewusstlos geschlagen, für tot gehalten und in den Müll geworfen.

»Warum?«, fragte Bob.

Sie sah ihn an, und ihre runden Augen wurden noch runder und größer. »Einfach so.« Sie zuckte mit den Achseln und setzte die Untersuchung des Hundes fort. »Ich hab mal beim Tierschutz gearbeitet. Kennen Sie das Tierheim an der Shawmut? Ich war da tierärztliche Fachkraft. Ehe ich gemerkt habe, dass das nicht mein Ding ist. Ist sehr schwierig bei dieser Rasse …«

»Was?«

»Jemanden für sie zu finden«, sagte sie. »Ein neues Zuhause für sie zu finden.«

»Ich kenne mich mit Hunden nicht aus. Ich hatte nie einen. Ich lebe allein. Ich bin einfach nur an dieser Tonne vorbeigekommen.« Bob wurde von dem verzweifelten Verlangen gepackt, sich selbst zu erklären, sein ganzes Leben zu erklären. »Ich bin einfach nicht …« Er hörte den Wind draußen, ein schwarzes Rasseln. Regentropfen oder Hagelkörner schlugen hart gegen die Fenster.

Nadia hob die linke Vorderpfote des Welpen hoch – die anderen drei Pfoten waren braun, aber diese war weiß mit pfirsichfarbenen Sprenkeln. Sie ließ die Pfote fallen, als wäre sie ansteckend. Sie wandte sich wieder der Kopfwunde zu und untersuchte das rechte Ohr, an dessen Spitze – Bob hatte es bis jetzt noch nicht bemerkt – ein Stück fehlte.

»Er wird überleben«, sagte sie. »Sie brauchen eine Schlafkiste und Futter und noch paar andere Sachen.«

»Nein«, sagte Bob, »Sie haben mich nicht richtig verstanden.«

Sie neigte ihren Kopf zur Seite und warf ihm einen Blick zu, der sagte, dass sie ihn völlig verstanden habe.

»Ich kann das nicht. Ich habe ihn bloß gefunden. Ich wollte ihn zurückbringen.«

»Zu dem, der ihn geschlagen und dem Tod überlassen hat?«

»Nein, nein. Eher jemandem wie … der Behörde.«

»Das wäre das Tierheim«, sagte sie. »Die geben dem Eigentümer sieben Tage Zeit, ihn abzuholen, und dann …«

»Der Typ, der ihn geschlagen hat? Der kriegt eine zweite Chance?«

Sie sah ihn stirnrunzelnd an und nickte. »*Wenn* er ihn nicht abholt« – sie hob das Ohr des Welpen an und spähte hinein – »dann wird man versuchen, für den kleinen Burschen jemanden zu finden. Aber es ist schwierig, ein Zuhause für sie zu finden. Pitbulls. Und meistens …« Sie schaute Bob an. »Meistens will die niemand haben.«

Bob spürte, dass eine Welle der Traurigkeit von ihr ausging, und er war sofort beschämt. Er wusste nicht, womit, aber er hatte ihr weh getan. Hatte Schmerz verursacht. Hatte diese junge Frau enttäuscht. »Ich …«, setzte er an. »Es ist nur …«

Sie schaute kurz zu ihm hoch. »Ja?«

Bob sah den Welpen an. Nach dem langen Tag in der Tonne hingen seine Lider schwer herab. Immerhin hatte er zu zittern aufgehört.

»Sie könnten ihn nehmen«, sagte Bob. »Sie haben da gearbeitet, das sagten Sie doch. Sie –«

Sie schüttelte den Kopf. »Mein Vater lebt bei mir. Am Sonntagabend kommt er aus Foxwoods zurück, er macht dort Ferien. Wenn er einen Hund im Haus findet – er ist allergisch.« Sie deutete mit dem Daumen über die Schulter: »Dann wandert der Welpe zurück in die Tonne.«

»Können Sie mir Zeit bis Sonntagmorgen geben?« Bob hatte keine Ahnung, wie diese Worte seinen Mund verlassen hatten, denn er erinnerte sich nicht daran, sie formuliert oder auch nur gedacht zu haben.

Die junge Frau musterte ihn aufmerksam. »Sie sagen das nicht bloß so? Wenn Sie ihn nämlich nicht bis Sonntagmittag abholen, fliegt er da zur Hintertür raus. Ohne Scheiß.«

»Dann also Sonntag.« Bob sagte das mit einer Überzeugtheit, die er tatsächlich empfand. »Ganz bestimmt.«

»Ja?« Sie lächelte, und es war ein umwerfendes Lächeln. Bob erkannte, dass das Gesicht unter den Aknenarben genauso umwerfend war wie das Lächeln. Man musste es bloß entdecken. Sie berührte die Nase des Welpen mit dem Zeigefinger.

»Ja.« Bob kam sich wie ein Verrückter vor. So leicht wie eine Oblate beim Abendmahl. »Ja.«

Im ›Cousin Marv's‹, wo er mittwochs bis sonntags von zwölf bis zehn hinter dem Tresen stand, erzählte er Marv die ganze Geschichte. Die meisten nannten Marv aus purer Gewohnheit »Cousin Marv«, eine Tradition, die bis in Grundschulzeiten zurückreichte, auch wenn sich niemand mehr an den genauen Grund erinnern konnte. Aber Marv war tatsächlich Bobs Cousin. Mütterlicherseits.

In den späten Achtzigern und frühen Neunzigern hatte Marv eine Gang angeführt. Sie hatte überwiegend aus Leuten bestanden, die ein Interesse am Kreditgeschäft und dem damit verbundenen Aspekt der Schuldenrückzahlung hatten, auch wenn Marv gegenüber Zahlungsangeboten seiner Schuldner immer aufgeschlossen war. Er war zutiefst davon überzeugt, dass alle, die ihr Geschäft nicht flexibel genug aufzogen, als Erste untergehen würden, wenn der Wind sich drehte. *Wie die Dinosaurier,* sagte er zu Bob, *als die Höh-*

lenmenschen auf den Plan traten und Pfeil und Bogen erfanden. Stell dir das mal vor, sagte er, *die Höhlenmenschen schießen drauflos, und der Tyrannosaurus versinkt in glibbrigen Ölpfützen.* Wie leicht wäre diese Tragödie zu verhindern gewesen.

Marvs Gang war nicht die hartgesottenste oder die klügste oder die erfolgreichste Gang im Viertel – weit davon entfernt –, doch eine Zeitlang konnten sie sich halten. Aber andere versuchten, ihnen das Wasser abzugraben, und, abgesehen von einer einzigen eklatanten Ausnahme, hatten Marv und seine Jungs immer auf Gewalt verzichtet. Ziemlich bald mussten sie sich entscheiden, ob sie den aggressiveren Gangs nachgeben oder die Sache ausfechten wollten. Sie wählten Tür Nummer eins.

Marv bezog sein Einkommen überwiegend daraus, dass er seine Kneipe als Drop Bar betrieb. In der neuen Weltordnung, in der ein loses Kollektiv aus hartgesottenen Tschetschenen, Italienern und Iren das Sagen hatte, wollte sich niemand mit Ware oder Geld in so großer Menge erwischen lassen, dass es einen Prozess gerechtfertigt hätte. Also achteten sie darauf, dass das Zeug nicht in ihren Büros oder bei ihnen zu Hause herumlag, sondern in Bewegung blieb. Ungefähr alle zwei bis drei Wochen wurde – neben anderen Lokalen – eine Ladung im ›Cousin Marv's‹ gebunkert. Man saß eine Nacht, höchstens zwei auf dem Drop, ehe irgendein Bierkutscher auftauchte, das Passwort der Woche nannte, alles auf einer Sackkarre herausrollte, als ob es ein Stapel leerer Fässer wäre, und in einem Sattelschlepper mit Kühlwagen wegfuhr. Der Rest seines Einkommens stammte aus der Hehlerei. Er war einer der besten in der Stadt, aber ein Hehler war in ihrer Welt das, was ein Postbeamter in der Welt der Ehrlichen war: Wenn man mit über dreißig immer noch denselben Posten hatte, war die Sache gelaufen. Für Bob war das eine Erleichterung – er war gerne Barkeeper, und er hatte es gehasst, wenn sie bewaffnet zur Arbeit kommen mussten. Was Marv anging, der wartete immer noch darauf, dass ein goldener Zug auf goldenen Gleisen in den Bahnhof einfahren und ihn mitnehmen würde. Meistens tat er so, als ob er zufrieden wäre. Aber Bob wusste, dass Marv dieselben Sachen auf der Seele lagen wie ihm selbst – die schmutzigen Nummern, die man abziehen musste, um durchzukommen. Sachen, die einen höhnisch auszulachen schienen, wenn man es mit seinem Ehrgeiz nicht weit brachte. Ein erfolgreicher Mann konnte seine Vergangenheit verbergen, aber ein erfolgloser Mann saß darin fest.

An diesem Nachmittag umgab Marv ein Hauch von Schwermut, er steckte sich eine Camel an, während die andere noch glomm, und so versuchte Bob ihn aufzuheitern, indem er ihm sein Abenteuer mit dem Hund erzählte. Marv wirkte nicht besonders interessiert, und Bob musste so oft »Du hättest dabei sein müssen« sagen, dass er es schließlich aufgab.

Marv sagte: »Angeblich kriegen wir den Drop vom Super Bowl.«

»Ohne Scheiß?«

Wenn das stimmte (und es war ein gewaltiges *Wenn*), dann war das eine große Sache. Sie arbeiteten auf Kommission: ein halbes Prozent vom Drop. Der Drop am Tag des Super Bowl, das wäre wie ein halbes Prozent von Exxon.

Natalies Narbe blitzte in Bobs Kopf auf, ihre Röte, die dicke, seilartige Struktur. »Meinst du, sie schicken ein paar Jungs, um den Drop zu schützen?«

Marv rollte mit den Augen. »Warum? Weil die Leute Schlange stehen, um zugekokste Tschetschenier zu beklauen?«

»Tschetschenen«, sagte Bob.

»Aber die kommen aus Tschetschenien.«

Bob zuckte die Achseln. »Ist wahrscheinlich wie bei den Leuten, die aus Irland kommen. Die nennt man ja auch nicht Irländer.«

Marv blickte mürrisch drein. »Na, egal. Es bedeutet, dass die ganze harte Arbeit, die wir hier reingesteckt haben, sich endlich auszahlt. Wie bei Toyota, weißt du, nachdem sie die richtigen Leute geschmiert haben.«

Bob schwieg. Wenn sie den Drop für den Super Bowl tatsächlich bekämen, dann deshalb, weil jemand der Meinung war, dass die Polizei sie nicht für wichtig genug hielt, um sie zu beobachten. Aber in Marvs Phantasie konnte seine alte Gang (deren Mitglieder sich längst in alle Winde zerstreut hatten und entweder einen ehrlichen Job hatten, im Knast oder – schlimmer noch – in Connecticut gelandet waren) immer noch an ihre ruhmreichen Tage anknüpfen, auch wenn diese Tage die Haltbarkeit einer Swatch nicht überdauert hatten. Marv wäre nie auf die Idee gekommen, dass die Tschetschenen ihm eines Tages alles nehmen könnten – das Hehlergeschäft, das Geld und die Ware, die er hinten im Tresor aufbewahrte, verdammt, vielleicht sogar die Kneipe –, einfach weil sie es satthatten, dass er dauernd herumlungerte und sie erwartungsvoll anglotzte. Inzwischen hätte Bob gern jedes Mal, wenn Marv von seinen Träumen und den »Leuten, die er kannte« faselte, nach der 9-Millimeter-Knarre gegriffen, die sie unter dem Tresen versteckt hatten, um ihm das Hirn aus dem Schädel zu pusten. Natürlich hätte er das nie gemacht – aber manchmal war er nah dran. Mann, dieser Marv konnte einen echt nerven.

Ein Typ steckte den Kopf zur Kneipentür herein. Er war Ende zwanzig, hatte aber weißes Haar, ein weißes Ziegenbärtchen, einen silbernen Knopf im Ohr. Er war so schlampig gekleidet wie die meisten jungen Leute heutzutage: Jeans, die man schon zerrissen kauft, schmuddeliges T-Shirt unter einer ausgeblichenen Kapuzenjacke, darüber ein zerknitterter Wollmantel. Er kam nicht herein, reckte bloß den Kopf durch die Tür. Die Kälte dieses Tages strömte vom Bürgersteig hinter ihm hinein.

»Kann ich Ihnen helfen?«, fragte Bob.

Der Bursche schüttelte den Kopf und starrte weiter in den dämmerigen Kneipenraum, als wär's eine Kristallkugel.

»Macht es Ihnen was aus, die Tür zu schließen?« Marv sah nicht einmal hoch. »Ist kalt draußen.«

»Haben Sie *Zima*?« Seine Augen glitten unruhig über den Tresen, von oben nach unten, von links nach rechts.

Jetzt sah Marv hoch. »Wem zum Teufel würden wir das servieren? Der Sitcom, die gerade läuft?«

Der Typ hob entschuldigend die Hand. »Mein Fehler.« Er ging, und als sich die Tür schloss, kehrte die Wärme zurück.

Marv fragte: »Kennst du den Jungen?«

Bob schüttelte den Kopf. »Kann sein, dass ich ihn hier in der Gegend schon mal gesehen habe, aber ich kann ihn nicht zuordnen.«

»Der hat nicht alle Tassen im Schrank. Du kennst ihn wahrscheinlich nicht, weil er nicht mit dir auf die Gemeindeschule gegangen ist, altmodisch, wie du bist.«

Das konnte Bob nicht abstreiten. Als er ein Kind gewesen war, war die Gemeinde gleichbedeutend mit Heimat gewesen. Es gab alles, was man brauchte und wissen musste. Jetzt, nachdem die Diözese die Hälfte der Kirchen dichtgemacht hatte, um für die Verbrechen pädophiler Priester zu bezahlen, konnte selbst Bob nicht mehr leugnen, dass die glorreichen Tage katholischer Vorherrschaft nach langem Siechtum vorbei waren. Er gehörte einer Halb-Generation an, einer Fast-Generation, und auch wenn immer noch viele von ihnen übrig waren, so waren sie doch älter und grauer geworden. Sie hatten Raucherhusten, und wenn sie zu Routineuntersuchungen gingen, kamen sie nicht mehr zurück.

»Dieser Bursche?« Marv sah Bob unter hochgezogenen Augenbrauen an. »Man sagt, dass er damals Richie Whelan umgebracht hat.«

»Sagt man das?«

»Sagt man.«

»Na, dann …«

Sie saßen eine Weile schweigend da. Ein pfeifender Wind trieb Schneestaub vor dem Fenster vorbei. Die Straßenschilder und Fensterscheiben klapperten, und Bob dachte, dass der Winter jede Bedeutung verlor, wenn man nicht mehr Schlitten fuhr. Jede Bedeutung außer Grau. Er blickte in den unbeleuchteten Teil des Schankraums. Aus den Schatten wurden Krankenhausbetten, gebeugte alte Witwer, die Trauerkarten einkauften, leere Rollstühle. Der Wind heulte ein wenig lauter.

»Dieser Welpe, weißt du«, sagte er, »der hat

Pfoten, die sind so groß wie sein Kopf. Drei sind braun, aber eine ist weiß mit so kleinen pfirsichfarbenen Sprenkeln drauf. Und –«

»Kann das Vieh kochen?«, fragte Marv. »Oder putzen? Ich meine, ist doch bloß 'n Scheißköter.«

»Klar, aber er war …« Bob ließ die Hände sinken. Er wusste nicht, wie er das erklären sollte. »Kennst du dieses Gefühl, das man manchmal an einem wirklich guten Tag hat? Wie wenn, äh, die Pats in Führung liegen, und du hast auf ›over‹ gewettet? Oder sie braten dein Steak im ›Blarney‹ genau richtig? Oder – oder du fühlst dich einfach nur *gut*? Wie …«, Bob merkte, dass er schon wieder mit den Händen herumfuchtelte, »… na, eben gut?«

Marv gönnte ihm ein Nicken und ein gezwungenes Lächeln. Dann wandte er sich wieder seiner Rennzeitung zu.

Am Sonntagmorgen wartete Bob vor Nadias Haus darauf, dass sie ihm den Welpen zum Auto brachte. Sie reichte ihn durchs Fenster und winkte den beiden kurz zu.

Er betrachtete den Hund, der neben ihm auf dem Beifahrersitz saß, und plötzlich bekam er Angst. Was isst der? Wann isst der? Stubenreinheit. Wie geht das? Wie lange dauert es? Er hätte schon seit Tagen darüber nachdenken können – warum fiel ihm das erst jetzt ein?

Er löste die Handbremse, und der Wagen rollte ein paar Schritte zurück. Nadia, mit einem Fuß auf der untersten Stufe ihrer Eingangstreppe, drehte sich um. Er kurbelte das Fenster auf der Beifahrerseite herunter und lehnte sich über den Sitz. Er sah zu ihr hoch.

»Ich weiß nicht, ob ich das packe«, sagte er. »Ich kenne mich überhaupt nicht aus.«

In einem Supermarkt für Heimtierbedarf suchte Nadia verschiedene Kauspielzeuge aus und erklärte Bob, dass er die brauche, wenn er sein Sofa nicht wegschmeißen wolle. *Deine Schuhe,* erklärte sie ihm, *die musst du ab sofort ganz oben im Regal verstecken.* Sie kauften Vitaminpräparate – für einen Hund! – und einen Beutel Welpenfutter von einer bestimmten Marke, die sie ihm empfahl. Sie erklärte ihm, dass es das Allerwichtigste sei, von jetzt an bei dieser Marke zu bleiben. *Ändere die Ernährung deines Hundes,* so warnte sie ihn, *und du hast jede Menge wässriger Häufchen auf dem Boden.*

Sie kauften die Schlafbox, in der Bob ihn unterbringen würde, wenn er bei der Arbeit war. Sie kauften einen Wassernapf für die Box und ein von Mönchen geschriebenes Buch über Hundeerziehung. Die Mönche lächelten breit vom Umschlag herab und wirkten kein bisschen mönchisch, sondern ausgesprochen zäh. Als die Kassiererin alles in die Kasse eintippte und er nach seiner Brieftasche griff, ging ein Beben durch Bobs Körper, eine kurze Erschütterung. Sein Kehlkopf brannte. In seinem Kopf blubberte es. Und erst als das Beben nachließ und sein Rachen sich abkühlte und in seinem Kopf wieder Klarheit einkehrte und er der Kassiererin seine Kreditkarte reichte, wurde ihm durch das plötzliche Verschwinden der seltsamen Empfindung klar, was das gewesen war.

Für einen Augenblick – vielleicht sogar eine Abfolge von Augenblicken – war er glücklich gewesen.

»Dann also danke«, sagte sie, als Bob vor ihrem Haus anhielt.

»Was? Nein. Ich danke dir. Bitte. Wirklich. Es ist … Danke.«

Sie sagte: »Dieser kleine Bursche – das ist ein Guter. Auf den wirst du stolz sein, Bob.«

Bob sah auf den Welpen hinab, der leise schnarchend auf ihrem Schoß schlief. »Machen die das so? Die ganze Zeit schlafen?«

»Mehr oder weniger. Dann rennen sie zwanzig Minuten lang wie blöd durch die Gegend. Dann schlafen sie noch ein bisschen. Und kacken. Das darfst du echt nicht vergessen, Bob – die kacken und pinkeln wie verrückt. Werd' deshalb nicht sauer. Die können nicht anders. Lies das Buch. Es dauert eine Weile, aber irgendwann lernen sie, dass sie es nicht im Haus tun dürfen.«

»Was heißt irgendwann?«

»Zwei Monate?« Sie legte den Kopf schief. »Vielleicht drei. Hab Geduld, Bob.«

»Geduld«, wiederholte er.

»Und du auch«, sagte sie zu dem Welpen, als sie ihn von ihrem Schoß hob. Er erwachte schnüffelnd und schnaubend. Er wollte sie nicht gehen lassen. »Passt auf euch auf, ihr beiden«, sagte sie und stieg aus. Als sie die Eingangstreppe hochging, winkte sie Bob kurz zu. Dann verschwand sie im Haus.

Der Welpe hockte auf seinen Hinterläufen und sah hoffnungsvoll zum Seitenfenster hoch, als ob Nadia dort wieder auftauchen könnte. Er warf Bob einen Blick über die Schulter zu. Bob spürte, wie verlassen der Hund sich fühlte. Er spürte, wie verlassen er selbst sich fühlte. Bestimmt würden sie es vermasseln, er und dieser Hund aus der Tonne. Diese Welt war zu hart, ganz bestimmt.

»Wie heißt du eigentlich?«, fragte er den Welpen. »Wie sollen wir dich nennen?«

Der Welpe drehte den Kopf weg, als wollte er sagen: *Bring die Frau zurück.*

Als Erstes schiss er ins Wohnzimmer.

Bob begriff zunächst gar nicht, was er tat. Der Hund fing an zu schnüffeln, rieb seine Nase auf dem Teppich und schaute peinlich berührt zu Bob hoch. Und Bob fragte: »Was ist?«, und der Hund kackte auf eine Ecke des Teppichs. Ausgiebig.

Bob hastete hin, als ob er das Malheur rückgängig machen und die Kacke wieder an den Ort ihres Ursprungs zurückschieben könne. Der Welpe schoss los in die Küche, wobei er eine Tröpfchenspur auf dem Holzboden hinterließ.

Bob sagte: »Ist schon in Ordnung.« War es aber nicht. So gut wie alles im Haus hatte seiner Mutter gehört, und es war unverändert geblieben, seit sie das Haus in den 1950er Jahren gekauft hatte. Das hier war Scheiße. Kot. Im Haus seiner Mutter. Auf ihrem Teppich, ihrem Fußboden.

In den wenigen Sekunden, die er bis in die Küche brauchte, hatte der Welpe eine Pissepfütze auf dem Linoleum hinterlassen. Bob wäre fast darin ausgerutscht. Der Welpe drückte sich gegen den Kühlschrank und schaute ihn angstvoll an. Als ob er sich gegen einen Schlag wappnete und ein Zittern zu unterdrücken versuchte.

Und das ließ Bob innehalten. Es ließ ihn innehalten, obwohl er wusste, dass er die Scheiße umso schwerer aus dem Teppich herauskriegen würde, je länger er damit wartete.

Bob ging auf alle viere. Plötzlich fühlte er sich wieder wie in dem Moment, als er den Hund aus der Mülltonne gezogen hatte – etwas, das er mit Nadia verschwunden geglaubt hatte. Verbundenheit. Es schien, als ob etwas anderes als ein Zufall sie zusammengebracht hätte.

Er sagte: »He!«, kaum lauter als ein Flüstern. »He, ist alles in Ordnung.« Ganz, ganz langsam streckte er die Hand aus, und der Welpe drückte sich noch fester gegen den Kühlschrank. Aber Bob streckte ihm die Hand immer weiter entgegen, und schließlich legte er die Handfläche sanft an die Seite des Hundekopfes. Er stieß beschwichtigende Laute aus. Er lächelte ihn an. Er sagte: »Ist schon in Ordnung.« Immer und immer wieder.

Er nannte ihn Cassius, weil er ihn mit einem Boxer verwechselt hatte und weil ihm der Klang des Namens gefiel. Er musste dabei unweigerlich an römische Legionen denken, wie die Soldaten stolz das Kinn nach oben reckten, an Ehre.

Nadia nannte ihn Cash.

Sie kam manchmal nach der Arbeit vorbei, und dann führten sie gemeinsam den Hund aus. Bob wusste, dass Nadia in mancher Hinsicht ein bisschen neben der Spur war – dass er den Hund direkt vor ihrem Haus gefunden hatte, und ihr Mangel an Überraschung und Interesse waren ihm nicht entgangen –, aber gab es irgendwo auf diesem Planeten jemanden, der nicht ein bisschen neben der Spur war? Meist mehr als nur ein bisschen. Nadia kam, um ihm mit dem Hund zu helfen, und Bob, der in seinem Leben nicht viele Freunde gehabt hatte, nahm, was er kriegen konnte.

Sie brachten Cassius bei, »Sitz« und »Platz« zu machen, Pfötchen zu geben und sich auf dem Boden liegend um sich selbst zu drehen. Bob las das gesamte Mönchsbuch und befolgte alle Anweisungen. Der Welpe wurde vom Tierarzt entwurmt und war vom Zwingerhusten geheilt, ehe der die Chance gehabt hatte, sich bemerkbar zu machen. Er hatte eine Impfung gegen Tollwut bekommen, eine gegen das Parvovirus, und es war abgeklärt worden, dass sein Kopf durch die Wunde keinen ernsthaften Schaden erlitten hatte. Nur ein paar tiefe Schrammen, hatte der Tierarzt gesagt, nur ein paar tiefe Schrammen. Er wuchs schnell. Wochen vergingen, ohne dass Cassius ein weiteres Malheur passiert wäre, aber Bob wusste nicht recht, ob das einfach Glück war; und dann, am Sonntag des Super Bowl, kratzte Cassius an der Hintertür. Bob ließ ihn raus und rannte durchs Haus, um Nadia anzurufen. Er war so stolz, dass er am liebsten laut gejodelt hätte, und fast hätte er das Geräusch der Türklingel mit etwas anderem verwechselt. *Der Wasserkessel,* dachte er und griff unbeirrt nach dem Telefon.

Der Typ vor der Haustür war dünn. Nicht schwächlich-dünn. Zäh-dünn. Als ob etwas, das in ihm brannte, so heiß wäre, dass kein Fett übrig geblieben war. Seine blauen Augen waren so blass, dass sie fast grau wirkten. Sein silberweißes Haar trug er kurzgeschoren, und über seinen

Lippen und rund um das Kinn spross ein Ziegenbärtchen. Es dauerte einen Moment, bis Bob ihn wiedererkannte – es war der Kerl, der vor fünf, sechs Wochen den Kopf in die Kneipe gesteckt und nach einem *Zima* gefragt hatte.

Er lächelte und streckte die Hand aus. »Mr. Saginowksi?«

Bob schüttelte ihm die Hand. »Ja.«

»Bob Saginowski?« Der Mann schüttelte Bobs große Hand mit seiner kleinen, und er drückte mit viel Kraft zu.

»Genau der.«

»Eric Deeds, Bob.« Der Typ ließ seine Hand los. »Ich glaube, Sie haben meinen Hund.«

In der Küche sagte Eric Deeds: »He, da ist er ja!« Er sagte: »Guter Junge.« Er sagte: »Groß ist er geworden.« Er sagte: »So ein stattlicher Bursche.«

Cassius schlich zu ihm. Er kletterte sogar auf seinen Schoß, als Eric sich ungebeten an Bobs Küchentisch setzte und zweimal auf die Oberschenkel klopfte. Bob wusste nicht einmal genau, wie der Typ ins Haus gekommen war; er war einfach einer von denen, die mit ihm umspringen konnten, wie sie wollten – wie Polizisten oder Lastwagenfahrer. Er wollte rein, also kam er rein.

»Bob«, sagte Eric Deeds, »ich muss ihn zurückhaben.« Cassius lag auf seinem Schoß, und er kraulte ihn am Bauch. Bob fühlte einen Stich der Eifersucht, als Cassius mit dem linken Bein austrat und ein anhaltender Schauder – fast wie ein Krampf – durch sein Fell lief. Eric Deeds kraulte Cassius am Kinn. Cassius presste Ohren und Schwanz eng an den Körper. Er wirkte beschämt, seine Augen waren nach unten verdreht, als ob er in seine eigenen Augenhöhlen starren wollte.

Bob streckte die Hände aus und hob Cassius aus Erics Schoß, setzte ihn auf seinen eigenen und kraulte ihn hinter den Ohren. »Cash gehört mir.«

Jetzt war Schluss mit dem Geplänkel. Eric hatte Bob sekundenlang angestarrt, als dieser den Welpen ohne Vorwarnung von seinem Schoß gehoben hatte. Er schien zu sagen: *Was zur Hölle war* das *jetzt?* Er lächelte immer noch, aber es war kein breites Lächeln mehr, und belustigt wirkte es auch nicht. Seine Stirn war gerunzelt, was seinen Augen einen überraschten Ausdruck verlieh, so als hätten sie niemals erwartet, sich in diesem Gesicht wiederzufinden. In diesem Augenblick sah er brutal aus, wie die Sorte Mensch, die einen Dreck auf alles gibt, wenn sie sich selbst leidtut.

»Cash?«, fragte er.

Bob nickte. Cassius stellte die Ohren auf und begann Bobs Handgelenk zu lecken. »Abkürzung für Cassius. Wie haben Sie ihn genannt?«

»Hab ihn meistens Hund genannt. Manchmal Bluthund.«

Eric Deeds schaute sich in der Küche um, sah zu der alten runden Neonlampe an der Decke hoch, die bis auf Bobs Mutter zurückging, verdammt, bis auf seinen Vater, als der gerade von Wandverkleidungen besessen gewesen war – hatte die Küche vertäfelt, der Alte, das Wohnzimmer, das Esszimmer. Die Kloschüssel hätte er auch vertäfelt, wenn er gewusst hätte, wie.

»Sie haben ihn geschlagen.«

Eric griff in seine Hemdtasche. Er zog eine Zigarette hervor und steckte sie sich in den Mund. Zündete sie an, schüttelte das Streichholz aus und warf es auf Bobs Küchentisch.

»Sie dürfen hier drinnen nicht rauchen.«

Eric bedachte Bob mit einem gleichmütigen Blick und rauchte weiter. »Ich habe ihn geschlagen?«

»Ja.«

»Äh – ja und?« Eric schnippte etwas Asche auf den Boden. »Ich nehme den Hund mit, Bob.«

Bob richtete sich zu voller Größe auf. Er presste Cassius fest an sich, der sich ein wenig wand und nach seiner Handfläche schnappte. Wenn es nötig wäre, entschied Bob, würde er seine ganzen ein Meter neunzig und hundertzehn Kilo auf Eric Deeds fallen lassen, der kaum mehr als fünfundsiebzig wiegen dürfte. Nicht jetzt, nicht so lange er einfach dasaß, aber wenn Eric nach Cassius greifen würde, dann …

Eric Deeds blies den Rauch seiner Zigarette zur Decke. »Ich habe Sie in jener Nacht gesehen. Mir ging's nicht gut. Wegen meines Wutanfalls, wissen Sie? Da bin ich also zurückgegangen, um nachzuschauen, ob der Bluthund wirklich tot ist, und hab gesehen, wie sie ihn aus dem Müll gezogen haben.«

»Ich denke wirklich, Sie sollten jetzt gehen.« Bob zog sein Handy aus der Tasche und klappte es auf. »Ich rufe jetzt die Polizei.«

Eric nickte. »Ich war im Knast, Bob, in Nervenkliniken. Ich war an allen möglichen Orten. Ich hab auch kein Problem damit, wieder dahin zu gehen, das ist mir völlig egal. Allerdings bezweifle ich, dass sie einen wie mich dafür belangen würden, einen Hund in die Mülltonne geworfen zu haben. Früher oder später müssen Sie arbeiten oder schlafen gehen.«

»Was stimmt nicht mit Ihnen?«

Eric streckte die Hände aus. »So ziemlich alles. Und Sie haben mir den Hund geklaut.«

»Sie haben versucht, ihn umzubringen.«

Eric sagte: »Ach was.« Schüttelte den Kopf, als ob er es selbst glauben würde.

»Sie können den Hund nicht haben.«

»Ich brauche den Hund.«

»Nein.«

»Ich liebe diesen Hund.«

»Nein.«

»Zehntausend.«

»Was?«

Eric nickte. »Ich brauche zehn Riesen. Bis heute Nacht. Das ist mein Preis.«

Bob lachte nervös. »Wer hat zehntausend Dollar?«

»Die können Sie auftreiben.«

»Wie sollte ich –?«

»Der Safe in Cousin Marvs Büro zum Beispiel. Sie arbeiten in einer Drop Bar, Bob. Das halbe Viertel weiß Bescheid, tun Sie nicht so. Das könnte ein Anfang sein.«

Bob schüttelte den Kopf. »Das geht nicht. Der hat ein Zeit –«

»... schloss, ich weiß.« Eric wandte sich ihm zu, einen Arm über der Stuhllehne. »Schaltet sich um zwei Uhr morgens ab, falls irgendjemand in letzter Minute für eine große Sache ausgezahlt werden soll. Und man hat neunzig Sekunden Zeit, ihn zu öffnen und zu schließen. Sonst wird ein unhörbarer Doppelalarm ausgelöst, und der geht weder bei einer Polizeiwache noch bei einer Sicherheitsfirma los. So eine Überraschung.« Eric nahm einen tiefen Zug von seiner Zigarette. »Ich bin nicht gierig, Bob. Ich brauche bloß Startkapital für etwas Bestimmtes. Ich will nicht alles, was in dem Safe liegt, bloß zehn Riesen. Geben Sie mir zehn Riesen, und ich verschwinde.«

»Das ist absurd.«

»Dann ist es eben absurd.«

»Sie können nicht einfach hier auftauchen und ...«

»So ist das Leben – einer wie ich kommt vorbei, wenn Sie gerade nicht aufpassen.«

Bob setzte Cassius auf dem Boden ab, achtete aber darauf, dass er nicht auf die andere Seite des Tisches ging. Doch Cassius machte gar keine Anstalten dazu – er rührte sich nicht vom Fleck, saß da unverrückbar wie ein Betonpfeiler und hielt den Blick fest auf Bob gerichtet.

Eric Deeds sagte: »Ich weiß, dass Sie gerade im Kopf alle Möglichkeiten durchgehen, aber das sind Möglichkeiten für normale Menschen unter normalen Umständen. Ich brauche heute Nacht meine zehn Riesen. Wenn Sie mir die nicht beschaffen, hole ich mir den Hund. Ich habe ihn registrieren lassen, Sie nicht, das wäre gar nicht gegangen. Dann vergesse ich eine Weile, ihn zu füttern. Eines Tages, wenn er vor Hunger zu viel kläfft, schlage ich ihm mit einem Stein den Schädel ein. Sehen Sie mir in die Augen, und sagen Sie mir, ob es mir damit ernst ist.«

Als er fort war, ging Bob in den Keller. Er mied den Keller, soweit es ging, auch wenn der Boden weiß war, so weiß, wie er ihn hatte machen können, weißer, als er jemals gewesen war. Er schloss einen Hängeschrank über dem alten Spülbecken auf, das sein Vater oft nach einer seiner Holzvertäfelungs-Aktionen benutzt hatte, und nahm eine gelbbraune Kaffeedose vom Regal. Aus ihr zog er fünfzehntausend Dollar hervor. Zehn steckte er in die Tasche, fünf kamen zurück in die Dose. Er sah sich noch einmal um: nach dem weißen Boden, dem schwarzen Öltank, der an der Wand stand, den nackten Glühbirnen.

Als er wieder oben war, gab er Cassius ein paar Leckerli. Er kraulte ihn hinter den Ohren und am Bauch. Er versicherte dem Tier, dass es zehntausend Dollar wert sei.

Bob hatte die letzte Stunde ohne Pause Bestellungen entgegengenommen und Drinks serviert, doch das Gedränge vor dem Tresen wurde nicht weniger. Es war Mitternacht, als er plötzlich durch eine kleine Lücke Eric sah, der an einem wackeligen Tisch unter dem Reklamespiegel für *Narragansett*-Bier saß. Der Super Bowl war schon seit elf vorbei, aber die Leute, fast alle hackedicht, dachten gar nicht ans Gehen. Eric hatte einen Arm über den Tisch gestreckt, und Bob sah, dass der Arm mit etwas verbunden war. Einem anderen Arm. Nadias Arm. Nadia starrte Eric mit einem unergründlichen Gesichtsausdruck an. Hatte sie Angst? Oder war da etwas anderes?

Bob, der gerade ein Glas mit Eis füllte, hatte das Gefühl, als ob er die Würfel in seine Brust schaufeln würde, als ob er sie in seinen Magen kippen würde. Was wusste er eigentlich über Nadia? Er wusste, dass er einen beinahe toten Hund im Müll vor ihrem Haus gefunden hatte. Er wusste, dass Eric Deeds erst in sein Leben getreten war, nachdem er sie kennengelernt hatte. Er wusste, dass ihr zweiter Vorname bislang »Lüge durch Auslassung« hätte lauten können.

Mit achtundzwanzig Jahren war Bob in das Schlafzimmer seiner Mutter gegangen, um sie zur Sonntagsmesse zu wecken. Er hatte sie ein wenig geschüttelt, und sie hatte nicht wie sonst nach seiner Hand geschlagen. Also hatte er sie zu sich herumgerollt, und ihr Gesicht war ganz verkniffen gewesen. Ihre Augen auch, und ihre Haut war rinnsteingrau gewesen. Irgendwann nachts, nach *Der Polizeichef* und den Elfuhrnachrichten, war sie schlafen gegangen und erst wieder erwacht, als sich Gottes Faust um ihr Herz geschlossen hatte. Wahrscheinlich hatte sie nicht mehr genug Luft in der Lunge gehabt, um aufzuschreien. Einsam in der Dunkelheit, in die Bettdecke verkrallt, mit geballter Faust, mit verzerrtem Gesicht, mit zusammengepressten Augen hatte ihr die schreckliche Erkenntnis gedämmert, dass selbst für sie alles endete. Genau jetzt.

Als er sich an jenem Morgen über sie gebeugt und sich ihren letzten schwachen Herzschlag vorgestellt hatte, den letzten einsamen Wunsch, den ihr Hirn noch hatte formen können, da hatte Bob einen Verlust empfunden, wie er ihn niemals wieder zu empfinden erwartete.

Bis zu dieser Nacht. Bis jetzt. Bis er wusste, was der Ausdruck auf Nadias Gesicht bedeutete.

Um zehn vor zwei war es leer geworden, und es blieben nur noch Eric, Nadia und eine alte, pingelige und durchaus noch lebenstüchtige Alkoholikerin namens Millie, die Punkt fünf vor zwei zu dem Heim für betreutes Wohnen oben an der Pearl Street zotteln würde.

Eric war während der letzten Stunde immer wieder zum Tresen gekommen, um Whiskey zu ordern. Jetzt stand er jäh von seinem Tisch auf und zog Nadia hinter sich her. Er bedeutete ihr, sich auf einen Barhocker zu setzen, und endlich konnte Bob ihr direkt ins Gesicht sehen. Was er sah, konnte er immer noch nicht genau einordnen – aber es war definitiv kein Kick oder Selbstgefälligkeit oder das harte Lächeln einer Siegerin. Vielleicht etwas Schlimmeres als all das: Verzweiflung.

Eric lächelte ihn an und sprach leise durch seine gebleckten Zähne. »Wann schiebt die alte Henne ab?«

»Paar Minuten noch.«

»Wo ist Marv?«

»Den habe ich nicht angerufen.«

»Warum nicht?«

»Ich dachte, wenn jemand die Schuld für diese Sache auf sich nehmen muss, dann kann das genauso gut ich sein.«

»Wie großzügig von –«

»Woher kennt ihr euch?«

Eric warf einen Blick auf Nadia, die in sich zusammengesunken neben ihm saß. Dann beugte er sich nach vorn. »Wir sind im selben Straßenblock aufgewachsen.«

»Hat er dir diese Narbe verpasst?«

Nadia starrte ihn an.

»Hat er?«

»Sie hat sich die Narbe selbst verpasst«, sagte Eric Deeds.

»Stimmt das?«, fragte Bob sie.

Nadia sah auf den Tresen. »Ich war ziemlich zugedröhnt.«

»Bob«, sagte Eric, »wenn Sie mich verarschen – auch nur das kleinste bisschen –, dann knöpfe ich mir Nadia vor. Und wenn Sie irgendwelche Pläne haben, so nach dem Motto: Eric kommt hier nicht mehr raus … Nicht, dass Sie der Typ dazu wären, aber vielleicht ja Marv … Wenn Sie also irgendwas in dieser Richtung vorhaben, Bob, dann wird mein Partner von der Richie-Whelan-Geschichte sich um euch beide kümmern.«

Eric lehnte sich zurück. Millie ließ das gleiche Trinkgeld liegen, das sie seit Beginn der Raumfahrt liegenließ – einen Vierteldollar –, und glitt von ihrem Hocker. Sie krächzte Bob ein »Ich geh dann mal« zu, das zu zehn Prozent von ihren Stimmbändern und zu neunzig Prozent von Virginia Slim Ultra Light 100er produziert wurde.

»Gib auf dich acht, Millie.«

Sie wischte das mit einem »Ja, ja, ja, ja« beiseite und drückte die Tür auf.

Bob schloss hinter ihr ab und kehrte an seinen Platz hinter der Bar zurück. Er wischte über den Tresen. Als er zu Erics Ellbogen kam, sagte er: »Entschuldigung.«

»Wischen Sie drum herum.«

Bob wischte mit dem Lappen in einem Halbkreis um Erics Ellbogen.

»Wer ist Ihr Partner?«, fragte Bob.

»Wäre keine so tolle Drohung, wenn Sie wüssten, wer es ist. Hab ich recht, Bob?«

»Aber er hat Ihnen geholfen, Richie Whelan umzubringen?«

Eric sagte: »So lautet das Gerücht, Bob.«

»Es ist mehr als ein Gerücht.« Bob wischte vor Nadia und sah die roten Male an ihren Handgelenken, die womöglich von Eric stammten. Er fragte sich, ob es noch andere Male gäbe, die er nicht sehen konnte.

»Dann ist es eben mehr als ein Gerücht, Bob. Bitte schön.«

»Bitte schön was?«

»Einfach bitte schön«, stieß Eric missmutig hervor. »Wie spät ist es, Bob?«

Bob legte zehntausend Dollar auf den Tresen. »Sie müssen mich nicht die ganze Zeit bei meinem Namen nennen.«

»Ich sehe, was sich tun lässt, Bob.« Eric blätterte mit dem Daumen durch die Scheine. »Was ist das?«

»Die zehn Riesen, die Sie für Cash haben wollten.«

Eric spitzte die Lippen. »Lassen Sie uns trotzdem einen Blick in den Safe werfen.«

»Warum denn?«, fragte Bob. »Die zehn Riesen für den Hund haben Sie doch.«

»Aber wie viel zahlen Sie für Nadia?«

»Oh.«

»Genau. Oh.«

Bob dachte eine Weile über diesen neuen Aspekt nach und goss sich einen Wodka ein, als Belohnung für seine anstrengende Schicht. Er hob das Glas in Eric Deeds' Richtung, dann leerte er es auf einen Zug. »Wussten Sie, das Marv vor zehn Jahren ein Problem mit Koks hatte?«

»Das habe ich nicht gewusst, Bob.«

Bob zuckte die Achseln und schenkte ihnen allen einen Wodka ein. »Tja, Marv hat das weiße Pulver zu sehr geliebt, aber es hat seine Liebe nicht erwidert.«

Eric trank Nadias Wodka. »Wir haben gleich zwei Uhr, Bob.«

»Er war damals eher ein Kredithai. Klar, er war auch ein Hehler, aber vor allem war er ein Kredithai. Da gab's einen Kerl, der schuldete Marv einen Arsch voll Geld. Total hoffnungsloser Fall, wenn's um Hunderennen und Basketball ging. Die Sorte, die ihre Schulden nie zurückzahlen kann.«

Eric leerte sein eigenes Schnapsglas. »Ein Uhr siebenundfünfzig, Bob.«

»Aber die Sache war die – dieser Kerl, der hat im ›Mohegan‹ ganz groß abkassiert. An einem Glücksspielautomaten. Siebzehntausend. Was gerade ein bisschen mehr war, als er Marv schuldete.«

»Und er hat Marv nichts davon gegeben, also haben Sie und Marv ihn sich vorgeknöpft, und das soll mir sagen, dass …«

»Nein, nein. Er *hat* Marv bezahlt. Hat ihm jeden Cent zurückgezahlt. Was der Junge nicht wusste, war, dass Marv mit Kreditkarten beschissen hatte. Vielleicht wegen seiner Kokainsucht. Und das Geld von dem Kleinen war ein wahrer Segen, solange niemand wusste, dass es von ihm kam. Verstehen Sie, was ich meine?«

»Zum Teufel, Bob, es ist eine Minute vor zwei.« Schweißtröpfchen standen über Erics Oberlippe.

»Verstehen Sie, was ich meine?«, fragte Bob. »Verstehen Sie die Geschichte?«

Eric warf einen Blick zur Tür, um sicherzugehen, dass sie verschlossen war. »Gut, ja. Dieser Bursche musste abgezockt werden.«

»Er musste umgebracht werden.«

Ein schneller Blick aus dem Augenwinkel. »Gut, umgebracht.«

Bob spürte auf einmal, wie Nadia ihren Blick fest auf ihn richtete. Ihren Kopf hatte sie leicht zur Seite geneigt.

»Auf diese Weise konnte weder er noch sonst jemand ausplaudern, dass er Marv alles zurückgezahlt hatte. Marv nimmt das Geld, stopft alle

Lücken, bleibt in Zukunft auf geradem Kurs, und alles ist, als ob nie was passiert wäre. Und genau das haben wir getan.«

»Sie haben …« Eric war dem Gespräch nur mit halbem Ohr gefolgt, aber jetzt ertönte wohl eine Art Alarmsignal in seinem Kopf, und er wandte seinen Blick von der Uhr und sah Bob an.

»Haben ihn bei mir im Keller umgebracht«, sagte Bob. »Wissen Sie, wie er hieß?«

»Wie könnte ich das wissen, Bob?«

»Klar könnten Sie. Richie Whelan.«

Bob griff unter den Tresen und holte die 9-Millimeter hervor. Er bemerkte nicht, dass die Waffe gesichert war, und so passierte nichts, als er den Abzug drückte. Eric riss den Kopf herum und versuchte, sich vom Tresen wegzudrücken, aber Bob hatte inzwischen den Sicherungshebel mit dem Daumen geöffnet und schoss Eric direkt unter den Kehlkopf. Der Schuss klang wie ein Stück Aluminiumverkleidung, das von einer Hauswand gerissen wird. Nadia schrie auf. Kein langer Schrei, aber schrill vor Entsetzen. Eric polterte rücklings von seinem Hocker, und als Bob um den Tresen gegangen war, war er fast schon hinüber. Aber nicht ganz. Der Deckenventilator warf dünne Schattenscheiben auf sein Gesicht.

Seine Wangen plusterten sich auf und fielen in sich zusammen. Es sah aus, als ob er gleichzeitig versuchte, zu Atem zu kommen und jemanden zu küssen.

»Tut mir leid«, sagte Bob, »aber wissen Sie was? Ihr jungen Leute habt einfach keine Manieren. Ihr geht aus dem Haus und seid angezogen, als würdet ihr immer noch im Wohnzimmer sitzen. Ihr sagt schreckliche Sachen über Frauen. Ihr tut harmlosen Hunden weh. Ich hab euch satt, Mann.«

Eric starrte zum ihm hoch. Zuckte, als hätte er Sodbrennen. Er sah stinksauer aus. Frustriert. Der Ausdruck verfestigte sich auf seinem Gesicht, als ob er angenäht wäre, und dann hatte Eric Deeds seinen Körper verlassen. War einfach weg. Einfach tot. *O Mann.*

Bob zerrte ihn in den Bierkühler.

Als er mit Schrubber und Eimer zurückkam, saß Nadia immer noch auf ihrem Barhocker. Ihr Mund war ein wenig geöffnet, und sie konnte ihren Blick nicht von dem Blutfleck am Boden wenden, aber ansonsten wirkte sie völlig normal.

»Er wäre einfach immer wieder gekommen«, sagte Bob. »Wenn jemand dir was nimmt, und du lässt es zu, weißt du, was dann passiert? Er empfindet keine Dankbarkeit, er hat einfach das Gefühl, du würdest ihm noch mehr schulden.« Er weichte den Mopp im Eimer ein, wrang ihn ein bisschen aus und klatschte ihn auf den größten Blutfleck. »Ergibt keinen Sinn, oder? Aber so denkt er. Als hätte er ein Recht auf etwas. Und danach kann man ihn nie wieder dazu bringen, seine Meinung zu ändern.«

Sie sagte: »Du … Du hast ihn einfach erschossen. Du hast einfach … Ich meine, du weißt schon.«

Bob ließ den Mopp über den Fleck kreiseln. »Er hat meinen Hund geschlagen.«

Die Tschetschenen kümmerten sich um die Leiche, nachdem sie die Sache mit den Italienern und den Iren durchgesprochen hatten. Bob wurde gesagt, er dürfe während der nächsten Monate in einigen Restaurants umsonst essen, und vier Eintrittskarten für ein Spiel der Celtics schenkten sie ihm auch. Keine erstklassigen Plätze, aber ziemlich gute.

Nadia erwähnte Bob mit keinem Wort. Sagte bloß, Eric sei am Ende des Abends aufgetaucht, habe mit einer Waffe herumgewedelt und den Safe sehen wollen. Bob habe ihn labern und herumwedeln lassen, auf die passende Gelegenheit gewartet und ihn erschossen. Und das war's gewesen. Erics Ende und das Ende der Geschichte. Nadia kam einige Tage später zu ihm. Bob öffnete die Tür, und da stand sie auf seiner Eingangstreppe, hinter sich einen strahlenden Wintertag, der alles klar und gestochen scharf aussehen ließ. Sie hielt einen Beutel mit Hundeleckerli hoch.

»Erdnussbutter«, sagte sie lächelnd, und nur ihre Augen waren ein wenig feucht. »Mit einem Hauch Sirup.«

Bob öffnete weit die Tür und trat einen Schritt zurück, um sie hereinzulassen.

»Ich muss glauben«, sagte Nadia, »dass das alles einen tieferen Sinn hat. Und sollte es nur sein, dass du mich umbringst, sobald ich die Augen zumache –«

»Ich? Was? Nein«, sagte Bob. »O nein.«

»… dann ist das in Ordnung. Weil ich das alles nicht mehr allein ertrage. Keinen einzigen Tag.«

»Ich auch nicht.« Er schloss die Augen. »Ich auch nicht.«

Sie schwiegen lange Zeit. Er öffnete die Augen, schaute zur Decke seines Schlafzimmers. »Warum?«

»Hm?«

»Das hier. Du. Warum bist du bei mir?«

Sie strich mit der Hand über seine nackte Brust, und ihn schauderte vor Glück. In seinem ganzen Leben hätte er nicht erwartet, so berührt zu werden.

»Weil ich dich mag. Weil du nett zu Cassius bist.«

»Und weil du Angst vor mir hast?«

»Keine Ahnung. Kann sein. Aber die anderen Gründe sind wichtiger.«

Er hätte nicht sagen können, ob sie log. Woran sollte man das erkennen können, wenn sowieso alle logen? Im Ernst. Jeden Tag begegnete man Menschen, und mindestens die Hälfte von denen log einen wahrscheinlich an. Warum?

Warum nicht?

Man konnte nicht erkennen, wer ehrlich war und wer nicht. Wenn es anders gewesen wäre, hätte man den Lügendetektor nicht erfinden müssen. Die Leute sahen einem mit festem Blick ins Gesicht und sagten: Ich sage die Wahrheit. Ehrlich, sagten sie. Ich liebe dich, sagten sie.

Und was sollte man darauf antworten? Beweise es?

»Er muss Gassi gehen.«

»Was?«

»Cassius. Er war den ganzen Tag noch nicht draußen.«

»Ich hole die Leine.«

Im Park legte sich der Februarhimmel auf sie. Die Eisschicht auf dem Fluss war aufgebrochen, aber kleine Schollen hingen noch an der dunklen Uferböschung fest.

Er wusste nicht, was er glauben sollte. Cassius ging vor ihnen und zog ein wenig an der Leine: so stolz, so zufrieden, dass man kaum noch das zitternde Fellbündel erkannte, das Bob vor gerade mal zwei Monaten aus einer Mülltonne gezogen hatte.

Zwei Monate! Wow. Manche Sachen änderten sich wirklich im Eiltempo. Eines Morgens rollte man im Bett auf die andere Seite und sah eine völlig neue Welt. Sie drehte sich der Sonne zu, streckte sich und gähnte. Sie drehte sich der Nacht zu. Noch ein paar Stunden, und sie drehte sich wieder der Sonne zu. Eine neue Welt, jeden Tag.

Als sie die Mitte des Parks erreicht hatten, löste er die Leine von Cassius' Halsband und holte einen Tennisball aus der Manteltasche. Cassius drehte den Kopf. Er schnaubte laut. Er scharrte mit den Pfoten. Bob warf den Ball, und Cassius setzte ihm nach. Bob stellte sich vor, dass der Ball unglücklich in Richtung der Straße abweichen würde. Das Kreischen von Bremsen, der dumpfe Aufprall von Metall auf einem Hundekörper. Oder was passieren würde, wenn Cassius, plötzlich frei, immer weiterliefe.

Aber was kann man schon machen?

Man kann das Leben nicht kontrollieren.

JUDITH KUCKART

Eselsgeschichte

Am Morgen des 24. Dezember 2000 fanden die zwei jungen Grenzpolizisten Marek Jarysch und sein jüngerer Cousin Otto bei Küstrin auf polnischer Seite einen verdächtigen roten Volvo mit deutschem Kennzeichen. Beide waren sie eine halbe Stunde zuvor bei McDonald's gewesen und hatten zum Scherz Pappkronen auf, die sie eigentlich für ihre Söhne hatten mitnehmen wollen. Die vier Türen des verdächtigen roten Volvos standen offen. Auch der Kofferraum war unverschlossen, und aus dem Autoradio sang eine polnische Schlageramsel Weihnachtslieder. Marek und Otto nahmen ihre Pappkronen ab, setzten die Polizeimützen wieder auf und stellten mehrere Objekte sicher: eine gestreifte Polentasche mit Würsten und eingelegten Gurken, Schnaps und drei Gläsern Letscho, einen Damenkoffer mit einem Krimi auf der Unterwäsche und einen Rucksack mit Männerkleidung darin. Aus einem zweiten großen Herrenkoffer, Lederimitat, holte Otto ein Kruzifix und Marek einen Bildband. *Blick nach Osten* stand auf dem Cover. Marek blätterte und hielt bei einem Foto inne. Bildunterschrift: Liegnitz, Polen 1977. Ein Pferdekarren fuhr ihm aus einer ungefähren Landschaft und einer längst vergangenen, schwarz-weiß gewordenen Zeit entgegen. Auf dem Bock saß ein Mann, der ihm bekannt vorkam, ohne dass er ihn kannte. Auch das Fuhrwerk erinnerte ihn an ein anderes, vor langer Zeit. Jenes Fuhrwerk hatte seinem Großvater gehört und meistens Mist geladen, wenn es versuchte, sich in den Kreisverkehr auf einer ziemlich befahrenen Straße bei Krakau einzuschleusen. Die Autos ließen ihm höflich den Vortritt. Doch als habe es die Verlegenheit des Großvaters auf dem Kutschbock bemerkt, versuchte das schwere Pferd mit allen vier Hufen gleichzeitig von der Stelle zu kommen, trat sich selbst in die Hacken und scheiterte am eigenen Galopp. Es schlug mit Hals und Kopf nervös eine Acht. Einen Moment lang hatte Marek dann, der damals noch ein kleiner Marek gewesen war und neben dem Großvater gesessen hatte, das Weiße in den Augen des Pferdes sehen können. Er riss das Foto aus dem Buch. Otto schüttelte den Kopf und gab noch immer mit Kruzifix in der Hand das Nummernschild des roten Volvos durch. Dann machten sie sich im Grenzgebiet auf die Suche nach vielleicht zwei, wahrscheinlich auch drei Menschen, vermutlich Deutsche. Als es Mittag wurde, hielten die beiden Polizisten bei einer Tankstelle mit Bar. Sie fragten den Tankwart, ob ihm etwas aufgefallen sei in den vergangenen vierundzwanzig Stunden. Warten Sie.

Der Tankwart schob nach zwei oder drei Minuten ein sehr verschlafenes, sehr junges Mädchen vor sich her. Ela, sagte er streng, sprich! Das Mädchen gähnte. Ein Mann, vermutlich älter, eine Frau, vermutlich jünger, und ein zweiter Mann, schwarz gekleidet, lang wie eine Bohnenstange und vermutlich Priester, sagte sie und toupierte mit den Fingern an ihrem gelben Haar herum.

Und sonst so, Fräulein Ela? War auch ein Pferd dabei?

Otto sah ihn dumm an. Marek lächelte. Ja, alle Geschichten gehören irgendwie zusammen.

Nein, sagte Otto, sicher war kein Pferd dabei.

Ela war siebzehn oder so. Ihre Nase glänzte und ihre Schulter auch. Sie trug ein Hemdchen mit Spaghettiträgern und darunter einen gelben

BH. Marek sah auf das Stück Haut zwischen Träger und Träger. Ob ihr nicht kalt war, so im Dezember? Atemnebel machte das Bild von ihr und der Umgebung unscharf. Tankstelle und Bar schienen plötzlich wie übrig geblieben aus den fünfziger Jahren. Rot und Blau, die Farben hatten etwas Klares und Verwaschenes zugleich. Für einen Moment betrachtete der polnische Grenzpolizist Marek, was er sah, mit den Augen eines deutschen Touristen, wenn der nach Osten schaut.

Die Frau hat mich interessiert, die Männer nicht, die waren auch schon alt, sagte Ela, die Frau sah schön, aber auch ganz schön müde aus. Wieder gähnte sie.

Ich glaube, Sie gehen sich jetzt mal die Zähne putzen, Fräulein Ela, sagte Marek.

Sie Esel, sagte Ela, Sie zwei Esel ohne Pferd.

Die beiden Polizisten stiegen wieder in ihr Auto. Otto schaltete Radio Maryja an. Glocken läuteten aus dem kleinen Lautsprecher hinten auf der Ablage. Eigentlich war es verboten, im Auto während des Diensts Radio zu hören. Soll es ja geben, dass ein Mensch verschwindet, man seine Spur findet, aber ihn selbst nicht mehr, sagte Otto.

Ein Mensch, ja, sagte Marek, aber drei? Als sie im nächsten Ort an einem Zebrasteifen hielten, um eine Mutter mit ihrem Kind passieren zu lassen, hatte das Kind ebenfalls eine Pappkrone von McDonald's auf.

Sie fuhren weiter. Ein polnischer Friedhof, ein Feld, kahle Apfelbäume, der Nadelwald und an dessen Rand Birken. Über ein kahles Feld ging eine Nonne, schnell, so dass der schwere schwarze Rock zwischen ihre Beine schlug. Die Nonne verschwand eilig Richtung Abend.

Wie nennt man das?, fragte Otto seinen Cousin auf dem Beifahrersitz.

Was? Marek drehte das Fenster herunter.

Einsamer Weg einer Nonne durch ein Feld, wie nennt man das, Marek?

Marek fuhr mit dem Finger die Nase entlang. Nonne weg?

Vielleicht, sagte Otto und bremste. Marek sah ihn von der Seite an. Er sah anders aus als sonst. Weicher, herzlicher. Sie stiegen schwerfällig aus und folgten den Spuren, die die Nonne auf der hartgefrorenen Erde des Feldes nicht hinterlassen hatte. So kamen sie an einen Stall, und für einen Moment schien es, als würde plötzlich die Welt dunkler, obwohl noch heller Tag war. Irgendwo quakte ein Frosch. Um diese Zeit im Jahr? Marek öffnete die Tür.

Der Stall war aus groben halben Holzstämmen gebaut, die nicht sehr sorgfältig zusammengeschlagen waren. Auf einem Berg Stroh saß, wie die Sahnehaube auf einer Torte, eine junge Frau mit dickem Bauch und gähnte beim Anblick der beiden Polizisten. Die Frau war hochschwanger. Auf zwei Melkschemeln rechts und links von ihr hockten zwei ältere Herren, die zur Tür schauten, aber nicht gähnten. Der eine wackelte zur Begrüßung mit den Zehen in seinen weißen Socken. Die Schuhe hatte er trotz Kälte ausgezogen. Der andere trug einen Talar, nickte und las weiter in seinem Buch. Marek schlug die Hand vor den Mund. In seinem Kopf läutete ein Glöckchen. Er holte das Foto mit dem Pferdefuhrwerk aus der Tasche. War der Mann, der dort auf dem Bock die Zügel hielt, der, der dort drüben das Buch hielt?

Was lesen Sie denn da?

Der Mann aber zupfte nur freundlich an seinem Talar und schaute nicht auf.

Was fragst du denn da für ein Zeug? Otto holte energisch einen Schreibblock aus seiner Uniformjacke, um die Identitäten der drei Personen aufzunehmen. In dem Moment fing die Frau auf dem Heuhaufen an, dem Mann in den weißen Socken Nacken und Schultern zu massieren. Mein Gott, sagte sie dabei, mein Gott, mein Gott, was dieser Mensch hier doch für bewegliche Schulterblätter hat! Der Mann in den weißen Socken beugte sich lächelnd ein wenig weiter vor. Das mit den beweglichen Schulterblättern, das kommt daher, weil ich in einem früheren Leben einmal ein Engel gewesen bin! Stimme und Sanftheit passten zu den Socken.

Erkennen Sie hier Personen? Marek hielt den dreien so unsicher wie streng das Foto vom Pferdefuhrwerk vor langer Zeit unter die Nase.

Schau mal, Otto! Er zeigte keine Sekunde später auf zwei Zeitungsbilder an der groben, aus Baumstämmen gezimmerten Hinterwand des Stalls, schau, ein Ochs und ein Esel, sagte er, als gehörten das Bild an der Wand und das Bild in seiner Hand zusammen.

Da hob auch der Mann im Talar den Kopf, blickte hin und her, her und hin zwischen Marek und Otto, zwischen Otto und Marek. Dann zwischen Bild und Bild, zwischen Ochs und Esel, zwischen Esel und Ochs. Schließlich sagte er: Jungs, früher wart ihr doch auch mal zu dritt, oder? Und wo sind die Kronen?

MARIE LUISE KASCHNITZ

Alle Jahre wieder

Eine Weihnachtserzählung

Gestern hat mich der junge Munk besucht. Es war der dritte Adventssonntag, und natürlich kamen wir bald auf Weihnachten zu sprechen und auch auf jenes besondere Weihnachten, das letzte, das der junge Munk in unserer Stadt verlebte. Er war damals elf Jahre alt, und seine Freunde, der kleine Sepp und der große Anton, waren ungefähr ebenso alt, sie gingen alle in dieselbe Klasse, und weil sie auch in demselben Mietshause wohnten, waren sie unzertrennlich, was jedoch nur heißen soll, dass es nach allen Krächen und Schlägereien immer wieder zu einer Versöhnung kam. Ich wohnte in demselben großen Hause, ich kannte die drei Buben und kannte auch ihre Eltern, denen es in den letzten Jahren immer bessergegangen war, so dass sie schon vor jenem besonderen Weihnachten im Sinn hatten wegzuziehen, in schöne Häuser mit Gärten weit vor der Stadt.

Das Haus, in dem wir lebten, war in mancher

Beziehung auch unerfreulich. Es war gleich nach dem zweiten Kriege eilig und aus schlechtem Material erbaut worden, und seine Wände und Decken waren so dünn, dass man aus den Nachbarwohnungen, aber auch von oben und unten alle Geräusche hörte, Stimmen und Schritte, den Staubsauger und das Radio und natürlich auch am Heiligen Abend die Weihnachtslieder und die kleinen Glocken, mit denen man die Kinder zu den Bescherungen rief. Aber diesem Umstand hatte ich es doch zu verdanken, dass ich in jener nun schon Jahre zurückliegenden Christnacht ahnte, warum die drei Buben sofort nach der Bescherung wegliefen und warum sie erst wiederkamen, als die Mitternachtsglocken ausgeläutet hatten. Was sie in der Zwischenzeit gemacht haben, habe ich freilich erst gestern von dem jungen Munk erfahren. Es erschien mir gleich wert, es aufzuschreiben, und das will ich tun, aber langsam und mit der Vorgeschichte, die aus lauter erlauschten Weihnachtsabenden besteht. Und am Ende will ich auch sagen, was ich über das alles denke, und warum mir die traurige Christnacht der drei Buben gar nicht so traurig erscheint.

Die erlauschten Weihnachtsabende – nun, man muss sich nicht vorstellen, dass sie einander glichen, wie eine silberne Christbaumkugel der anderen gleicht. Ich erinnere mich, dass in den ersten Jahren überall im Hause noch Weihnachtslieder gesungen wurden und dass über vielen unreinen und schwankenden Stimmen immer eine schwebte, die so klang, wie man sich die Stimme eines Engels vorstellt, hell, unbeirrbar und rein. Später dann wurde nicht mehr gesungen, man holte sich die Musik aus dem Rundfunk, unterbrach sie auch und ließ Glocken läuten oder einen Redner reden und unterbrach am Ende auch diesen, um sich zu Tisch zu setzen, zu diesen Weihnachtsmählern, die in jeder Festzeit üppiger wurden.

In den folgenden Jahren aber war es auch mit der Radiomusik vorbei. Es wurden von den Kindern keine Gedichte mehr aufgesagt, die zitternden Töne der Bescherungsglöckchen waren nicht mehr zu vernehmen und auch nicht die Stimme des kleinen Sepp, der früher dazu angehalten worden war, neben dem brennenden Christbaum die Weihnachtsgeschichte aus dem Lukas-Evangelium vorzulesen. Übrigens zog um diese Zeit auch der Geruch der Christbaumkerzen schon nicht mehr durch das Haus. Die Eltern des großen Anton hatten es überflüssig gefunden, dem

Gymnasiasten noch einen Baum zu putzen, und die Eltern des kleinen Sepp hatten ein künstliches Ding gekauft, das sich mit Glühbirnen besteckt im Kreise drehte und dazu *Stille Nacht* spielte, welche Töne man aber auch abstellen konnte und abstellte, schon im zweiten Jahr.

Nur in der Familie Munk gab es noch einen Tannenbaum mit Lichtern. Aber diese Lichter wurden bereits nach fünf Minuten wieder ausgeblasen, weil der Vater des kleinen Munk jetzt sehr nervös war, immer einen Eimer Wasser bereithielt und schon die ganzen fünf Minuten lang mit seiner schrillen Stimme Ausmachen!, Ausmachen! rief.

Das waren die Geräusche, die ich hörte oder auch nicht mehr hörte im Laufe der acht Jahre, während deren die Buben heranwuchsen und in die Volksschule und dann in die höhere Schule kamen. Ich hatte mir nie recht klargemacht, was sich da so langsam veränderte, so dass schließlich von Weihnachten fast nichts mehr übrig blieb als ein Tisch voller Geschenke, ein zu fettes Essen und ein unruhiger Schlaf. An dem Abend, von dem ich erzählen will, aber ging ich kurz vor 9 Uhr mit meinem Hund noch einmal auf die Straße, und da sah ich das Haus von außen, sah die Eltern Munk in ihrem 220 SE schön angezogen wegfahren, sah den großen Anton in einem kahlen Zimmer allein am Tisch hocken und begegnete an der Ecke den Bekannten, die zu den Eltern des kleinen Sepp zum Kartenspielen kamen. Und ein wenig später sah ich auch die Buben, die sich aus den Fenstern beugten und einander Zeichen machten und wie sie dann plötzlich alle zusammen aus der Haustüre und die Straße hinunterliefen. Ich hatte da wohl einen Augenblick lang die Absicht, sie zurückzurufen, aber ich tat es nicht. Ich folgte ihnen nur ein paar Schritte weit, und dabei bemerkte ich, dass an der Ecke ein Mädchen sich ihnen anschloss und dass sie dieses Mädchen mit Schimpfworten und sogar mit Schlägen, aber ganz vergeblich zu vertreiben versuchten.

Wie der junge Munk mir gestern erzählte, hatte er dieses Mädchen schon vorher gekannt. Er hatte es des Öfteren an der Getränkebude getroffen, wo er für seinen Vater Bier holte. Es hatte dort auf einem niederen Mäuerchen seltsame Tanzschritte gemacht und dazu so unzusammenhängende Worte gemurmelt, dass er es für schwachsinnig hielt. An jenem Abend nun hatte es ihm dann noch gewinkt und so getan, als habe es ihm

Wichtiges mitzuteilen, und darum war der junge Munk es gewesen, der das Mädchen am lautesten angeschrieen und sogar geschlagen hatte. Aber dann hatte er sich schließlich nur an die Stirne getippt und hatte das Kind mitlaufen lassen, weil an diesem Weihnachtsabend ja doch schon alles verdorben und nichts mehr zu retten war.

Denn was ist noch zu retten, wenn man, wie Munk, von einer zügellosen und später nicht mehr begreiflichen Vorfreude erfüllt, den Vater im Nebenzimmer höhnisch sagen hört: Alle Jahre wieder, und: Könnte auch einmal ausfallen, dieses blödsinnige Weihnachten, alle zwei Jahre wäre genug. Und was ist noch zu retten, wenn Eltern, wie die des Anton, nicht einmal an diesem Abend Frieden halten können, sondern sich die schlimmsten Vorwürfe machen und schließlich beieinander hocken, verbissen und stumm. Und was ist noch zu retten, wenn, wie in der Wohnung des kleinen Sepp, das Weihnachtszimmer voll fremder Leute sitzt, die Karten spielen und sich Witze erzählen, und nicht einmal die Schienen kann man zusammenstecken, und der kleine schäbige Engel, den man geliebt hat, hängt auch nicht mehr am Baum. Da muss man doch einfach weglaufen und gar nichts mitnehmen als ein paar uralte Murmeln, und das taten die drei Jungen auch und gingen mit ihren Murmeln an einen Ort, den sie kannten, auf ein großes, noch unbebautes Grundstück am Rande der Stadt. Dort versuchten sie noch einmal, das Mädchen loszuwerden, indem sie es mit feuchten Erdbrocken bewarfen. Aber das Mädchen blieb trotzdem stehen, wiegte eine aus Stroh geflochtene Puppe und murmelte etwas, das wie Wurmsturmstirnstern, also völlig unsinnig klang.

Es war da draußen ziemlich dunkel, kein Schnee, warme Luft und leise Schritte überall, auch gegen den Park und die Schrebergärten hin, so als seien viele Kinder an diesem Abend unterwegs. Die Jungen auf dem mit Gras überwachsenen und teilweise schon aufgegrabenen Grundstück fingen an zu spielen, sie spielten mit ihren ganz gewöhnlichen blaugrauen und braunen Murmeln, die sie von einem Grashügel in ein Loch laufen ließen, in dem ein wenig schwarzes Wasser stand. Munk war nicht ganz bei der Sache, er hätte gern erzählt, was er seinen Vater hatte sagen hören, und den Sepp gefragt, ob so etwas überhaupt möglich wäre; aber er genierte sich vor dem großen Anton, dessen Eltern aus der Kirche ausgetreten waren und der zweimal in der Woche ausschlafen durfte, weil er nicht in die Religionsstunde ging.

Plötzlich lief eine Murmel den Hügel herunter, die anders aussah als die übrigen, größer, glasklar, mit etwas Weißem mittendrin. Munk stürzte hin und holte sie heraus, das Weiße in der Mitte war ein winziges Lamm mit einem Fähnchen aus gelbem Metall. Munk schrie den Weihnachtsgeschichten-Vorleser an: Woher hast du die, seit wann hast du die? Aber es stellte sich heraus, dass die Kugel dem großen Anton gehörte, der sie bereits vor Monaten von einem katholischen Jungen eingehandelt hatte. Dämlich, sagte Munk, ein Schaf mit einer Fahne, und der Sepp sagte nur: Das ist das Lamm Gottes, und gab die Riesenmurmel dem großen Anton zurück. Munk ließ auch diese Gelegenheit zu fragen vorübergehen, er behielt nur alle Fenster am Stadtrande im Auge, einige waren schon dunkel, einige hell, aber von ganz gewöhnlichem elektrischem Licht.

Der große Anton sah auf seine Uhr, legte den Kopf in den Nacken und sagte: Explorer 205, und schon sahen sie das leuchtende Pünktchen zwischen Wolkenfetzen hinziehen und fingen an, sich darüber zu streiten, zum wievielten Male der kleine Satellit die Erde umkreiste. Das Mädchen klatschte in die Hände und rief: Gehtaufgeht-untergehtabgehtschief, bis ihm die Buben mit Prügel drohten. Danach schlug eine Turmuhr zehnmal, und der kleine Munk verkroch sich hinter einem Busch, weil sein Gesicht plötzlich nass und salzig war. Ein paar Tropfen fielen auch vom Himmel, und das Mädchen winkte, es schien sich hier auszukennen, es führte die Jungen zu einer halbverfallenen Bretterhütte, die als Geräteschuppen diente.

Der große Anton lief in die Hütte, steckte den Kopf zum Fenster heraus und schrie Muh Muh, was die anderen nicht ruhen ließ, so dass sie nun alle mit Muh und Bäh und Iah einen gewaltigen Lärm vollführten.

Das Mädchen hatte sich in der Hütte auf einen Holzklotz gesetzt und wiegte da töricht lachend seine Strohpuppe, und der große Anton schlich hin, zog seine Stablaterne heraus und leuchtete ihm ins Gesicht. Munk überlegte, was sie jetzt tun könnten, nach Hause auf keinen Fall, lieber noch weiter fort, und es fielen ihm nur lauter schlimme Dinge ein, von der Autobahnbrücke Steine auf die unten hinrollenden Wagen fallen lassen, eine große Schaufensterscheibe einwerfen, den blöden Strohwisch verbrennen, den das Mädchen da schaukelte wie ein lebendiges Kind. Mit bösen Augen und verkniffenem Mund kroch er an die Tür und wollte seine Vorschläge machen, da sagte der Sepp ganz ruhig: Das waren die Tiere, jetzt kommen die Hirten, zog sich die Jacke wie eine Kapuze über den Kopf, ging zu dem Mädchen hinein und beugte vor ihm das Knie.

Du bist wohl verrückt, schrie der große Anton, und Munk dachte, verrückt, verrückt, und machte dem Sepp schon alles nach, weil er sich plötzlich an die Krippe erinnerte, die früher unter dem Weihnachtsbaum gestanden hatte, aber schon lange nicht mehr, weil den Eltern das Aufbauen zu mühsam geworden war. Der große Anton natürlich tat nichts dergleichen, er ließ noch immer seinen Lichtstrahl wandern, nur manierlicher jetzt, so dass das Mädchen nicht mehr geblendet wurde und wieder sanft und ein wenig irre lächeln konnte. Aber dann knipste Anton seine Laterne mit einem Mal aus und sagte streng: Was soll der Quatsch? Und gerade in diesem Augenblick dröhnte das Nachtflugzeug nach Irland über die Hütte hin.

Es ist die Weihnachtsgeschichte, sagte der Sepp, als sie wieder miteinander reden konnten, und fing schon an, sie zu erzählen, aber nicht in dem alten Wortlaut, den er doch auswendig wissen musste, sondern ganz anders, grausam und hart.

Da war die Heilige Nacht sehr dunkel und sehr kalt, der Joseph war ein hilfloser Alter, und die schwangere Maria war sehr verzagt. Der Stern funkelte höchst unheimlich, und der erste Schrei, den das Jesuskind tat, war ein Schrei der Angst. Die Hirten kamen aus bloßer Neugierde, und die drei Könige aus dem Morgenland saßen vor dem Stall und überlegten sich, warum sie eigentlich diese weite Reise gemacht hatten.

Aber dann, sagte der Sepp, schlug das Kind die Augen auf.

Na und?, fragte der große Anton und setzte sich auf die Schwelle der Hütte, und die beiden anderen Jungen setzten sich neben ihn, so dass sie nun da im Finsteren hockten wie die alten ratlosen Könige, nur dass kein Kind da war und kein besonderer Stern. Was war dann?, fragte der große Anton noch einmal und nicht höhnisch, sondern so, als läge ihm etwas daran, eine Antwort zu bekommen.

Da war die Freude, sagte Munk, und: Da war die Liebe, sagte Sepp, und weil sie das eigentlich gar nicht hatten sagen wollen, vielmehr etwas aus ihnen heraus gesprochen hatte, eine alte Menschenerinnerung, schämten sie sich so furchtbar, dass sie anfingen, mit kleinen Stöcken um sich zu werfen und einander mit Füßen zu treten.

Wieso, warum?, fragte der große Anton, und nun sollten sie erklären, was sie gesagt hatten, und konnten es nicht. Darum wurde es plötzlich ganz still vor der Hütte, nur dass drinnen das Mädchen die Worte aufgeschnappt hatte und sie vor sich hin plapperte, Freudeliebefreudeliebefreudeliebe, das war wieder zum Verrücktwerden und klang doch auch ganz schön, wie eine Glocke oder wie ein Gedicht. Halt's Maul, schrien die Jungen alle zugleich, aber sie konnten nicht helfen, dass sie plötzlich guter Dinge waren und auf dem Hügel wie die Geißen herumsprangen. Und als das Mädchen jetzt erschrocken zu weinen anfing, wühlten sie in ihren Hosentaschen und förderten etwas zutage, das sie dem Mädchen zum Geschenk hinwarfen, der Sepp eine Rolle Bindfaden, und der Munk eine Streichholzschachtel mit einem Sternbild darauf. Der große Anton zog sogar seine Riesenmurmel heraus, die mit dem Schäfchen, das seltsamerweise Lammgottes hieß. Da, sagte er unfreundlich und gab sie dem Mädchen, das gierig seine Finger um die glasklare Kugel schloss. In diesem Augenblick aber fuhren alle Kinder zusammen, weil es jetzt zu läuten anfing, und zwar sehr heftig und von allen Türmen der Stadt.

Natürlich habe ich dieses Mitternachtsläuten auch gehört. Ich bin auch zusammengefahren, und zuerst habe ich mich sogar geärgert, weil diese neuen, elektrisch betriebenen Glocken einen Lärm vollführen, der erschreckend und schon beinahe gesundheitsschädlich ist. Aber dann war ich ganz zufrieden, weil ich mir plötzlich einbildete, dass es gerade diesen lauten, heftigen Glocken gelingen würde, die weggelaufenen Kinder heimzurufen in die Stadt.

Ich hatte da nämlich schon eine ganze Weile am Fenster gestanden und nach den drei Buben Ausschau gehalten, und vor etwa einer Viertelstunde waren die Eltern, alle drei Elternpaare, aus dem Haus gekommen, um dasselbe zu tun. Sie hatten sich dabei laut und aufgeregt unterhalten, und aus ihren Stimmen hatte Angst geklungen, aber keine Einsicht, weswegen es dann auch, als die Kinder bald nach dem letzten Glockenschlag auftauchten, ein großes Gezeter gab. Die Jungen widersprachen nicht und heulten auch nicht. Freundlich lächelnd und so, als ginge sie das alles gar nichts an, standen sie unter der Laterne und gingen am Ende ganz folgsam mit ihren Eltern ins Haus. Ich sah ihnen nach, und obwohl ich doch damals noch gar nicht wissen konnte, wie sie diese Stunden verbracht hatten, taten sie mir nicht mehr leid.

Ich muss wohl damals schon geahnt haben, was ich seit gestern weiß, nämlich dass die Kinder an jenem Abend ihr Weihnachten selbst gefunden hatten – das richtige, mit dem es nie zu Ende sein kann, weil Freude und Liebe immer neu geboren werden, solange es Menschen gibt.

THEODOR FONTANE

Weihnachtsmorgen

An Lewins Seele waren inzwischen unruhige Träume vorübergegangen. Die Fahrt im Ostwind hatte ihn fiebrig gemacht, und erst gegen Morgen verfiel er in einen festen Schlaf. Eine Stunde später begann es bereits im Hause lebendig zu werden; auf dem langen Korridor, an dessen Nordostecke Lewins Zimmer gelegen war, hallten Schritte auf und ab, schwere Holzkörbe wurden vor die Feuerstellen gesetzt und große Scheite von außen her in den Ofen geschoben. Bald darauf öffnete sich die Tür, und der alte Diener, der am Abend zuvor seinen jungen Herrn empfangen hatte, trat ein, einen Blaker in der Hand. Hektor blieb liegen, reckte sich auf dem Rehfell und wedelte nur, als ob er rapportieren wolle: Alles in Ordnung. Jeetze setzte das Licht, dessen Flamme er bis dahin mit seiner Rechten sorglich gehütet hatte, hinter einen Schirm und begann alles, was an Garderobestücken umherlag, über seinen linken Arm zu packen. Er selbst war noch im Morgenkostüm; zu den Samthosen und Gamaschen, ohne die er nicht wohl zu denken war, trug er einen Arbeitsrock von doppeltem Zwillich. Als er alles beisammen hatte, trat er, leise wie er gekommen war, seinen Rückzug an, dabei nach Art alter Leute unverständliche Worte vor sich hermurmelnd. An dem zustimmenden Nicken seines Kopfes aber ließ sich erkennen, dass er zufrieden und guter Laune war.

Die Türe blieb halb offen, und das erwachende Leben des Hauses drang in immer mahnenderen, aber auch in immer anheimelnderen Klängen in das wieder still gewordene Zimmer. Die großen Scheite Fichtenholz sprangen mit lautem Krach auseinander, von Zeit zu Zeit zischte das Wasser, das aus den nassgewordenen Stücken in kleinen Rinnen ins Feuer lief, und von der Korridornische her hörte man den sichern und regelrechten Strich, mit dem Jeetzes Bürste der Hacheln und Härchen, die nicht loslassen wollten, Herr zu werden suchte.

Alles das war hörbar genug, nur Lewin hörte es nicht. Endlich beschloss Hektor, der Ungeduld Jeetzes und seiner eigenen ein Ende zu machen, richtete sich auf, legte beide Vorderpfoten aufs Deckbett und fuhr mit seiner Zunge über die Stirn des Schlafenden hin, ohne weitere Sorge, ob seine Liebkosungen willkommen seien oder nicht. Lewin wachte auf; die erste Verwirrung wich einem heiteren Lachen. »Kusch dich, Hektor«, damit sprang er aus dem Bett. Der Morgenschlaf hatte ihn frisch gemacht; in wenig Minuten war er angekleidet, ein Vorteil halb soldatischer Erziehung. Er durchschritt ein paarmal das Zimmer, betrachtete lächelnd einen mit vier Nadeln an die Tischdecke festgesteckten Bogen Papier, auf dem in großen Buchstaben stand: »Willkommen in Hohen-Vietz«, ließ seine Augen über ein paar Silhouettenbilder gleiten, die er von Jugend auf kannte und doch immer wieder mit derselben Freudigkeit begrüßte, und trat dann an eines der zugefrorenen Eckfenster. Sein Hauch taute die Eisblumen fort, ein Fleckchen, nicht größer wie eine Glaslinse, wurde frei, und sein erster Blick fiel jetzt auf die eben aufgehende Weihnachtssonne, deren roter Ball hinter dem Turmknopf der Hohen-Vietzer Kirche stand. Zwischen ihm und dieser Kirche erhoben sich die Bäume des hügelansteigenden Parkes, phantastisch bereift, auf einzelnen ein paar Raben, die in die Sonne sahen und mit Gekreisch den Tag begrüßten.

Lewin freute sich noch des Bildes, als es an die Türe klopfte.

»Nur herein!«

Eine schlanke Mädchengestalt trat ein, und mit herzlichem Kuss schlossen sich die Geschwister in die Arme. Dass es Geschwister waren, zeigte der erste Blick: gleiche Figur und Haltung, dieselben ovalen Köpfe, vor allem dieselben Augen, aus denen Phantasie, Klugheit und Treue sprachen.

»Wie freue ich mich, dich wieder hierzuhaben. Du bleibst doch über das Fest? Und wie gut du aussiehst, Lewin! Sie sagen, wir ähnelten uns; es wird mich noch eitel machen.«

Die Schwester, die bis dahin wie musternd vor dem Bruder gestanden hatte, legte jetzt ihren Arm in den seinen und fuhr dann, während beide auf der breiten Strohmatte des Zimmers auf- und abpromenierten, in ihrem Geplauder fort.

»Du glaubst nicht, Lewin, wie öde Tage wir jetzt haben. Seit einer Woche flog uns nichts wie Schneeflocken ins Haus.«

»Aber du hast doch den Papa …«

»Ja und nein. Ich hab ihn und hab ihn nicht; jedenfalls ist er nicht mehr, wie er war. Seine kleinen Aufmerksamkeiten bleiben aus; er hat kein Ohr mehr für mich, und wenn er es hat, so zwingt er sich und lächelt. Und an dem allen sind die Zeitungen schuld, die ich freilich auch nicht missen möchte. Kaum dass Hoppenmarieken in den Flur tritt und das Postpaket aus ihrem Kattuntuch wickelt, so ist es mit seiner Ruhe hin. Er geht an mir vorbei, ohne mich zu sehen. Briefe werden geschrieben; die Pferde kommen kaum noch aus dem Geschirr; zu Wagen und zu Schlitten geht es hierhin und dorthin. Oft sind wir tagelang allein. Ein Glück, dass ich Tante Schorlemmer habe, ich ängstigte mich sonst zu Tode.«

»Tante Schorlemmer! So findet alles seine Zeit.«

»Oh, sie braucht nicht erst ihre Zeit zu finden, sie hat immer ihre Zeit, das weiß niemand besser als du und ich. Aber freilich, eines ist meiner guten Schorlemmer nicht gegeben, einen öden Tag minder öde zu machen. Möchtest du, eingeschneit, einen Winter lang mit ihr und ihren Sprüchen am Spinnrad sitzen?«

»Nicht um die Welt. Aber wo bleibt der Pastor? Und wo bleibt Marie? Ist denn alles zerstoben und verflogen?«

»Nein, nein, sie sind da, und sie kommen auch und sind die Alten noch; lieb und gut wie immer. Aber unsere Hohen-Vietzer Tage sind so lang und am längsten, wenn im Kalender die kürzesten stehen. Marie kommt übrigens heute Abend; sie hat eben anfragen lassen.«

»Und wie geht es unserm Liebling?«

»In den drei Monaten, dass du nicht hier warst, ist sie voll herangewachsen. Sie ist wie ein Märchen. Wenn morgen eine goldene Kutsche bei Kniehases vorgefahren käme, um sie aus dem Schulzenhause mit zwei schleppentragenden Pagen abzuholen, ich würde mich nicht wundern. Und doch ängstigt sie mich. Aber je mehr ich mich um sie sorge, desto mehr liebe ich sie.«

So weit waren die Geschwister in ihren Plaudereien gekommen, als Jeetze – nunmehr in voller Livree – in der Türe erschien, um seinen jungen Herrschaften anzukündigen, dass es Zeit sei.

»Wo ist Papa?«

»Er baut auf. Krist und ich haben zutragen müssen.«

»Und Tante Schorlemmer?«

»Ist im Flur. Die Singekinder sind eben gekommen.«

Lewin und Renate nickten einander zu und traten dann heiteren Gesichts und leichten Ganges, ein jeder stolz auf den andern, in den Korridor hinaus. In demselben Augenblick, wo sie an dem Treppenkopf angelangt waren, klang es weihnachtlich von hellen Kinderstimmen zu ihnen herauf. Und doch war es kein eigentliches Weihnachtslied. Es war das alte »Nun danket alle Gott«, das den märkischen Kehlen am geläufigsten ist und am freiesten aus ihrer Seele kommt. »Wie schön«, sagte Lewin und horchte, bis die erste Strophe zu Ende war.

Als die Geschwister im Niedersteigen den untersten Treppenabsatz erreicht hatten, hielten sie abermals und überblickten nun das Bild zu ihren Füßen. Die gewölbte Flurhalle, groß und geräumig, trotz der Eichenschränke, die umherstanden, war mit Menschen, jungen und alten, gefüllt; einige Mütterchen hockten auf der Treppe, deren unterste Stufen bis weit in den Flur hinein vorsprangen. Links, nach der Park- und Gartentür zu, standen die Kinder, einige sonntäglich geputzt, die anderen notdürftig gekleidet, hinter ihnen die Armen des Dorfes, auch Sieche und Krüppel; nach rechts hin aber hatte alles, was zum Hause gehörte, seine Aufstellung genommen: der Jäger, der Inspektor, der Maier, Krist und Jeetze, dazu die Mägde, der Mehrzahl nach jung und hübsch und alle gekleidet in die malerische Tracht dieser Gegenden, den roten Friesrock, das schwarzseidene Kopftuch und den geblümten Manchester-Spenzer. In Front dieser bunten Mädchengruppe gewahrte man eine ältliche Dame über fünfzig, graugekleidet mit weißem Tuch und kleiner Tüllhaube, die Hände gefaltet, den Kopf vorgebeugt, wie um dem Gesange der Kinder mit mehr Andacht folgen zu können. Es war Tante Schorlemmer. Nur als die Geschwister auf dem Treppenabsatz erschienen, unterbrach sie ihre Haltung und erwiderte Lewins Gruß mit einem freundlichen Nicken.

Nun war auch der zweite Vers gesungen, und die Weihnachtsbescherung an die Armen und Kinder des Dorfes, wie sie in diesem Hause seit alten Zeiten Sitte war, nahm ihren Anfang. Niemand drängte vor; jeder wusste, dass ihm das Seine werden würde. Die Kranken erhielten eine Suppe, die Krüppel ein Almosen, alle einen Festkuchen, an die Kinder aber traten die Mägde heran und schütteten ihnen Äpfel und Nüsse in die mitgebrachten Säcke und Taschen.

Das Gabenspenden war kaum zu Ende, als die große, vom Flur aus in die Halle führende Flügeltüre von innen her sich öffnete und ein heller Lichtschein in den bis dahin nur halb erleuchteten Flur drang. Damit war das Zeichen gegeben, dass nun dem Hause selber beschert werden solle. Der alte Vitzewitz trat zwischen Türe und Weihnachtsbaum, und Lewins ansichtig werdend, der am Arm der Schwester dem Festzug voraufschritt, rief er ihm zu: »Willkommen, Lewin, in Hohen-Vietz.« Vater und Sohn begrüßten sich herzlich; dann setzten die Geschwister ihren Umgang um die Tafel fort, während draußen im Flur die Kinder wieder anstimmten:

Lob, Ehr' und Preis sei Gott
Dem Vater und dem Sohne,
Und auch dem Heil'gen Geist
Im hohen Himmelsthrone.

Der Zug löste sich nun auf, und jeder trat an seinen Platz und seine Geschenke. Alles gefiel und erfreute, die Schals, die Westen, die seidenen Tücher. Da lagerte kein Unmut, keine Enttäuschung auf den Stirnen; jeder wusste, dass schwere Zeiten waren und dass der viel heimgesuchte Herr von Hohen-Vietz sich mancher Entbehrung unterziehen musste, um die gute Sitte des Hauses auch in bösen Tagen aufrechtzuerhalten.

Zu beiden Seiten des Kamins, über dessen breiter Marmorkonsole das überlebensgroße Bild des alten Matthias aufragte, waren auf kleinen Tischen die Gaben ausgebreitet, die der Vater für Lewin und Renaten gewählt hatte. Lieblingswünsche hatten ihre Erfüllung gefunden, sonst waren sie nicht reichlich. An Lewins Platz lag eine gezogene Doppelbüchse, Suhler Arbeit, sauber, leicht, fest, eine Freude für den Kenner.

»Das ist für dich, Lewin. Wir leben in wunderbaren Tagen. Und nun komm und lass uns plaudern.«

Beide traten in das nebenan gelegene Zimmer, während in der Halle die Weihnachtslichter niederbrannten.

E. T. A. HOFFMANN

Nussknacker und Mausekönig

Der Weihnachtsabend

Am vierundzwanzigsten Dezember durften die Kinder des Medizinalrats Stahlbaum den ganzen Tag über durchaus nicht in die Mittelstube hinein, viel weniger in das daranstoßende Prunkzimmer. In einem Winkel des Hinterstübchens zusammengekauert, saßen Fritz und Marie, die tiefe Abenddämmerung war eingebrochen, und es wurde ihnen recht schaurig zumute, als man, wie es gewöhnlich an dem Tage geschah, kein Licht hereinbrachte. Fritz entdeckte, ganz insgeheim wispernd, der jüngern Schwester (sie war eben erst sieben Jahr alt worden), wie er schon seit frühmorgens es habe in den verschlossenen Stuben rauschen und rasseln und leise pochen hören. Auch sei nicht längst ein kleiner dunkler Mann mit einem großen Kasten unter dem Arm über den Flur geschlichen, er wisse aber wohl, dass es niemand anders gewesen als Pate Droßelmeier. Da schlug Marie die kleinen Händchen vor Freude zusammen und rief: »Ach, was wird nur Pate Droßelmeier für uns Schönes gemacht haben.« Der Obergerichtsrat Droßelmeier war gar kein hübscher Mann, nur klein und mager, hatte viele Runzeln im Gesicht, statt des rechten Auges ein großes schwarzes Pflaster und auch gar keine Haare, weshalb er eine sehr schöne weiße Perücke trug, die war aber von Glas und ein künstliches Stück Arbeit. Überhaupt war der Pate selbst auch ein sehr künstlicher Mann, der sich sogar auf Uhren verstand und selbst welche machen konnte. Wenn daher eine von den schönen Uhren in Stahlbaums Hause krank war und nicht singen konnte, dann kam Pate Droßelmeier, nahm die Glasperücke ab, zog sein gelbes Röckchen aus, band eine blaue Schürze um und stach mit spitzigen Instrumenten in die Uhr hinein, so dass es der kleinen Marie ordentlich wehe tat, aber es verursachte der Uhr gar keinen Schaden, sondern sie wurde vielmehr wieder lebendig und fing gleich an, recht lustig zu schnurren, zu schlagen und zu singen, worüber denn alles große Freude hatte. Immer trug er, wenn er kam, was Hübsches für die Kinder in der Tasche, bald ein Männlein, das die Augen verdrehte und Komplimente machte, welches komisch anzusehen war, bald eine Dose, aus der ein Vögelchen heraushüpfte, bald was anderes. Aber zu Weihnachten, da hatte er immer ein schönes künstliches Werk verfertigt, das ihm viel Mühe gekostet, weshalb es auch, nachdem es einbeschert worden, sehr sorglich von den Eltern aufbewahrt wurde. – »Ach, was wird nur Pate Droßelmeier für uns Schönes gemacht haben«, rief nun Marie; Fritz meinte aber, es könne wohl diesmal nichts anders sein als eine Festung, in der allerlei sehr hübsche Soldaten auf und ab marschierten und exerzierten, und dann müssten andere Soldaten kommen, die in die Festung hineinwollten, aber nun schössen die Soldaten von innen tapfer heraus mit Kanonen, dass es tüchtig brauste und knallte. »Nein, nein«, unterbrach Marie den Fritz, »Pate Droßelmeier hat mir von einem schönen Garten erzählt, darin ist ein großer See, auf dem schwimmen sehr herrliche Schwäne mit goldnen Halsbändern herum und singen die hübschesten Lieder. Dann kommt ein kleines Mädchen aus dem Garten an den See und lockt die Schwäne heran und füttert sie mit süßem Marzipan.« – »Schwäne fressen keinen Marzipan«, fiel Fritz etwas rauh ein, »und einen ganzen Garten kann Pate Droßelmeier auch nicht machen. Eigentlich haben wir wenig von seinen Spielsachen; es wird uns ja alles gleich wieder weggenommen, da ist mir denn doch das viel lieber, was uns Papa und Mama einbescheren, wir behalten es fein und können damit machen, was wir wollen.« Nun rieten die Kinder hin und her, was es wohl diesmal wieder geben könne. Marie meinte, dass Mamsell Trutchen (ihre große Puppe) sich sehr verändere, denn ungeschickter als jemals, fiele sie jeden Augenblick auf den Fußboden, welches ohne garstige Zeichen im Gesicht nicht abginge, und dann sei an Reinlichkeit in der Kleidung gar nicht mehr zu denken. Alles tüchtige Ausschelten helfe nichts. Auch habe Mama gelächelt, als sie sich über Gretchens kleinen Sonnenschirm so gefreut. Fritz versicherte dagegen, ein tüchtiger Fuchs fehle seinem Marstall durchaus sowie seinen Truppen gänzlich an Kavallerie, das sei dem Papa recht gut bekannt. – So wussten die Kinder wohl, dass die Eltern ihnen allerlei schöne Gaben eingekauft hatten, die sie nun aufstellten, es war ihnen aber auch gewiss, dass dabei der liebe Heilige Christ mit gar freundlichen frommen Kindesaugen hineinleuchte und dass, wie von segensreicher Hand berührt, jede Weihnachtsgabe herrliche Lust bereite wie keine andere. Daran erinnerte die Kinder, die immerfort von den zu erwartenden Geschenken wisperten, ihre ältere Schwester Luise, hinzufügend, dass es nun aber auch der Heilige Christ sei, der durch die Hand der lieben Eltern den Kindern immer das beschere, was ihnen wahre Freude und Lust bereiten könne, das wisse er viel besser als die Kinder selbst, die müssten daher nicht allerlei wünschen und hoffen, sondern still und fromm erwarten, was ihnen beschert worden. Die kleine Marie wurde ganz nachdenklich, aber Fritz murmelte vor sich hin: »Einen Fuchs und Husaren hätt ich nun einmal gern.«

Es war ganz finster geworden. Fritz und Marie, fest aneinandergerückt, wagten kein Wort mehr zu reden, es war ihnen, als rausche es mit linden Flügeln um sie her und als ließe sich eine ganz ferne, aber sehr herrliche Musik vernehmen. Ein heller Schein streifte an der Wand hin, da wussten die Kinder, dass nun das Christkind auf glänzenden Wolken fortgeflogen zu andern glücklichen Kindern. In dem Augenblick ging es mit silberhellem Ton: Klingling, klingling, die Türen sprangen auf, und solch ein Glanz strahlte aus dem großen Zimmer hinein, dass die Kinder mit lautem Ausruf: »Ach! – Ach!« wie erstarrt auf der Schwelle stehenblieben. Aber Papa und Mama traten in die Türe, fassten die Kinder bei der Hand und sprachen: »Kommt doch nur, kommt doch nur, ihr lieben Kinder, und seht, was euch der Heilige Christ beschert hat.«

Die Gaben

Ich wende mich an dich selbst, sehr geneigter Leser oder Zuhörer Fritz – Theodor – Ernst – oder wie du sonst heißen magst, und bitte dich, dass du dir deinen letzten, mit schönen bunten Gaben reich geschmückten Weihnachtstisch recht lebhaft vor Augen bringen mögest, dann wirst du es dir wohl auch denken können, wie die Kinder mit glänzenden Augen ganz verstummt stehenblieben, wie erst nach einer Weile Marie mit einem tiefen Seufzer rief: »Ach, wie schön – ach, wie schön«, und Fritz einige Luftsprünge versuchte, die ihm überaus wohl gerieten. Aber die Kinder mussten auch das ganze Jahr über besonders artig und fromm gewesen sein, denn nie war ihnen so viel Schönes, Herrliches einbeschert worden als dieses Mal. Der große Tannenbaum in der Mitte trug viele goldne und silberne Äpfel, und wie Knospen und Blüten keimten Zuckermandeln und bunte Bonbons, und was es sonst noch für schönes Naschwerk gibt, aus allen Ästen. Als das Schönste an dem Wunderbaum musste aber wohl gerühmt werden, dass in seinen dunkeln Zweigen hundert kleine Lichter wie Sternlein funkelten und er selbst, in sich hinein- und herausleuchtend, die Kinder freundlich einlud, seine Blüten und Früchte zu pflücken. Um den Baum umher glänzte alles sehr bunt und herrlich – was es da alles für schöne Sachen gab – ja, wer das zu beschreiben vermöchte! Marie erblickte die zierlichsten Puppen, allerlei saubere kleine Gerätschaften, und was vor allem schön anzusehen war, ein seidenes Kleidchen, mit bunten Bändern zierlich geschmückt, hing an einem Gestell so der kleinen Marie vor Augen, dass sie es von allen Seiten betrachten konnte, und das tat sie denn auch, indem sie ein Mal über das andere ausrief: »Ach, das schöne, ach, das liebe – liebe Kleidchen; und das werde ich – ganz gewiss – das werde ich wirklich anziehen dürfen!« – Fritz hatte indessen schon, drei- oder viermal um den Tisch herumgaloppierend und -trabend, den neuen Fuchs versucht, den er in der Tat am Tische angezäumt gefunden. Wieder absteigend, meinte er, es sei eine wilde Bestie, das täte aber nichts, er wolle ihn schon kriegen, und musterte die neue Schwadron Husaren, die sehr prächtig in Rot und Gold gekleidet waren, lauter silberne Waffen trugen und auf solchen weißglänzenden Pferden ritten, dass man beinahe hätte glauben sollen, auch diese seien von purem Silber. Eben wollten die Kinder, etwas ruhiger geworden, über die Bilderbücher her, die aufgeschlagen waren, dass man allerlei sehr schöne Blumen und bunte Menschen, ja auch allerliebste spielende Kinder, so natürlich gemalt, als lebten und sprächen sie wirklich, gleich anschauen konnte. – Ja! eben wollten die Kinder über diese wunderbaren Bücher her, als nochmals geklingelt wurde. Sie wussten, dass nun der Pate Droßelmeier einbescheren würde, und liefen nach dem an der Wand stehenden Tisch. Schnell wurde der Schirm, hinter dem er solange versteckt gewesen, weggenommen. Was erblickten da die Kinder! – Auf einem grünen, mit bunten Blumen geschmückten Rasenplatz stand ein sehr herrliches Schloss mit vielen Spiegelfenstern und goldnen Türmen. Ein Glockenspiel ließ sich hören, Türen und Fenster gingen auf, und man sah, wie sehr kleine, aber zierliche

Herrn und Damen mit Federhüten und langen Schleppkleidern in den Sälen herumspazierten. In dem Mittelsaal, der ganz in Feuer zu stehen schien – so viel Lichterchen brannten an silbernen Kronleuchtern –, tanzten Kinder in kurzen Wämschen und Röckchen nach dem Glockenspiel. Ein Herr in einem smaragdenen Mantel sah oft durch ein Fenster, winkte heraus und verschwand wieder, so wie auch Pate Droßelmeier selbst, aber kaum viel höher als Papas Daumen, zuweilen unten an der Tür des Schlosses stand und wieder hineinging. Fritz hatte mit auf den Tisch gestemmten Armen das schöne Schloss und die tanzenden und spazierenden Figürchen angesehen, dann sprach er: »Pate Droßelmeier! Lass mich mal hineingehen in dein Schloss!« – Der Obergerichtsrat bedeutete ihn, dass das nun ganz und gar nicht anginge. Er hatte auch recht, denn es war töricht von Fritzen, dass er in ein Schloss gehen wollte, welches überhaupt mitsamt seinen goldnen Türmen nicht so hoch war als er selbst. Fritz sah das auch ein. Nach einer Weile, als immerfort auf dieselbe Weise die Herrn und Damen hin und her spazierten, die Kinder tanzten, der smaragdne Mann zu demselben Fenster heraussah, Pate Droßelmeier vor die Türe trat, da rief

Fritz ungeduldig: »Pate Droßelmeier, nun komm mal zu der andern Tür da drüben heraus.« – »Das geht nicht, liebes Fritzchen«, erwiderte der Obergerichtsrat. »Nun, so lass mal«, sprach Fritz weiter, »lass mal den grünen Mann, der so oft herausguckt, mit den andern herumspazieren.« – »Das geht auch nicht«, erwiderte der Obergerichtsrat aufs Neue. »So sollen die Kinder herunterkommen«, rief Fritz, »ich will sie näher besehen.« – »Ei, das geht alles nicht«, sprach der Obergerichtsrat verdrießlich, »wie die Mechanik nun einmal gemacht ist, muss sie bleiben.« – »So-o?«, fragte Fritz mit gedehntem Ton, »das geht alles nicht? Hör mal, Pate Droßelmeier, wenn deine kleinen geputzten Dinger in dem Schlosse nichts mehr können als immer dasselbe, da taugen sie nicht viel, und ich frage nicht sonderlich nach ihnen. – Nein, da lob ich mir meine Husaren, die müssen manövrieren vorwärts, rückwärts, wie ich's haben will, und sind in kein Haus gesperrt.« Und damit sprang er fort an den Weihnachtstisch und ließ seine Eskadron auf den silbernen Pferden hin und her trottieren und schwenken und einhauen und feuern nach Herzenslust. Auch Marie hatte sich sachte fortgeschlichen, denn auch sie wurde des Herumgehens und Tanzens der Püppchen im Schlosse bald überdrüssig und mochte es, da sie sehr artig und gut war, nur nicht so merken lassen wie Bruder Fritz. Der Obergerichtsrat Droßelmeier sprach ziemlich verdrießlich zu den Eltern: »Für unverständige Kinder ist solch künstliches Werk nicht, ich will nur mein Schloss wieder einpacken«; doch die Mutter trat hinzu und ließ sich den innern Bau und das wunderbare, sehr künstliche Räderwerk zeigen, wodurch die kleinen Püppchen in Bewegung gesetzt wurden. Der Rat nahm alles auseinander und setzte es wieder zusammen. Dabei war er wieder ganz heiter geworden und schenkte den Kindern noch einige schöne braune Männer und Frauen mit goldnen Gesichtern, Händen und Beinen. Sie waren sämtlich aus Thorn und rochen so süß und angenehm wie Pfefferkuchen, worüber Fritz und Marie sich sehr erfreuten. Schwester Luise hatte, wie es die Mutter gewollt, das schöne Kleid angezogen, welches ihr einbeschert worden, und sah wunderhübsch aus, aber Marie meinte, als sie auch ihr Kleid anziehen sollte, sie möchte es lieber noch ein bisschen so ansehen. Man erlaubte ihr das gern.

ANNA STOTHARD

Angel

Die Woche vor Weihnachten war hektisch, wenn man als Wahrsagerin bei einer Hotline arbeitete. Angel trug Hausschuhe und hatte die Füße auf den Schreibtisch gelegt. Sie nahm eine Mandarine aus der Schüssel und hielt das Telefon ans Ohr. Roter Lack splitterte von dem Fingernagel, den sie unter die Mandarinenschale schob. Während sie die einzelnen Spalten aß, hielt sie das Telefon ein wenig zur Seite. Die Anruferin erzählte von ihrem Goldfisch. Angel konnte sich nicht mehr erinnern, wie sie auf dieses Thema gekommen waren, aber die meisten Menschen wollten sowieso einfach nur reden. Besonders jetzt, so kurz vor Weihnachten, wo alle in einem Rausch aus Glühwein und Einkaufswut umherirrten. Angel schluckte das Stück Mandarine hinunter. Die Anruferin schien festzustecken, immer wieder nur im Kreis zu schwimmen – vielleicht sollte sie ihren Horizont erweitern, etwas Neues ausprobieren. Genau das – nur ohne die Fischmetapher – erzählte sie zwar fast allen älteren Damen, aber das machte es nicht weniger wahr.

Es war Heiligabend, und im Zimmer über Angel wurden Weihnachtslieder gespielt. Aus der Gemeinschaftsküche zogen der Geruch nach verbrannten Mince Pies und der süßliche Duft von Glühwein den Flur entlang. Angel war zweiundzwanzig und hatte lange, schwarze Haare, ein blasses Mädchen in einem lila Jogginganzug und rosa Secondhand-Hausschuhen. Sie wohnte in der Nähe des Brighton Pier im Erdgeschoss einer ehemaligen Pension namens The Seashell, deren möblierte Zimmer im Moment von zwei Familien, vier alleinstehenden Männern und einer Angel bewohnt wurden. Die Küstenstadt war für Eisverkäufer und sonnenverbrannte Touristen gedacht, nicht für überfrorene Pfützen und Saufgelage im Advent. Ihr kleines Zimmer mochte früher einmal Charme gehabt haben, doch davon geblieben waren nur das gerahmte Foto einer Muschel an der Wand über dem Einzelbett und die Tapete mit Strandmotiv, aber die Tapete löste sich bereits, und die Heizung war kaputt. Angels einziges Zugeständnis an Weihnachten war eine kleine Porzellanpuppe im roten Stoffkleid, die eigentlich oben auf einen Weihnachtsbaum gehörte, aber stattdessen auf ihrem Schreibtisch stand, neben der Schale mit den Mandarinen und dem Buch *Die besten Motivationszitate* aus der Bibliothek, dessen Ausleihfrist längst abgelaufen war.

Das Telefon klingelte. Angel holte tief Luft, räusperte sich und meldete sich dann mit fröhlicher Stimme: »Frohe Weihnachten, Angel am Apparat. Wie heißen Sie?«

»Samantha«, gab Weihnachtsanruferin Nummer siebzehn mürrisch zurück und machte damit deutlich, dass sie eine von den Einsilbigen war, die Hellseher nicht sonderlich mochten.

»Vielen Dank, dass Sie sich an uns gewendet haben, Samantha. Haben Sie etwas Spezielles auf dem Herzen, oder soll ich Ihnen ganz allgemein die Karten legen?«

»Eher so allgemein«, antwortete sie und klang genervt, als wäre ihr das Ganze egal, als hätte sie nicht die letzte Viertelstunde damit verbracht, ihre Kreditkartendaten einzugeben und die Profile der verschiedenen Wahrsagerinnen zu durchforsten. Angel lauschte auf Hintergrundgeräusche, die ihr einen Anhaltspunkt bieten könnten.

Ein Wäschetrockner, ein Radio, Verkehrslärm oder ein Fernseher zum Beispiel, aber es war völlig still. Diese Stille war für sich genommen natürlich auch eine Art Anhaltspunkt.

»Ich lege Ihnen jetzt das Keltische Kreuz«, log Angel. Sie wusste auch so, was die Leute beschäftigte, sie musste dafür keine Schwerter, Kelche oder Pentakel bemühen. »Ich drehe die erste Karte um.« Angel überlegte kurz, wie sie einsteigen sollte. Ein alter Freund oder früherer Geliebter würde sich demnächst melden? Dem konnte man schwer widersprechen. Oder vielleicht, dass Samantha zu oft das Herz entscheiden ließ statt des Kopfs? Wenn jemand mehr als ein Pfund pro Telefonminute zahlte, stand das ja wohl fest. Bevor Angel sich entscheiden konnte, unterbrach die Anruferin ihre Gedanken:

»Moment mal, ich muss mir das vorstellen können. Arbeiten Sie von zu Hause aus, oder sitzen Sie in so einer Art Callcenter? Und wie alt sind Sie?«

»Ich bin fünfunddreißig«, log Angel. »Ich arbeite von zu Hause aus.« Mit solchen persönlichen Details musste man immer sehr vorsichtig sein. Niemand will hören, dass die Wahrsagerin gerade ihre Unterwäsche zum Trocknen auf die

Heizung gelegt hatte oder dass es Fertignudeln zum Mittag gab. Es wollte auch keiner etwas über die Kuscheltiere vom Jahrmarkt erfahren, die auf ihrem Bett wohnten. Niemand wollte wissen, dass die »außerordentlich intuitive Hellseherin in zweiter Generation« das Fenster ihres möblierten Zimmers mit Zeitungspapier zugeklebt hatte, weil man von der Straße aus hineinsehen konnte und sich die Vorhänge nicht richtig zuziehen ließen. Die Kunden wollten verschlissenen Samt und Ethno-Deko, geschliffene Glaskerzenhalter und bunte Seidentücher.

»Ich bin auch zu Hause. Vor meinem Fenster zur Straße hinaus kann ich gerade ein Rotkehlchen sehen.« Die Frau hatte es offensichtlich nicht eilig. Der Anruf kostete ein Pfund zwanzig pro Minute (von denen Angel an Wochentagen lediglich fünfundzwanzig, an Wochenenden siebenundzwanzig Pence bekam und, wenn ihre Arbeitszeit zwischen Mitternacht und sieben Uhr morgens lag, noch eine Pauchale von drei Pfund dazu). »Es sitzt in der Eiche und sieht mich an. Mein Mann und ich haben früher fast jedes Wochenende Ausflüge gemacht, um Vögel zu beobachten. Mögen Sie Rotkehlchen?«

»Gehen Sie immer noch zusammen Vögel beobachten?«, wagte Angel einen Vorstoß. Ein Schauder überlief sie, ob aufgrund einer Vorahnung oder nur wegen der Kälte, konnte sie nicht genau sagen. Die Wärme des kleinen Heizlüfters unter dem Schreibtisch reichte nur wenige Zentimeter weit, so dass ihre Zehen stets fast gekocht wurden, der Rest ihres Körpers jedoch eiskalt blieb. Letzte Woche war sie bei einem Telefonat so abgelenkt gewesen, dass der Heizlüfter die Sohlen ihrer Hausschuhe geschmolzen hatte. Während sie zu erraten versuchte, wie das nächste Zeugnis einer minderjährigen Mutter ausfallen würde, klebten sie einfach am Fußboden fest.

»Der hat für so was keine Zeit mehr«, sagte die Anruferin. Angel stellte sich die intelligent klingende Frau in einem weichen Sessel mit Blumenmuster vor, in einem blitzblanken Zimmer mit Fenstern, die bis zum Boden reichten. Eine Doppelhaushälfte, im Garten ein Kirschbaum.

Sie holte tief Luft und fragte: »Wie lange läuft seine Affäre schon?« Sie ging damit zwar ein Risiko ein, es war jedoch ein wohlkalkuliertes, denn die Anruferin war am Weihnachtsabend allein und erzählte gerade einer völlig Fremden voll Bitterkeit von einem ehemaligen gemeinsamen Hobby.

Angel hatte schon früher als Wahrsagerin gearbeitet, den Sommer über draußen, auf Seebrücken im ganzen Land, und später in Hotels und Tagungsräumen, Kinos und Einkaufszentren. Wenn sie einem Menschen gegenübersaß, konnte sie ihm mit Leichtigkeit seine Bedürfnisse und Ängste am Gesicht ablesen. Ihr Stiefvater bezeichnete es als eine »Gabe«. Da hatte er vielleicht nicht ganz unrecht, andererseits war er auch nicht derjenige, der sich nach einem langen Tag auf einem Jahrmarkt oder im Einkaufszentrum wie ein Häufchen blankgeleckter Hühnerknochen fühlte. Über das Telefon waren diese Signale zum Glück etwas gedämpfter, und sie verließ sich auf ihre Intuition.

»Wie bitte?«, fragte Samantha.

»Wie lange die Affäre schon dauert, wollte ich wissen. Das verraten mir die Karten nämlich nicht.«

»Ein paar Jahre. Ist er gerade bei ihr?« Als sei es ihr peinlich, überhaupt gefragt zu haben, sprach die Anruferin schon weiter, bevor Angel antworten konnte: »Sagen Sie es mir lieber nicht. Natürlich ist er bei ihr. Am Weihnachtsabend hat doch wohl keiner einen Geschäftstermin. Aber ich bin selbst schuld, ich musste ja unbedingt fünfzig werden. Wird er mich verlassen? Bitte antworten Sie mir auch darauf nicht.«

»Auch die Stille spricht zu uns. Erst wenn wir aufhören zu weben, wird das Muster deutlich«, zitierte Angel aus dem Bibliotheksbuch, um etwas Zeit zu gewinnen.

»Lesen Sie mir hier etwa gerade für ein Pfund pro Minute Glückskekssprüche vor?«

»Ein Einhorn kann keinen Bocksprung machen«, antwortete Angel, um die Stimmung aufzuheitern. Samantha lachte nicht.

»Wie alt sind Sie eigentlich wirklich? Sie klingen nicht wie fünfunddreißig.«

»Zweiundzwanzig.« Das gab sie nur selten zu. Sie war zu jung. Keiner nahm ihr ab, dass sie sich in dem Alter schon mit Trauer und Einsamkeit auskannte.

»Und wieso arbeiten Sie mit zweiundzwanzig am Weihnachtsabend für eine Wahrsagerhotline?«

»Mein Arbeitgeber zahlt zwar keine Rentenbeiträge für mich, aber dafür kann ich mir meine Zeit frei einteilen.« Samantha lachte auch diesmal nicht. Kein einfaches Publikum. Angel schluckte den Speichel hinunter, der sich unter ihrer Zunge gesammelt hatte. Mittlerweile konnte sie Samanthas Traurigkeit schmecken, was über das Telefon nur selten vorkam und ihr so gar nicht gefiel. Von dem Geschmack pulsierte ihr Mund wie nach den billigen sauren Gummitieren, die man im Kino kaufen konnte. Sie öffnete die Schreibtischschublade und holte die Tarotkarten in ihrem roten Samtsäckchen heraus. Ihr Stiefvater hatte ihr diese Karten in einem kleinen Eckladen gekauft, damals, als sie noch nicht Angel hieß. Es war ein Geschenk zu ihrem zehnten Geburtstag, und die Karten hatten nach indischem Essen gerochen und fettige Fingerabdrücke gehabt, aber der Stapel hatte vibriert, als sie ihn in die Hand nahm. Das Talent, die Emotionen anderer aufzusaugen und Ärger geradezu anzuziehen, konnte man nicht für zwei neunundneunzig erwerben, zusammen mit einer Tafel Schokolade und einer Tüte Chips zum Abendbrot. *Aber sie waren zumindest mitverantwortlich,* dachte Angel. Sie mischte die Karten.

»Letzte Nacht«, begann Samantha wie aufs Stichwort, und Angel hielt in Erwartung der kommenden Offenbarung den Atem an, »bin ich aufgewacht und dachte, meine Tochter wäre bei mir im Zimmer. Aber ich konnte mich nicht bewegen. Im Traum sah sie so unschuldig und gleichzeitig so angespannt aus wie früher als Kind immer. Ich wollte mit ihr reden, aber ich konnte die Lippen nicht bewegen.« Beim letzten Wort versagte Samantha die Stimme. Angel schwieg, in der Hoffnung, die Anruferin würde fortfahren, doch das war ein Fehler. »Tut mir leid«, sagte Samantha mit zitternder Stimme, »ich muss auflegen. Ich hätte Sie nicht damit behelligen sollen. Es war ein Fehler.«

Bevor sie reagieren konnte, hatte die Frau schon aufgelegt, und Angel saß frustriert vor dem Telefon. Ihre Haut juckte, besonders die Handflächen. Sie nahm sich noch eine Mandarine und begann sie zu schälen, um damit vielleicht den Geschmack von Samanthas Gefühlen zu überdecken, aber vom Geruch der Frucht wurde ihr schlecht. Sie bemerkte, dass ihre Hände leicht zitterten, und strich stattdessen der Weihnachtsfigur auf ihrem Schreibtisch über das Gesicht, das leer zurückstarrte. Über ihr lief im Radio *O Little Town of Bethlehem.* Draußen vor dem Fenster schrien die Möwen, und Männer torkelten aus den Pubs nach Hause zu ihren Familien, wo die Ehefrauen wahrscheinlich gerade Geschenke einpackten und die Kinder schon im Bett lagen. Angel drehte mit geschlossenen Augen eine Karte um und wusste sofort, dass es die fünfzehnte Trumpfkarte sein würde, eine der großen Arkana, dass der mysteriöse Teufel sie anstarren würde. Kampf. Manipulation. Verlust. Sie steckte ihn schnell zurück in den Kartenstapel und mischte seine Augen unter.

In den nächsten Stunden war sie beschäftigt. Langsam verschwand das Sonnenlicht. Ein Mann beschwerte sich, dass er sich durch den neuen Job seiner Frau entmännlicht fühlte. Angel riet ihm, wenn seine Frau das nächste Mal Arbeit mit nach Hause brächte und bis spätabends beschäftigt wäre, ihr einfach wortlos eine Tasse Tee hinzustellen und einen Kuss aufs Haar zu geben.

»Tee!« Der Mann schnaufte verächtlich. »Ich zahl hier ein Pfund die Minute, und Sie sehen Tee voraus!«

»Große Liebe erwächst aus kleinen Aufmerksamkeiten«, ließ ihn Angel mit ihrer weisesten Stimme wissen. Auf der Straße wurde es ruhig, nur von oben war immer noch leise Weihnachtsmusik zu hören, also waren ihre Nachbarn wohl eingeschlafen und hatten das Radio laufenlassen. Sie brauchten immer irgendein Hintergrundgeräusch, den Fernseher, das Radio, Streit.

Es war Geisterstunde, drei Uhr morgens. Um

drei Uhr morgens passiert nie etwas Gutes, nicht mal zu Weihnachten, obwohl es doch die passendste Arbeitszeit für den Weihnachtsmann und Hellseherinnen war. Menschen, die nicht schlafen können, sind die Haupteinnahmequelle von Wahrsagerhotlines, zu ihrer Panik kommt das Mondlicht und tut ein Übriges. Angel saß still da und wartete auf den nächsten Anrufer. Sie deckte sich selbst eine Karte auf. Die Liebenden, aber sie standen auf dem Kopf. Nackt, mit offenen Armen, falsch herum.

Das Telefon klingelte, und sie wusste sofort, dass es wieder die Frau sein würde, deren Traurigkeit durch das Telefon sickerte. Angel hätte gern eine Tasse Tee gehabt, einen Moment Ruhe, eine Scheibe Toast, aber sie nahm trotzdem ab. Wenn man als verfügbar eingeloggt war, aber nicht ans Telefon ging, bekam man Honorarabzug. Wehe dem, der mal auf die Toilette musste. Und Angel hatte außerdem auch Lust, mit ihr zu sprechen.

»Ich bin eine ganze Weile nicht durchgekommen. Ich dachte, Sie wären nicht mehr da.«

»Ich bin da, keine Sorge«, sagte Angel. In der Stimme der Frau lag Sehnsucht. Angels Stiefvater hatte immer gesagt, sie würde die Unglücklichen dieser Welt magisch anziehen. Er hatte das als Kompliment gemeint, weil die Kaputten tiefere Taschen hätten, aber Angel war noch nie froh darüber gewesen. Es machte ihr keinen Spaß, als Kind mit den Männern und Frauen mitzufühlen, die in ihrer Jahrmarktsbude saßen und ihr auf die Tarotkarten weinten. Es machte ihr keinen Spaß, als Jugendliche unfreiwillig auf derselben spirituellen Wellenlänge zu landen wie Mütter, die von ihren Männern verlassen worden waren, oder in die Seelen alter Männer zu blicken, die sie am liebsten mit zu sich nach Hause genommen hätten. Sie fühlte die Gier der Suchtkranken und die innere Leere der Versager, als wären es ihre eigenen Emotionen. Ihr Stiefvater fuhr sie von Stadt zu Stadt und dachte sich jedes Mal einen neuen Namen für sie aus, denn Menschen, in denen etwas zerbrochen ist, wird man sonst so schnell nicht wieder los. Er erklärte ihr, dass die Menschen Mitgefühl gern mit Liebe verwechselten, weshalb sich alle so von ihr angezogen fühlten. *Du bist nicht von dieser Welt,* sagte er immer. *Du kommst von weiter oben.* Sie hatte das selbst nie so empfunden, dass sie über den Leuten stünde. Außen vor vielleicht. Darunter. Erdrückt von ihnen. Doch zugehörig hatte sie sich tatsächlich nie gefühlt. Nur einmal ganz kurz, als sie verliebt war.

»Lassen Sie sich Zeit«, sagte Angel. »Ich werde mir Mühe geben, Ihnen zu helfen.«

»Sie können mir nicht helfen.«

»Lassen Sie es mich doch versuchen.«

»Trinken Sie ein Glas Wein mit mir? Ich meine, Sie gießen sich was ein, und dann trinken Sie Ihren Wein, während ich meinen trinke, und – meine Güte, was ist denn das für eine blödsinnige Idee, ich bin einfach zu dumm.«

»Das ist überhaupt nicht blödsinnig. Klar trinke ich ein Glas Wein mit Ihnen.« Angel konnte sich schon lange keinen Wein mehr leisten, goss sich aber stattdessen etwas Wasser in die Teetasse auf ihrem Schreibtisch. »Na dann.« Sie stieß mit der Tasse gegen die Tischkante, was nicht im Geringsten nach einem Weinglas klang. »Prost. Frohe Weihnachten.«

»Frohe Weihnachten«, sagte Samantha.

»Sie sind einsam«, rutschte es Angel heraus, bevor sie hatte überlegen können, wie sie es tiefer und hellseherischer klingen lassen könnte. Sie hätte sagen sollen: »Im Alleinsein liegt die Kraft; von der Anwesenheit anderer abhängig zu sein bedeutet Schwäche« (Seite siebzig), oder »Je stärker und kreativer der Geist, desto größer die Tendenz zur Religion der Einsamkeit« (Seite zwölf). Sie hatte schon so oft in ihrem Zitatebuch gelesen, dass sie die meisten auswendig kannte.

»Sind nicht alle einsam, die Sie anrufen?«

»Möchten Sie über Ihre Tochter reden?«

»Führen Sie auch persönliche Gespräche mit Kunden?«

»Früher ja, aber heute nicht mehr«, antwortete Angel.

»Würden Sie eine Ausnahme machen?«

»Nein, ich gehe nicht aus dem Haus.«

Samantha ließ den Satz auf sich wirken. »Wie lange schon nicht mehr?«

»Ist doch egal.«

»Können Sie wirklich hellsehen?«

Angel ging im Kopf die verschiedenen Antwortmöglichkeiten auf diese vertraute Frage durch. Sie könnte mit der atmosphärisch dichten Lieblingserklärung ihres Stiefvaters einsteigen, dass sie in völliger Stille während einer Sonnenfinsternis geboren worden war, genau in dem Moment, wo Erde, Mond und Sonne exakt auf einer Linie standen und alle Vögel in Essex für einen Augenblick verstummten. Sie war jedoch nicht sicher, ob diese Geschichte stimmte. Ihr

Stiefvater hatte einen Hang zum Dramatischen und übertrieb ganz gern ein bisschen, wenn er sie anpries.

»Ich spüre, welche Ängste ein Mensch hat, besonders, wenn er oder sie vor mir steht«, sagte Angel. »Über das Telefon ist es schwieriger, aber ich kann es immer noch fühlen. Ich merke das an der Art, wie jemand hustet oder schluckt oder lacht. Ich empfinde die Schuldgefühle oder die Trauer anderer Menschen in mir selbst. Wenn ich in einem Café neben jemandem sitze, der traurig ist, fängt mein ganzer Körper an zu jucken. Wenn im Bus jemand fünf Reihen hinter mir sitzt, der Angst hat, schlägt mein Herz schneller.«

Sie hielt die Tarotkarten in der Hand und hatte das Bedürfnis, eine aufzudecken.

»Das glaube ich Ihnen nicht.«

»Das ist in Ordnung, Sie müssen mir nicht glauben. Es stimmt aber.«

»In Ihrem Profil steht, Sie wären Hellseherin in zweiter Generation. Was soll das heißen?«

»Meine Mutter konnte mit Toten reden.« Angel verschwieg, dass ihre Mutter, wenn sie high war, gern völlig Fremden erzählt hatte, wie deren Katze ums Leben gekommen war oder wo der Onkel sein Testament versteckt hatte.

»Sie sprechen in der Vergangenheit von ihr«, sagte Samantha.

»Mein Stiefvater hat mich großgezogen. Meine Mutter hat uns verlassen. Wieso reden wir eigentlich über mich?«

»Mich interessiert halt, ob meine Hellseherin von irgendwem etwas zu Weihnachten bekommt.«

»Mein Stiefvater hat mir früher immer Mandarinen und Nagellack geschenkt.«

»Meiner Tochter habe ich auch immer Nagellack geschenkt«, sagte Samantha leise. »Pink war ihre Lieblingsfarbe.«

»Ich spüre Angst«, sagte Angel. Sie war jedoch nicht sicher, ob es die Angst der Tochter oder der Mutter war, oder vielleicht sogar ihre eigene, die plötzlich an die Oberfläche kam. Es lag Hunger in der Luft, und Wut.

»Als Kind hatte meine Tochter Angst vor der Dunkelheit und vor einem Obdachlosen, von dem sie dachte, er würde sie immer anstarren. Und vor schwarzen Katzen. Den Aberglauben hat sie irgendwie nie abgelegt. Sie konnte ziemlich wild sein und war viel zu impulsiv. Ich glaube, den meisten Menschen ging sie auf die Nerven. Mit neunzehn hat sie immer noch bei uns gewohnt und musste weinen, wenn sie eine einzelne Elster gesehen hat oder auf eine Ritze zwischen den Gehwegplatten getreten ist.« Samantha verstummte. Angel schwieg ebenfalls. »Sind vor Ihrem Fenster Vögel?«, fragte Samantha schließlich.

»Ich sehe nicht oft aus dem Fenster.«

»Wieso nicht?«

»Lenkt mich nur ab.«

»Haben Sie Angst?«

»Ja.«

»Aber jetzt ist doch bestimmt niemand auf der Straße, ist ja noch früh.«

Angel stand auf und ging gehorsam zum Fenster. Vorsichtig zupfte sie eine kleine Ecke Zeitungspapier ab und spähte hinaus. Das Paar über ihr kaufte für sie ein, und ab und zu bestellte sie sich etwas im Internet, deshalb hatte sie das Haus schon seit zwei Jahren nicht mehr verlassen. Seitdem hatte sich nicht viel verändert. Die Häuser benötigten immer noch einen neuen Anstrich. Die Mülltonnen quollen immer noch über. Die Winternacht färbte die ganze Straße blau. Sogar die Kinder, die Weihnachten kaum erwarten konnten, schliefen noch.

»Da sind ein paar Möwen am Himmel«, sagte

Angel, »und gegenüber stehen Reihenhäuser und eine abgebrannte Spielhalle. Auf dem Schild von der Spielhalle ist eine betrunkene Meerjungfrau, die sich mit der Schwanzflosse am Haus festhält. Als ich hier eingezogen bin, sind auf dem Parkplatz daneben immer ein paar Jungs rumgelungert und haben gedealt, aber jetzt ist er leer. Ich hoffe, die warten gerade auf den Weihnachtsmann.«

»Wie sehen Sie aus?«

»Ich habe lange schwarze Haare, die seit zwei Jahren nicht mehr geschnitten worden sind. Und ich bin ziemlich blass. Aber mir wurde schon oft gesagt, dass ich hübsche Augen habe, und ich habe einen Leberfleck auf der linken Schulter, der laut einer Freundin aussieht wie Italien. Sie meinte, irgendwann fahren wir mal zusammen nach Rom und wohnen in einem Palast und erzählen den Leuten da, was die Zukunft für sie bereithält.«

»Sind Sie denn nach Rom gefahren?«

Angel drückte das Zeitungspapier wieder an die Fensterscheibe und ging zurück zum Schreibtisch.

»Nein.« Sie deckte eine Karte auf. Der Narr, die Nummer null, ein Mann mit einer Narrenkappe, der auf einem Felsvorsprung steht und einen Schritt ins Leere macht. Sie schauderte.

Im Haus war es bis auf den Heizlüfter und ein paar Geräusche aus den Rohren jetzt völlig still. Angel schloss die Augen und gönnte sich die Vorstellung eines großen, roten Munds an ihrer Schulter, weiche Hände, die noch nie Geschirr gespült hatten, und grüne Augen, die sie voller Liebe ansahen. Angel fühlte ein Kribbeln bei dieser Erinnerung, und ihr brach trotz der Kälte am ganzen Körper der Schweiß aus.

»Tut mir leid, mein Mann kommt gerade«, sagte Samantha. »Ich habe die Tür gehört.« Wieder legte sie ohne Verabschiedung auf. Stille breitete sich im Zimmer aus.

Angel legte auf. Mit zitternden Händen zog sie sich die Sweatjacke und das weite graue T-Shirt mit dem Schriftzug eines Hotels aus Brighton aus, in dem sie ihre Dienste als Wahrsagerin angeboten hatte, bevor es pleiteging (und ja, sie hatte es kommen sehen, wenn auch nur, weil der Manager nie pünktlich zahlte). Es war lange her, dass jemand sie berührt hatte. Sie betrachtete sich in dem pockennarbigen Spiegel über dem Waschbecken. Sie war zu dünn, ihre Wangen eingefallen. Von der Kälte, von den Gedanken an Münder und Finger und von Samanthas Traurigkeit, die sich in ihr ausbreitete, hatte sie eine Gänsehaut.

Mit zwölf hatte sie einem Nachbarn gesagt, dass dessen Frau mit seinem Bruder schlief, und er hatte daraufhin eine Zigarette auf ihrer Hand ausgedrückt. Die Narbe war heute noch zu sehen. Er hatte so etwas wahrscheinlich schon vermutet, und trotzdem war er mit der Antwort nicht zufrieden, für die er gezahlt hatte. Auf Angels rechtem Bein breitet sich ein feines Netz aus Narben aus. Als ihr Stiefvater erfuhr, dass er unheilbar an Krebs erkrankt war, zerschlug er eine Weinflasche auf ihrem Knie, weil sie es ihm nicht gesagt hatte. Jeder konnte ihm ansehen, dass er krank war, dazu brauchte es keine hellseherischen Kräfte. Seine Augen lagen tief in den Höhlen, er hatte stark an Gewicht verloren und hustete sich jedes Mal die Lunge aus dem Leib, wenn er nur ein paar Stufen steigen musste. Aber sie hatte es nicht ausgesprochen, das stimmte.

Sie strich fast liebevoll über die Narben am Bein und ein paar andere Male, die er ihr im Laufe der Jahre verpasst hatte. Dann berührte sie den Leberfleck und dachte an ihre Freundin und die Paläste, von denen sie geträumt hatten. Nach dem Tod ihres Stiefvaters hatte sie sich im freien Fall befunden. Von ein paar Eigenarten und Wutausbrüchen abgesehen, hatte er sich stets große Mühe gegeben, sie vor sich selbst und anderen zu beschützen. Ohne ihn wusste sie nicht einmal, wie man ein Hotelzimmer bucht. Sie wusste nicht, wie sie Geld von ihrem Konto abheben konnte oder woher die nächsten Kunden kommen sollten.

Der Weihnachtstag verging. Ältere Damen, die ihre Brille verlegt hatten, eine aufgelöste Verlobung, ein Mann, dessen Vater vor kurzem gestorben war und seinen Sohn damit finanziell ruiniert hatte und der nun sichergehen wollte, dass er wenigstens im Testament berücksichtigt worden war. Angel hoffte bei jedem neuen Anrufer, es sei Samantha. Die Karten wollten auch, dass Samantha noch einmal anrief. Der Teufel, die Liebenden, der Narr, alle vibrierten. Das Telefon klingelte.

»Frohe Weihnachten, Samantha!«, sagte Angel, bevor Samantha sich überhaupt gemeldet hatte. Angst und Wut strömten durch den Hörer. Angels Mund war voller Speichel und Hitze.

»Der Unfall meiner Tochter vor zwei Jahren war kurz nach Weihnachten«, sagte Samantha.

Angel strich der kleinen blonden Weihnachtspuppe mit den grünen Augen über das pausbäckige Engelsgesicht. »Ein Jahr vor dem Unfall hat sie jemanden kennengelernt, eine junge Frau, die wusste, wann sie Geburtstag hat und was ihr Lieblingsbuch ist, und ihren zweiten Vornamen kannte, bevor die beiden überhaupt ein Wort miteinander gewechselt hatten. Alles Sachen, die sich innerhalb von zehn Minuten auf Facebook rausfinden lassen, aber Lucy war schnell fasziniert von so was. Sie war viel zu gutgläubig.«

Angel holte Luft und rückte mit dem Stuhl ein Stück zurück. Sie streckte die Beine unter dem Tisch aus und warf einen Blick auf die vielen Kuscheltiere auf ihrem Bett. Geschenke, die sie nicht weggeben oder unter dem Bett verstauen konnte, weil sie auch mit Gegenständen mitfühlte. Langsam taten ihr die Schultern weh, weil sie schon so lange den Hörer zwischen Ohr und Schulter geklemmt hielt. Sie stand auf und ging die drei Meter hinüber zum Fenster. Durch die Ritzen zwischen den Zeitungsseiten drang Tageslicht herein. Angel strich über das Papier.

»Lucy hat dann plötzlich sehr viel Zeit in einem feuchten möblierten Zimmer unten bei der Seebrücke verbracht. Damals habe ich mir das nur ungern eingestanden, aber ich glaube, die beiden waren verliebt.«

Angel hörte die Stimme ihres Stiefvaters im Kopf: *Was bist du denn für eine Hellseherin, dass dich das jetzt überrascht?* Ihre Hände begannen zu zittern. Wenn die Nachbarn von oben doch bloß mal den Fernseher leiser stellen würden. Sie hörte Kinderlachen durch die dünnen Wände, es klang, als würden sie Fangen spielen. Alle machten sich fertig, um nach draußen zu gehen, zogen sich Schuhe an, suchten Geschenke für Freunde und Familie zusammen. Angel zupfte das Zeitungspapier Stück für Stück von der Fensterscheibe und ließ die Fetzen zwischen ihre Hausschuhe auf den Boden fallen.

»Ich muss jetzt auflegen, Samantha. Meine Schicht ist zu Ende. Und ich weiß nicht, wovon Sie reden.«

Angel hätte gern ihre heißen Wangen gegen das kühle Glas gedrückt, tat es jedoch nicht. Sie zog das Klebeband von den Scheiben ab.

»Der Privatdetektiv hat ein Jahr gebraucht, um dich zu finden.«

Zwischen den Zeitungsseiten wurde Stück für Stück die Außenwelt sichtbar. Eine alte Frau führte ihren Rottweiler Gassi und nahm ab und zu verstohlen einen Schluck aus einer Flasche in einer Papiertüte. Ohne es zu wollen, wusste Angel sofort, dass sie zu Weihnachten nur eine Großpackung Hundefutter und ein Quietschtier gekauft hatte. Gegenüber stand eine hübsche Frau in einem roten Poloshirt am Fenster, und Angel wusste, dass sie sich beim Flambieren des Christmas Pudding den Finger verbrannt hatte und sehnsüchtig darauf wartete, endlich schwanger zu werden, mittlerweile jedoch vermutete, dass etwas mit ihr nicht ganz in Ordnung war.

»Ich glaube, Sie verwechseln mich«, sagte sie.

Leute kamen um die Ecke und klingelten an einer Haustür. Ein Junge sang lauthals und ziemlich falsch los. Sein Bedürfnis nach Anerkennung war fast greifbar. Angel wusste, dass er sich eine Spidermanfigur zu Weihnachten gewünscht und vor Wut geweint hatte, als er stattdessen einen Batman auspacken musste. Als er die Enttäuschung seiner Mutter spürte, packte ihn das schlechte Gewissen, und nun versuchte er, es wiedergutzumachen, indem er besonders laut sang. Schon jetzt war Angel alles zu viel, die Gefühlswelten dieser Menschen, die von überall her auf sie einstürmten, und der lauter werdende Klang der Weihnachtslieder.

Ohne es zu wollen, schmeckte Angel den Kirschlipgloss und roch das billige Parfum, das immer den Raum erfüllt hatte, wenn Lucy zu einer Sitzung kam. Nachdem Angels Stiefvater gestorben war, hatte sie sich das Zimmer gemietet und zu ihrem Arbeitsplatz gemacht. Sie hatte ein Schild mit Leuchtschrift ins Fenster gestellt, um auf sich aufmerksam zu machen, es hatte jedoch nicht viel gebracht, da das Fenster auf eine Seitenstraße hinausging. Sie vermisste ihren Stiefvater, war aber gleichzeitig froh, nicht mehr in Casinos und auf Seebrücken auftreten zu müssen. Eines Tages kam ein etwa gleichaltriges Mädchen herein und bat darum, Tarotkarten gelegt zu bekommen. Das Mädchen lachte fast nie, aber wenn sie etwas lustig fand, lächelte sie ganz kurz, wobei man die Lücke zwischen ihren Vorderzähnen sah, und sagte: »Wie witzig.« Sie trug Kleider mit Blumenmuster und Pumps und schien nie arbeiten zu müssen. Sie gewann häufig an den Jahrmarktsbuden, und nachdem sie zu einer von Angels Stammkundinnen geworden war, brachte sie ihr oft Plüschgorillas und Teddys mit. Sie hatte ein ebenmäßiges, rosiges Gesicht und blonde Locken, genau wie die kleine Weihnachtspuppe, die sie Angel schenkte, ein paar Monate, nachdem sie sich kennengelernt hatten. Ihr Stiefvater hätte ihr bestimmt geraten, nur ja vorsichtig zu sein, sich nicht zu sehr auf das Mädchen einzulassen, aber die nachmittäglichen Tarotsitzungen mit Lucy fühlten sich an wie Explosionen in ihren Blutgefäßen und Sonnenschein.

»Es ist keine Verwechslung«, sagte Samantha.

Angel sah aus dem Fenster. Sie hörte Samantha atmen. Sie dachte daran, wie das Fenster einmal Lucys makelloses Gesicht eingerahmt hatte, wie überwältigt sie von ihrer Schönheit gewesen war. Eines Tages hatte sich Lucy über die Karten hinweg zu Angel herübergebeugt und sie geküsst, ganz kurz nur, dieses erste Mal, prüfend, und danach war Angel eine ganze Weile lang glücklich.

»Es tut mir leid«, sagte Angel. Sie hätte am liebsten den Tisch umgeworfen, an dem sie jeden Tag saß, auf dass die kleine Puppe in die Luft flog, und die Mandarinen, die ihr Stiefvater ihr gekauft hätte, wenn er noch am Leben wäre, und *Die besten Motivationszitate* mit dem Aufkleber der Bibliothek von Brighton auf dem Umschlag und die Station des Telefons, das sie extra für diese Arbeit gekauft hatte, und ihre Tarotkarten. Sie bewegte sich jedoch nicht, blieb still neben dem Fenster stehen. Ihre Hände zitterten, sie drückte sie gegen das Glas. Das Zimmer fühlte sich viel kleiner an als noch vor ein paar Stunden.

Das Problem war, dass Lucy damals sehr schnell die ganze Zeit hatte bei ihr sein wollen, die Körper aneinandergeschmiegt, die Gesichter so nah, dass die eine die Luft der anderen atmete. Aber Angel war es nicht gewohnt, jemand anderem so nah zu sein.

»Sie fehlt mir«, sagte Samantha.

Ein halbes Jahr, nachdem Lucy in Angels Leben aufgetaucht war, nahm sie das Schild aus dem Fenster, schloss die Tür ab und legte Lucy einen Brief auf die Fußmatte, dass sie Zeit für sich bräuchte, um herauszufinden, was sie wirklich wollte. Sie müsste eine Weile allein sein. Es war kurz vor Weihnachten und roch nach verbrannten Mince Pies. Angels Sinne waren angeschlagen, und sie sah nicht vorher, dass sie wenige Tage später von den Vermietern darüber informiert werden würde, dass Lucy an einer Überdosis gestorben war. Sie sah auch nicht vorher, dass sie noch vor Neujahr die Fenster mit Zeitungspapier zukleben und das Haus nicht mehr verlassen würde.

»Was siehst du jetzt gerade vor deinem Fenster?«, fragte Samantha.

»Weihnachten«, antwortete Angel. Im Haus gegenüber aßen Leute zu Mittag, und eine glückliche junge Familie ging mit einem Welpen spazieren. Angel lehnte die Stirn gegen die Scheibe. Die Weihnachtssänger lachten. Es hatte angefangen zu schneien, weiße Flocken fielen vom Himmel, und der Wind trieb sie sanft vor sich her.

»Das Rotkehlchen ist wieder da. Als Kind hat Lucy Rotkehlchen immer so gemocht, genau wie ich.« Samantha schwieg. »Ich bin so einsam, Angel. Ich weiß nicht, was ich machen soll. Würdest du dich mit mir treffen?«

Menschen traten aus ihren Häusern auf die Straße, um dem Schnee zuzusehen, manche trugen Papierhüte. Sie streckten die Arme in die Luft wie Engel und reckten die Nase hoch zum Himmel.

»Ja«, sagte Angel.

Männer, Frauen, Kinder – faszinierend, dass beim Anblick von gefrorenem Regen alle denselben Gesichtsausdruck bekamen. Wir sind eine seltsame Spezies, immer auf der Suche nach dem Besonderen im Alltäglichen. Angel hoffte, dass der Schnee liegen blieb und alles noch eine Weile so schön sauber aussah, bevor sie sich wieder hinaus in die Welt wagte.

VESO PORTARSKY

Santa Claus und der Wunsch, den er nicht erfüllen konnte

Der Abend lief gut. Es war schließlich der Heilige Abend, und es sollte so sein.

Ich sauste von Adresse zu Adresse mit meinem alten schwarzen Fahrrad. Ich hatte eine wichtige Rolle an diesem besonderen Tag zu spielen. Vielleicht die wichtigste: Ich war der Weihnachtsmann. Ich trug einen langen roten Mantel und dazu eine weiße Perücke mit langem weißen Bart. Ich beschenkte die Kinder reichlich.

Ich hatte sechzehn Familien in meinem goldenen Buch. Bei jeder Familie durfte ich höchstens fünfundzwanzig Minuten verbringen. Fünf Minuten zum Ankommen. Ich kam immer mit einem Weihnachtslied, meistens *Jingle Bells,* in die Wohnungen hinein und ließ mir von den Kindern den Weihnachtsbaum zeigen und einen Stuhl geben. Innerhalb der nächsten fünfzehn Minuten bei der Familie spürte ich oft, inwieweit dort wirklich Liebe und Harmonie herrschten. Viele Familien bestellten den Weihnachtsmann in der Hoffnung, die fehlende Harmonie dadurch zu ersetzen. Viele Kinder bekamen viel zu viele Geschenke, die vom Berufsleben gestressten Eltern wollten so ihre fehlende Aufmerksamkeit kompensieren. Und fünf Minuten blieben mir, um zu gehen, während die Kinder ihre Geschenke auspackten. Es war stressig, aber auch schön, Kinder zu beglücken.

Der Weihnachtsmann kam, sang und ging.

Ich war mit dem Fahrrad unterwegs und konnte nicht nur zu Hause bei den Familien, sondern auch auf dem Weg zu ihnen einiges erleben. Ich hatte die Tasche voll mit goldenen Schokoladenmünzen, die ich an die Kinder verteilte, die mir auf der Straße begegneten. Ich wusste, dass die muslimischen Familien kein Weihnachtsfest feierten und die Kinder aus solchen Familien draußen spielten. Für sie war das Erscheinen des Weihnachtsmannes eine schöne Abwechslung, und sie lieferten sich oft mit mir eine Schneeballschlacht. Ich bekam meistens ein paar Schneebälle an den Kopf und mehrere auf den Körper und musste dann schneller in die Pedale meines Fahrrads treten.

Als ich gerade den verschneiten Tiergarten durchquerte und mich in der Stille der verschneiten Wege von der Schneeballschlacht ausruhen wollte, hörte ich, wie jemand über einen Lautsprecher »Ho ho ho« schmetterte. Ich drehte mich um und erblickte einen Polizeiwagen. Auch die Bullen machten sich über mich lustig.

Mit Mühe erreichte ich meine letzte Adresse. Sie war nicht weit vom Ku'damm entfernt. Es war ein Einzelkind. Ein Junge. Die Mutter war um die vierzig. Sie hatte lange, glatte, dunkle Haare und trug ein enges Kleid, das ihre üppigen Formen betonte. Die Wohnung war geschmackvoll eingerichtet. Schöne moderne Bilder schmückten die Wände. Die Skulptur eines Pferdes stand im Flur. Weiße Kerzen brannten überall und erfüllten den Raum mit Weihnachtsstimmung.

Ich übergab dem Jungen die Geschenke. Er sang ein Lied. Dann nannte ich die Wünsche, die mir seine Mutter zuvor am Telefon aufgezählt hatte. Der Junge sollte lernen, allein in seinem Zimmer zu schlafen. Der Junge sollte ab und zu bei seinem Vater übernachten. Die Mutter nutzte die Autorität des Weihnachtsmannes, um ihren Freiraum etwas auszuweiten. Das machten die meisten Familien. Als ich mich verabschiedete, reichte sie mir an der Tür den Briefumschlag mit meinem Honorar und sagte:

»Vielleicht mag der Weihnachtsmann noch auf ein Glas Prosecco bleiben?«

Ich schaute sie mir an. Ihr Kleid war lang und eng. Es hatte einen tiefen Ausschnitt. Die Brüste waren groß und einladend. Es sah aus, als ob zwei kleine Wassermelonen unter ihrem Kleid steckten. Ich überlegte, ob ich das als Geschenk betrachten solle. Zuerst das Kind, dann auch seine Mutter glücklich machen. Das wäre eine gelungene Weihnachtsmission. Dann überlegte ich, was das für einen Eindruck auf den Jungen machen würde, den Weihnachtsmann mit einem Glas Prosecco bei seiner Mama zu sehen, und lehnte höflich ab.

»Gerne, mein liebes Kind, aber der Weihnachtsmann hat noch viele Kinder glücklich zu machen und muss weiterziehen. Fröhliche Weihnachten!«

Eigentlich war das meine letzte Adresse, und ich hatte großen Hunger. Auf dem Tisch stand noch viel leckeres Essen, und die Mutter sah gar nicht übel aus. Der Weihnachtsmann war schließlich auch ein Mann, und als solcher brauchte er zwei Sachen, um zufrieden zu sein: gutes Essen und guten Sex. Auf den Sex hatte er eben verzichtet, aber zu einem guten Essen würde er nicht nein sagen. Mit solchen Gedanken ging ich aus der Wohnung, zog mich im Treppenhaus um, packte das Weihnachtsmann-Outfit in den leeren Geschenkesack und ging hinaus. Es war kalt, und viel Schnee lag auf den Straßen Berlins. Alles war zu, und ich freute mich, als ich einen türkischen Imbiss sah, der offen war. Meine Tasche war voll mit Geldscheinen. An diesem Tag hatte ich knapp vierhundert Euro verdient. Da konnte ich mir ein leckeres warmes Essen gönnen. Gut, dass die Türken kein Weihnachten feierten und ihre Döner-Läden geöffnet waren. Der Imbiss war leer – abgesehen von einem jungen, schwarzen Mädchen. Sie war schlank und sportlich, ihr Po glich einer schönen Walnuss. So konnte nur der Po eines Mädchens aus Afrika aussehen. Sie schaute sich die Wand an. Darauf standen alle Gerichte und ihre Preise. Ich sah, wie sie ihre Münzen zählte und offenbar darüber nachdachte, ob sie sich das Essen leisten konnte.

»Was darf es sein?«, fragte der Türke. Er hatte ein weißes Hemd an und trug stolz einen Schnurrbart.

Sie schwieg zuerst verlegen. Dann entschied sie

sich, lieber nichts zu essen. Bevor sie sich umdrehte, mischte ich mich ein:

»Heute ist Weihnachten, und ich bin der Weihnachtsmann. Du bist heute zum Essen eingeladen. Bestelle, was du magst, und ich kümmere mich um die Rechnung.«

Sie schaute mich mit einer Mischung aus Skepsis und froher Überraschung an. Sie hatte ein schönes Gesicht mit großen, schwarzen Augen. Bestimmt hielt sie mich für einen Verrückten.

Ich zeigte auf meinen Geschenkesack, in dem auch das Kostüm war, und sagte:

»Siehst du diesen Sack?! Ist voll mit Geld. Mach dir keine Sorgen und bestell einfach!«

Sie lächelte, und wir stellten unser Weihnachtsessen zusammen.

Es war ein gelungener Heiliger Abend.

ROLF DOBELLI

Weihnachtsfragebogen

Wie bedanken Sie sich für ein Geschenk, das Ihnen nicht gefällt?

*

Wenn Sie das Leben als Geschenk bezeichnen: Wie herzlich hätten Sie sich nach dem Auspacken dafür bedankt?

*

Illustrieren Sie als Kuchendiagramm: Wie groß ist der Anteil der Geschenke, die Sie:
a) brauchen können?
b) weiterschenken?
c) wegwerfen?

*

Wie, glauben Sie, feiern Zivilisationen auf anderen Planeten Weihnachten?

Empfinden Sie Bargeld als Geschenk unanständig?
Warum?
Warum nicht?

Was ist Ihnen lieber: ein brauchbares Geschenk oder eines, das von Herzen kommt?

*

Wonach richtet sich der Wert Ihrer Geschenke?
a) Nach Ihrer finanziellen Situation.
b) Nach der finanziellen Situation des Beschenkten.
Falls b): Ist das Geschenk umso teurer, je wohlhabender der Beschenkte, oder umgekehrt?

*

Inwiefern ist das, was man sich selber schenkt, etwas anderes als ein Kauf?

*

Wie oft muss es passieren, dass kein Gegengeschenk kommt, bis Sie aufhören, den Betreffenden zu beschenken?

*

Wie lange kann ein einfaches »Danke« ein Gegengeschenk ersetzen?

*

Gibt es Personen, von denen Sie kein Geschenk annehmen würden?

*

Wie würden Sie sich als Bettler für Almosen bedanken? Und glauben Sie, dass Sie durch die Art des Sichbedankens Ihren Cashflow optimieren könnten?

Schenken Sie Weihnachtsgeschenke, die so schlecht sind, dass Sie hoffen, die anderen würden endlich aufhören, Sie zu beschenken?

*

Wie lange behalten Sie im Durchschnitt ein nutzloses Geschenk, bevor Sie es wegwerfen?

*

Wären Sie, der Einfachheit halber, damit einverstanden, Weihnachten nur noch alle zwei Jahre zu feiern?

*

Betrachten Sie die Gaben, die die Drei Könige anlässlich Jesu Geburt mitgebracht haben (Gold, Weihrauch, Myrrhe) als sinnvolle Geschenke? Ganz konkret, was hätten Sie mitgebracht?

*

Wie oft schenken Sie, um zu signalisieren, dass Sie an die betreffende Person gedacht haben? Wenn ja: Warum sagen Sie es dieser Person nicht direkt, dass Sie an sie gedacht haben? Oder fällt es Ihnen leichter, Geschenke zu finden statt Worte?

*

Empfinden Sie die Tatsache, dass Sie existieren, als Geschenk, und wenn ja, von wem?

Anstelle eines Nachworts:

HANS WERNER KETTENBACH

Weihnachten ohne Verpackung

Der Begriff Weihnachten war bei mir von Kind auf verknüpft mit der freudigen Erwartung, beschenkt zu werden. Nein, er war nicht nur verknüpft damit – er wurde beherrscht von dieser Erwartung. Man mag von einer höheren Warte solch platte Habgier bedauern und missbilligen, zumal, wenn sie schon im Kindesalter auftritt; die Erfahrung hat mich immerhin damit getröstet, dass ich nicht der Einzige war, der daran litt.

So war Heinzchen, der kleine Sohn einer Familie, die zu unseren Freunden gehörte, fasziniert von dem hohen Neubau, der in der Nachbarschaft errichtet wurde, weshalb er sich zu Weihnachten einen Baukran wünschte, ein technisch anspruchsvolles Spielzeug, das er im Schaufenster eines Kaufhauses gesehen hatte. Allerdings befand der Vater vor dem Einkauf der Geschenke, der Kran komme nicht in Frage, der sei zu kompliziert und außerdem zu teuer, der Junge würde ihn doch bis spätestens Weihnachtsmorgen kaputtgespielt haben.

Als dann zur Bescherung das Glöckchen erklang, drängte Heinzchen durch die Tür des Wohnzimmers, stürzte sich auf die Packen und Päckchen, die für ihn auf dem Gabentisch bereitlagen, tastete sie ab, riss an jedem das Papier auf, starrte schließlich einen Augenblick lang benommen auf die Geschenke, die hervorgekommen waren, und begann unversehens laut zu heulen. Die Mutter, die natürlich sofort verstand, warum, nahm ihn in den Arm und sagte: »Na, na, Jung, wat is dann?! Kuck doch emal hier, der wunderbare Pullover, den die Omma für dich beim Christkindchen bestellt hat …!«

Heinzchen, der bei Aufregungen dazu neigte, bestimmte Anlaute durch den Rachenlaut *c-h* wie in *ach* zu ersetzen, riss sich los und brüllte: »Ich well kinne Chullover han, ich well ene Chran han!«

Einen solchen Auftritt hätte ich nicht gewagt, da ich die in akuten Fällen unverzüglich strafende Hand meines Vaters kannte und sie fürchtete, selbst am Heiligen Abend. Aber die Weihnachtsstimmung habe auch ich meiner Familie ein paarmal verdorben, aus keinem gewichtigeren Grund, als dass die Geschenke hinter meinen Erwartungen zurückgeblieben waren.

Einmal ging es um den »gläsernen Motor«, das aus einem durchsichtigen Material gefertigte Modell eines Benzinmotors, in dessen Zylindern man, wenn man die Kurbel drehte, die Kolben auf und ab gehen sah. Ein andermal hingegen war die Technik ganz simpel, ich hatte mein Herz an einen kleinen, offenen Bauernwagen gehängt, zu dessen Ausstattung der Bauer, steif zurückgelehnt auf dem Kutschbock sitzend, und das Pferd an der Deichsel gehörten, aber auch und nicht zuletzt sechs silberfarbene Milchkannen, die in Reih und Glied auf der Pritsche des Wagens standen und deren Deckel man abnehmen konnte. Man hätte sie mit echter Milch, gelegentlich auch einmal mit etwas anderem füllen können.

Dass der gläserne Motor unerreichbar war, hätte ich mir allerdings schon als Zehnjähriger auszurechnen vermocht, er kostete, so wie er auf einem kleinen, mit Plüsch bezogenen Sockel im Schaufenster des Spielwarenhändlers stand, nach meiner Erinnerung um die einhundert Mark, war also offenbar nur für Millionärskinder bestimmt. Der Bauernwagen wäre wohl erschwinglich gewesen, vielleicht hatten meine Eltern oder meine Patentante in dem Kaufhaus, in dem ich ihn gesehen hatte, sogar danach gefragt, aber er war ausverkauft oder was sonst, wer weiß.

Auch das wäre ein zwingender Grund dafür gewesen, dass er nicht unter dem Weihnachtsbaum stand, und auch das hätte ich mir zusammenreimen und einsehen können, aber nein – ich war nun mal beleidigt, weil mein Herzenswunsch missachtet worden war. Vermutlich zog ich mich schmollend mit dem neuen Buch in eine Ecke des Wohnzimmers zurück und hüllte mich in Schweigen, bis die Schlafenszeit gekommen war.

Bei dem Versuch, mich zu erinnern, fällt mir allerdings auf, dass mein Verhältnis zu Weihnachten wohl doch nicht nur von der Geschenkesucht und deren Befriedigung abhing. Das neue Buch nämlich, das war ja nicht nur das Buch und dass ich es zu den anderen stellen und meinen Freunden zeigen konnte. Vielleicht erzählte es eine Piratengeschichte, und so eine Geschichte unter dem Weihnachtsbaum zu lesen verlieh der Lektüre einen speziellen, unwiderstehlichen Reiz: Dort erfuhr man von Abenteuern, Gewalt und Kampf, Gefahren für Leib und Leben, und hier herrschten die Ruhe und der Frieden, um den alle einträchtig sich bemühten – selbst ich, sobald mein Groll sich aufzulösen begann. Draußen, auf der Straße und auf den Fensterbänken, lag der kalte Schnee, den es an Weihnachten damals noch gab, und drinnen, im Wohnzimmer, bullerte der Ofen, und roch es nach glühender Kohle, nach Tannennadeln, Printen und Marzipan.

Nicht alle Jahre, aber doch so oft, dass ich es nie vergessen werde, gab es überdies noch einen sehr eindrucksvollen religiösen Akzent, den gemeinsamen Besuch der Christmette. Dazu gehörten die schweren Bässe, die jubilierenden Trompeten der Orgel, die festlichen Stimmen des Kirchenchors, die blauen Schleier der Weihrauchwolken, die goldbestickten, bis hoch über den Nacken ragenden Gewänder der Priester vor dem Altar, gleich dreimal nebeneinander, denn zelebriert wurde ja, wie man es in meiner Heimat respektvoll nannte, das bei festlichen Anlässen übliche Drei-Herren-Amt, drei Priester und dazu noch eine ganze Kompanie von Messdienern. Ich fühlte mich bereichert, und das war offenbar kein verdächtiger materieller Gewinn, den ich einsteckte, sondern nur – nur? – eine befreiende emotionale Erschütterung, die mich an den Rand der Tränen brachte. Ich erlebte mich als Mitglied einer Gemeinschaft, die mich zuließ und mit sich nahm.

Dass ich mit diesem Erlebnis, will heißen: mit meiner Anteilnahme an einem packenden Schauspiel, mich der Bedeutung des Christfestes genähert oder auch nur halbwegs den Sinn der Weihnachtsgeschichte begriffen hätte, wäre allerdings übertrieben. Die Konsequenz, die ich aus der Erfahrung der Festtage zog, war denn auch gar nicht spirituell, sondern, genau betrachtet, nicht mehr als ein angenehmer Tagtraum, den ich mir als Sieben- oder Achtjähriger ausdachte und den ich manchmal sogar an Sommerabenden vor dem Einschlafen und oft vor allem in der Adventszeit herbeirief.

Ich war, so der Traum, der etatmäßige Kutscher des Christkinds und saß als solcher auf dem Bock des Schlittens, mit dem es vor Weihnachten seine Besuche auf Erden machte. Hinter mir, im Fond des Schlittens, saß das Christkind persönlich, und zwischen uns türmten sich – nun ja, das also, was an Weihnachten unvermeidlich war: die Pakete mit ihren roten oder grünen, goldenen oder silbernen Schleifen. Die Geschenke, okay.

Ich will es ja auch gar nicht leugnen, verdammt noch mal!

Zur Sache: Das Christkind war gekleidet wie immer, also in ein fußlanges, weißes Gewand, dazu ein roter Ledergürtel mit goldener Schnalle, rote Pantöffelchen und ein rotes Stirnband, an dem ein goldener Stern befestigt war. Ich trug schwarze, spiegelnde Stiefel, derbe Kutscherhosen, ein weißes Hemd mit offenem Kragen und darüber ein Jäckchen, das meine Mutter als Bolero bezeichnet hätte, egal, jedenfalls war es aus einem golddurchwirkten Stoff geschneidert oder zumindest mit einer Art Gold bestäubt, christkindmäßig halt. Aus dem gleichen Material war der Fez gefertigt, den ich aufgesetzt hatte.

Merkwürdig. Ein Fez war ja nicht gerade eine christliche Kopfbedeckung. Warum also ein Fez? Vielleicht weil wir mit dem Schlitten aus dem Orient gekommen waren? Aber gab's da überhaupt Schnee? Oder der Fez vielleicht, weil es mir nötig schien, meiner Ausstattung einen festlichen, deshalb irgendwie ungewöhnlichen Charakter zu verleihen?

Wie auch immer: Wir, das Christkind und ich, trugen die Geschenke aus, das heißt: ich trug sie dem Christkind hinterher zu den Türen der Häuser, wo sie dem Vater oder der Mutter übergeben wurden. Die Pferde, ein Zweiergespann von

Schimmeln, die mir aufs Wort gehorchten, warteten unterdessen schnaubend, hin und wieder mit einem Huf klopfend oder im Schnee scharrend, vor dem Gartentörchen auf uns. Wenn sie zu ungebärdig wurden, pfiff ich leise, woraufhin sie sofort die Ohren spitzten und stillstanden.

Ich in diesem Traum als Handlanger des himmlischen Bescherungswesens: Das war natürlich auch nicht gerade das Zeugnis einer verinnerlichten Beziehung zum Weihnachtsfest. Also doch nur wieder eine Ausgeburt meiner Geschenkesucht? Nein, nein, das nun eben nicht! Ich kann versichern, dass ich auch als Kutscher nie an einem Paket gerüttelt und gehorcht habe, um herauszufinden, was es enthielt. Ich war nie neugierig. Oder, sagen wir besser: Ich war nie neidisch. Obwohl in den vielen Paketen, die durch meine Hände wanderten, vermutlich sehr viele Dinge steckten, die ich selbst gern besessen hätte.

Aber lassen wir mal diese dumme Kutscher-Geschichte. Fest steht jedenfalls, dass ich in reiferen Jahren auf die Frage, was ich mir zu Weihnachten (oder auch zum Geburtstag) wünschte, oft gar nicht zu antworten wusste. Ich muss sehr viel Glück gehabt haben in meinem Leben, denn mir fiel tatsächlich nichts ein, woran es mir gemangelt hätte, jedenfalls nichts, was irgendein anderer mir mal eben so hätte schenken können. Das führte dazu, dass in späteren Jahren auf dem Sideboard in unserem Wohnzimmer sich ganze Batterien von verschiedenfarbigen Flaschen ansammelten, die Verlegenheitsgeschenke, kernige bis edle Schnäpse, von denen ich manche nicht ausstehen konnte, etwa diesen Wacholderschnaps in braunen Krügen oder einen Birnenbrand, den ich einmal aus Übermut so unmäßig in mich hineingegossen hatte, dass mir tagelang kotzübel war und ich das Zeug nicht einmal mehr riechen mochte.

Wiederum später glaubte ich eine Lösung des Problems gefunden zu haben, als ich das Sockensortiment eines italienischen Herstellers entdeckte, dessen Muster sehr apart und ungemein vielfältig waren, und außerdem sehr angenehm zu tragen. Auf die Frage, was ich mir wünschte, antwortete ich von da an schlicht: »Irgendein Paar Socken von Dingsdalini« oder so ähnlich, und war mir sicher, dass ich das Geschenk brauchen konnte.

Auch einer Freundin in den USA gab ich diese Antwort, und zur Infomation schickte ich ihr einige Zeit danach einen Artikel über die Herstellerfamilie, auf den ich in einer Sonntagszeitung gestoßen war. Die Familie, eine weitläufige Sippschaft, residierte auf einem Landgut, und ein seitenbreites Foto zeigte den großen, schattigen Wohnraum, darin drei Mitglieder der Familie: eine noch junge, hübsche Frau, mit gespreizten Knien in einen Sessel gestreckt, ein großes Skizzenblatt vor sich haltend und betrachtend, dazu auf dem Sofa zwei schon ältere Männer, in Hemdsärmeln, braungegerbt und weißhaarig, die offenbar nur mit Mühe die Augen offen hielten.

Ich machte mir meinen Reim darauf: Die junge Frau hatte das produktive Erbe der Familie angetreten, sie war die Designerin der schönen Socken, während die beiden alten Machos sich auf ihre Dienste verließen und nur noch darauf aus waren, in die alle Tage fällige Siesta hinüberzudösen. Meiner Freundin in den USA hingegen war etwas noch Irritierenderes aufgefallen: Sie schrieb mir, so wie diese Italienerin sich in ihrem Sessel fläze, könne man ihr ja bis wer weiß wohin schauen. Mir war das wahrhaftig nicht aufgefallen, aber als mir dann auch noch klarwurde, dass diese Dingsdalini-Socken ziemlich teuer waren, hatten sie auch bei mir als Wunsch zu Weihnachten ausgedient. Ich wollte es nicht noch einmal so weit kommen lassen wie bei dem früheren Fest, zu dem ich einen CD-Player erhielt und in der Begeisterung darüber als eventuelle zusätzliche Wünsche bedenkenlos alles aufschrieb, wonach es mich verlangte, von Bachs Klavierwerken bis zum *Ring des Nibelungen.* In diesem Zustand hätte ich nicht einmal vor einem Album aus fünfzig Einzelscheiben haltgemacht.

Einen letzten Rest meines Geschenketriebs kann ich freilich nicht leugnen: Seit ich verheiratet bin und selbst Kinder habe, war ich selten zufrieden mit den Geschenken, die ich für meine Frau und wir beide für unsere Töchter ausgesucht und bereitgestellt haben. Ich fürchtete immer, die drei könnten sich vernachlässigt oder benachteiligt fühlen. Und ich versuchte immer, bis zur letzten Minute, eine kleine Überraschung für die eine wie die andere zu finden. Wie wenig es darauf ankam und wie sehr ich irrte, hat mich abermals die Erfahrung gelehrt. Ich gewann sie an einem Weihnachtsfest, an dem meine Familie sich völlig aufzulösen schien.

Unsere große Tochter war zum Studium in eine ferne Stadt gezogen, die kleine ging noch zur Schule und wohnte noch zu Hause, aber dort war niemand mehr außer ihr. Ich war ausgezogen, vorgeblich, um meinem Arbeitsplatz näher zu sein, aber in Wahrheit, weil ich unsere Ehe in eine quälende Krise hineingetrieben hatte. Nicht zuletzt deshalb, vermute ich, war meine Frau akut erkrankt, sie lag im Hospital und durfte nicht aufstehen. Am Heiligen Abend kamen die beiden Töchter, nachdem wir im Schneetreiben die Mutter besucht hatten, mit zu mir in meine neue Wohnung.

Zu dritt kochten wir ein Weihnachtsessen. Ich weiß nicht mehr, was es gab. Es kann so überwältigend nicht gewesen sein, denn für den Einkauf hatte erstmals ja ich zuständig sein müssen. Vom Kochen hatten wir alle drei wenig Ahnung, ich als Gastgeber die wenigste. Während des Kochvorgangs ereignete sich auch noch das eine oder andere Malheur, Saucespritzer ließen sich dauerhaft auf der Wand hinter dem Herd nieder, und dergleichen mehr geschah. Aber es schmeckte uns, und wir wurden auch satt.

Draußen gab es Weihnachtswetter eher zu reichlich. Am 18. Dezember waren ganze Schneeberge vom Himmel gefallen, die Stadt wurde überrascht, und der Wetterdienst konnte viele Straßen nicht mehr räumen. Die Schneeberge froren zu mächtigen Schollen. In die Straße, in der das Krankenhaus lag, kam ich mit dem Auto kaum noch hinein.

Trotz dieser Erschwernisse gab es bei uns sogar eine Bescherung, wenn auch eine provisorische. Zum Auswählen und Einkaufen der Geschenke war nicht viel Zeit geblieben. Aber wenn irgendjemand irgendetwas vermisste, dann war es nur eines. Nein, es war nur eine …

Mit dieser Wendung glaubte ich den Schluss meiner Geschichte erreicht zu haben. Ich wollte nur noch das Rätsel lösen, was denn das eine, nein: die eine gewesen war, die uns zu unserem Glück gefehlt hatte. Und ich hatte offenbaren wollen, es sei die Hauptperson der Familie gewesen, die Mutter unserer Kinder, meine Frau. Und ich hatte auch noch hinzufügen wollen, es wäre, wenn wir uns damals irgendetwas hätten wünschen können, kein gläserner Motor gewesen, kein Bauernwagen mit Milchkännchen, nein, es wäre überhaupt nichts gewesen, das einen Preis gehabt und sich hätte kaufen lassen. Wir hätten uns nur gewünscht, dass die Hauptperson unserer Familie bei uns hätte sein und mit uns hätte Weihnachten feiern können.

Ich gab die Geschichte mit diesem Schluss

meiner Frau zu lesen und wartete im Nebenzimmer auf ihr Urteil. Unversehens begann sie laut zu lachen. Ich ging zur Tür und fragte, nichts Gutes ahnend: »Was ist denn?«, und sie antwortete: »Entschuldige, aber du kommst hier vom Hölzchen aufs Stöckchen, und dann schlägst du auf einmal einen gewaltigen Haken und landest ausgerechnet wo? Na, bei der Mutter! Der Hauptperson der Familie! Findest du das nicht auch ein bisschen komisch?«

Komisch? Nein, komisch fand ich es eigentlich nicht.

Sie sagte mir auch noch, dass wir drei es wahrscheinlich gemütlicher gehabt hätten, als wenn sie selbst das Essen gekocht und unsere Feier organisiert hätte. Und sie sagte, sie hätte sich an diesem Abend im Krankenhaus sehr wohl gefühlt, ohne die Plackerei mit dem Festessen und der Bescherung und dem Aufräumen und dem ganzen Stress. Niemand habe ja etwas von ihr verlangen können. Niemand habe etwas von ihr auch nur erhoffen können.

Es sei sehr still gewesen, weil der Schnee den Straßenverkehr total erstickt habe; sie habe in ihrem Radio zum erstenmal das ganze Weihnachts-Oratorium angehört; und sie habe, unter der Aufsicht der Pflegerinnen und der Ärzte, keine Angst mehr gehabt, dass sie an einer Herzattacke hätte sterben müssen.

Ich fand es nicht unbedingt komisch. Aber ich strich den vorgesehenen Schluss dieser Geschichte.

Nachweis

Der Verlag dankt folgenden Rechteinhaber:innen für die Genehmigung zum Abdruck:

Jan Brandt (* 1974, Leer)
Der Familientermin. Erschienen am 23. Dezember 2005 im *Tagesspiegel*, Berlin, unter dem Titel *Waschen, schneiden, feiern.* Abdruck mit freundlicher Genehmigung des Autors. Copyright © 2015 by Jan Brandt.

Anton Čechov (1860, Taganrog/Südrussland – 1904, Badenweiler)
Kleiner Scherz. Aus: ders., *Angst. Sieben Geschichten von der Liebe.* Aus dem Russischen von Peter Urban. Das Buch erschien 1996 in der Friedenauer Presse. Die Friedenauer Presse ist ein Imprint des Verlags Matthes & Seitz Berlin. Copyright © MSB Matthes & Seitz Berlin Verlagsgesellschaft mbH.

Paulo Coelho (* 1947, Rio de Janeiro)
Die drei Weihnachtsgeschichten *A, b, c, d, Ein Platz im Paradies* und *Josés Sandalen* erstmals erschienen 2014 unter dem Titel *Zehn Weihnachtsgeschichten* als E-Book. Copyright © 2014 by Paulo Coelho. Copy-

right der deutschsprachigen Übersetzung © 2014, Diogenes Verlag AG, Zürich. Aus dem Brasilianischen von Maralde Meyer-Minnemann.

Rolf Dobelli (* 1966, Luzern)
Weihnachtsfragebogen. Erschienen im Dezember 2013 in der *Weltwoche*, Zürich. Abdruck mit freundlicher Genehmigung des Autors. Copyright © 2015 by Rolf Dobelli.

Ursula Drews (* 1938, Zwickau)
Das Haus am See. Originalbeitrag für diese Anthologie. Abdruck mit freundlicher Genehmigung der Autorin. Copyright © 2015 by Ursula Drews.

Zoran Drvenkar (* 1967, Križevci/Kroatien)
1979. Und Weihnachten Nummer 13. 2005 unter dem Titel *Die Nacht, in der meine Schwester den Weihnachtsmann entführte* im Carlsen Verlag, Hamburg, erschienen. Abdruck mit freundlicher Genehmigung des Autors. Copyright © 2015 by Zoran Drvenkar.

Theodor Fontane (1819, Neuruppin – 1898, Berlin)
Weihnachtsmorgen. Aus: *Vor dem Sturm.* Theodor Fontane, *Werke, Schriften und Briefe.* Hrsg. von Walter Keitel und Helmuth Nürnberger. Carl Hanser Verlag, München 1966–1990.

Patricia Highsmith (1921, Fort Worth/Texas – 1995, Locarno/Tessin)
Weihnachtsfeste – meine und andere (Originaltitel: *Some Christmases – Mine or Anybody's*). Erschienen im Dezember 1991 unter dem Titel *Impressions de Noël* in *Figaro Madame*, Paris. Deutsche Erstveröf-

fentlichung. Copyright © 2015, Diogenes Verlag AG, Zürich. Aus dem Amerikanischen von Melanie Walz.

E. T. A. Hoffmann (1776, Königsberg – 1822, Berlin)
Nussknacker und Mausekönig: Der Weihnachtsabend/Die Gaben. Aus: ders., *Die Serapionsbrüder.* Deutscher Klassiker Verlag, Frankfurt am Main 2008.

Erich Kästner (1899, Dresden – 1974, München)
Der Kleine Mann und das große Geschenk. Auszug aus: ders., *Der kleine Mann und die kleine Miss.* Roman für Kinder. Copyright © Atrium Verlag, Zürich 1967, und Thomas Kästner.

Marie Luise Kaschnitz (1901, Karlsruhe – 1974, Rom)
Alle Jahre wieder. Eine Weihnachtserzählung. Aus: dies., *Gesammelte Werke in sieben Bänden.* Band 4: *Die Erzählungen.* Copyright © Insel Verlag, Frankfurt am Main, 1985. Alle Rechte bei und vorbehalten durch Insel Verlag Berlin.

Hans Werner Kettenbach (1928, Bendorf/Rhein – 2018, Köln)
Weihnachten ohne Verpackung (Titel von der Herausgeberin). Erschienen unter dem Titel *Ich well ene Chran han!* In: *Weihnachten bei uns zuhaus.* Hrsg. von Arnd Brummer. Copyright © 2013 by edition chrismon, Frankfurt am Main.

Judith Kuckart (* 1959, Schwelm/Westfalen)
Eselsgeschichte. Aus: *Weihnachten bei uns zuhaus.* Hrsg. von Arnd Brummer. edition chrismon, Frankfurt am Main. Copyright © by Judith Kuckart.

Dennis Lehane (* 1965, Dorchester/Massachusetts)
Der Barkeeper. Erschienen unter dem Titel *Animal Rescue* in *Boston Noir* 2009. Copyright © 2009 by Dennis Lehane. Diese Erzählung bildet den Nukleus für Lehanes Roman *The Drop – Bargeld.* Copyright der deutschsprachigen Ausgabe © 2014, Diogenes Verlag AG, Zürich. Aus dem Amerikanischen von Steffen Jacobs.

Anthony McCarten (* 1961, New Plymouth/Neuseeland)
Der Außerirdische (Titel von der Herausgeberin). Auszug aus: ders., *Liebe am Ende der Welt.* Copyright der deutschsprachigen Ausgabe © 2012, Diogenes Verlag AG, Zürich. Aus dem Englischen von Manfred Allié.

Veso Portarsky (* 1973, Sofia/Bulgarien)
Santa Claus und der Wunsch, den er nicht erfüllen konnte. Erschienen am 7. Dezember 2014 auf seinem Blog: http://vesoportarsky.blogspot.de. Abdruck mit freundlicher Genehmigung des Autors. Copyright © 2015 by Veso Portarsky. Sein Debütroman *Der größte Orgasmus auf dem Balkan* erschien 2015 bei Shaker Media.

Astrid Rosenfeld (* 1977, Köln)
Ich bin der Auerhahn. Originalbeitrag für diese Anthologie. Abdruck mit freundlicher Genehmigung der Autorin. Copyright © 2015 by Astrid Rosenfeld

Anna Stothard (* 1983, London)
Angel. Originalbeitrag für diese Anthologie. Abdruck mit freundlicher Genehmigung der Autorin.

Copyright © 2015 by Anna Stothard. Aus dem Englischen von Jenny Merling.

Maria Elisabeth Straub (* 1943, Schleswig-Holstein)
Auserwählt (Titel von der Herausgeberin). Auszug aus: dies., *Das Geschenk.* Copyright © 2006, Diogenes Verlag AG, Zürich.

Martin Suter (* 1948, Zürich)
Alle Jahre wieder – das Kundengeschenk. Erschienen unter dem Titel *Alle Jahre wieder. Das Kundengeschenk – Geschichte einer Evaluation* in: NZZ Folio Heft 12/1995 »Die Gabe« / Dezember 1995. Abdruck mit freundlicher Genehmigung des Autors. Copyright © 2015 by Martin Suter.